TRUHAN

DANIELLE STEEL

TRUHAN

Traducción de
Esther Roig

PLAZA JANÉS

Título original: *Rogue*

Primera edición en U.S.A: mayo, 2011

© 2008, Danielle Steel
   Todos lo derechos reservados, incluidos los de reproduc-
   ción total o parcial, en cualquier formato.
© 2011, Random House Mondadori, S.A.
   Travessera de Gràcia, 47-49. 08021 Barcelona
© 2011, Esther Roig Giménez, por la traducción
© 2008, Danielle Steel, por el avance de *Una gran mujer*
© 2011, Ana Mata Buil, por la traducción del avance de *Una
   gran mujer*

Printed in Spain – Impreso en España

ISBN: 978-0-307-88273-8

Distributed by Random House, Inc

BD 82738

A mis queridísimos hijos,
Beatie, Trevor, Todd, Nick, Sam,
Victoria, Vanessa, Maxx y Zara,
que aportan amor y risas a mi vida,
me hacen ser honesta, me dan esperanza y
me inspiran para dar lo mejor de mí.
¡Los nueve sois mis héroes!
¡Os quiero muchísimo!

MAMÁ/D. S.

Truhan: una persona pícara,
        un bribón,
        un granuja,
        una persona joven, traviesa y juguetona.

Webster's New Collegiate Dictionary

1

El pequeño monomotor Cessna Caravan se inclinaba y se balanceaba de forma alarmante sobre las marismas, al oeste de Miami. El avión estaba a suficiente altura para que el paisaje pareciera de postal, pero el viento que entraba por la puerta abierta distraía a la joven agarrada al cinturón de seguridad, de modo que solo podía ver una inmensa extensión de cielo debajo de ellos. El hombre sentado detrás de ella le estaba diciendo que saltara.

—¿Y si el paracaídas no se abre? —preguntó la muchacha, mirándole por encima del hombro con expresión aterrorizada. Era una rubia alta y hermosa, con un cuerpo espectacular y un rostro precioso. En sus ojos podía leerse el miedo.

—Confía en mí, Belinda, se abrirá —prometió Blake Williams con absoluta seguridad. Hacía años que el paracaidismo era una de sus mayores pasiones. Y siempre suponía una alegría para él disfrutarlo en compañía de alguien.

Belinda había aceptado saltar con él hacía una semana, mientras tomaban unas copas en un club nocturno privado muy prestigioso de South Beach. Al día siguiente, Blake contrató ocho horas de instrucción y un salto de prueba con los instructores para ella. Belinda ya estaba a punto de caer en sus brazos. Era solo su tercera cita, pero Blake había logrado que el paracaidismo sonara tan tentador que, tras su segundo cóctel, Belinda había aceptado, entre risas, la invitación de saltar en paracaídas con él. No sabía en lo que se metía, y ahora estaba nerviosa y se preguntaba por qué se habría dejado convencer. La primera vez que saltó, con los dos instructores que había contratado Blake, se había muerto de miedo, pero también había sido emocionante. Y saltar con Blake sería la experiencia definitiva. Se moría de ganas. Era tan encantador, tan guapo, tan extravagante y tan divertido que, aunque apenas lo conociera, estaba dispuesta a seguirlo y a probarlo prácticamente todo con él, incluso a saltar de un aeroplano. Pero en el momento en que él le cogió la cara y la besó, se sintió aterrorizada otra vez. La emoción de estar junto a él se lo puso más fácil. Tal como le habían enseñado durante las lecciones, saltó del avión.

Blake la siguió unos segundos después. La muchacha cerró los ojos con fuerza y gritó mientras caía libremente durante un minuto; entonces abrió los ojos y vio que le indicaba por gestos que tirara del cordón de apertura del paracaídas. De repente estaban planeando en un lento descenso hacia el suelo y él le sonreía y levantaba los pulgares en señal de triunfo. Belinda no podía creer que lo hubiera hecho dos veces en una semana, pero él era así de carismático. Blake podía lograr que la gente hiciera cualquier cosa.

Belinda tenía veintidós años y trabajaba como supermodelo en París, Londres y Nueva York. Había conocido a Blake en Miami, en casa de unos conocidos. Él acababa de llegar de su casa de Saint-Bart con su nuevo 737 para reunirse con un amigo, aunque para el salto había alquilado un avión más pequeño con piloto.

Blake Williams parecía experto en todo lo que hacía. Era esquiador de clase olímpica desde la universidad; había aprendido a pilotar su jet, con la supervisión de un copiloto, dado su tamaño y complejidad. Y hacía años que practicaba el paracaidismo. Tenía extraordinarios conocimientos de arte y poseía una de las colecciones más famosas de arte contemporáneo y precolombino del mundo. Entendía de vinos, de arquitectura, de navegación y de mujeres. Disfrutaba con las mejores cosas de la vida y le gustaba compartirlas con las mujeres con las que salía. Poseía un máster en administración de empresas por Harvard y una licenciatura por Princeton; tenía cuarenta y seis años, se había jubilado a los treinta y cinco y dedicaba toda su vida al exceso y al placer, y a compartir la diversión con los demás. Era exageradamente generoso, tal como los amigos de Belinda le habían explicado, y la clase de hombre con el que cualquier mujer querría estar: rico, inteligente, guapo y entregado a la diversión. Pero, a pesar del enorme éxito que obtuvo antes de jubilarse, no había en él un gramo de mezquindad. Era el partido del siglo, y aunque la mayoría de sus relaciones de los últimos cinco años hubieran sido breves y superficiales, nunca acabaron mal. Las mujeres seguían queriéndolo, incluso después de que sus fugaces aventuras terminaran. Mientras flotaban en el aire hacia una franja muy bien elegida de playa desierta, Belinda le miró con los ojos rebosantes de admiración. No podía creer que hubiera saltado de un avión con él, aunque sin duda había sido la cosa más emocionante que había hecho en su vida. No creía que volviera a repetirlo, pero cuando sus manos se unieron en el aire, rodeados de cielo azul, supo que recordaría a Blake y ese momento el resto de su vida.

—¿Verdad que es divertido? —gritó él, y ella asintió.

Todavía estaba demasiado abrumada para hablar. El salto con Blake había sido mucho más emocionante que el de días atrás con los instructores. Apenas podía esperar para explicar a todos sus conocidos lo que había hecho y sobre todo con quién.

Blake Williams era todo lo que la gente decía que era. Tenía encanto suficiente para gobernar un país y el dinero para hacerlo. A pesar de su terror inicial, Belinda estaba sonriendo cuando sus pies tocaron el suelo unos minutos después y los dos instructores que estaban a la espera le desabrocharon el paracaídas, justo cuando Blake aterrizaba unos metros detrás de ella. En cuanto se libraron de los paracaídas, él la abrazó y la besó otra vez. Sus besos eran tan embriagadores como todo lo relacionado con él.

—¡Has estado fantástica! —dijo él, levantándola del suelo, mientras ella sonreía y reía en sus brazos. Era el hombre más excitante que había conocido.

—¡No, tú eres fantástico! Jamás habría pensado que haría una cosa así; ha sido lo más emocionante que he hecho en mi vida. —Solo hacía una semana que lo conocía.

Los amigos de Belinda ya le habían advertido que no se planteara mantener una relación seria con él. Blake Williams salía con mujeres bellísimas de todo el mundo. El compromiso no estaba hecho para él, aunque antes sí. Tenía tres hijos, una ex mujer a la que quería con locura, un avión, un barco y media docena de casas fabulosas. Solo pretendía pasarlo bien y, desde el divorcio, nada indicaba que deseara establecerse. Al menos en un futuro próximo, lo único que quería era jugar. Su éxito en el mundo de la alta tecnología puntocom era legendario, como el de las empresas en las que había invertido desde entonces. Blake Williams tenía todo lo que deseaba, todos sus sueños se habían hecho realidad. Mientras se dirigían hacia el jeep que los esperaba, alejándose de la playa en la que habían aterrizado, Blake rodeó a Belinda con un brazo, la atrajo hacia él y le dio un beso largo y arrebatador. Fue un día y un momento que Belinda supo que quedarían grabados para siempre. ¿Cuántas mujeres podían jactarse de haber saltado de un avión con Blake Williams? Posiblemente más de las que ella imaginaba, aunque no todas las mujeres con las que él salía fueran tan valientes como Belinda.

La lluvia azotaba las ventanas de la consulta de Maxine Williams en Nueva York, en la calle Setenta y nueve Este. En más de cincuenta años no se había registrado una cantidad de lluvia tan elevada en Nueva York en noviembre. Fuera hacía frío, viento y el ambiente era desapacible, pero no en la acogedora consulta donde Maxine pasaba de diez a doce horas al día. Las paredes estaban pintadas de un amarillo claro y mantecoso, y decoradas con pinturas abstractas en tonos pastel. La habitación era alegre y agradable; los sillones mullidos donde la doctora se sentaba a hablar con sus pacientes resultaban cómodos y acogedores, y estaban tapizados en un tono beis claro. La mesa, moderna, austera y funcional, estaba tan organizada que daba la sensación de poder utilizarse para una operación quirúrgica. En la consulta de Maxine todo era pulcro y meticuloso. Ella misma iba perfectamente arreglada y sin un cabello fuera de sitio. Maxine tenía todo su mundo bajo control. Felicia, su secretaria, era igual de eficiente y responsable; trabajaba para ella desde hacía nueve años. Maxine odiaba el caos, cualquier apariencia de desorden y el cambio. En ella y en su vida todo debía ser tranquilo, ordenado y fluido.

El diploma enmarcado en la pared decía que había asistido a la facultad de medicina de Harvard y se había graduado con honores. Era psiquiatra, una de las más reconocidas en traumas, tanto en niños como adolescentes; una de sus subespecialidades eran los adolescentes suicidas. Trabajaba con ellos y con sus familias, a menudo con resultados excelentes. Había escrito dos libros de divulgación sobre el efecto de los traumas en los niños pequeños y había recibido buenas críticas. La invitaban a menudo a otras ciudades y otros países para que asesorara a las víctimas de desastres naturales o tragedias provocadas por el hombre. Había formado parte del equipo asesor para los niños de Columbine después del tiroteo en la escuela; era autora de varios artículos sobre los efectos del 11-S y había asesorado a varias escuelas públicas de Nueva York. A los cuarenta y dos años, era toda una especialista en su campo y, como tal, era admirada y reconocida por sus colegas. Rechazaba más ofertas para dar conferencias de las que aceptaba. Entre sus pacientes, las colaboraciones con organismos locales, nacionales e internacionales, y su propia familia, sus días y su calendario estaban repletos.

Era siempre muy estricta cuando se trataba de pasar tiempo con sus hijos: Daphne, de trece años; Jack, de doce y Sam, que acababa de cumplir los seis. Como madre divorciada, se enfrentaba al mismo dilema que cualquier madre trabajadora: intentar compaginar sus responsabilidades familiares y su trabajo. No recibía prácticamente ninguna ayuda de su ex marido, que solía aparecer como un arco iris, apabullante y sin avisar, para desaparecer poco después. Todas las responsabilidades relacionadas con sus hijos recaían única y exclusivamente sobre ella.

Maxine miraba por la ventana pensando en ellos, mientras esperaba que llegara el siguiente paciente, cuando sonó el interfono de la mesa. Supuso que Felicia iba a anunciarle que su paciente, un chico de quince años, estaba a punto de entrar. En cambio, la secretaria dijo que su marido estaba al teléfono. Al oírlo, Maxine frunció el ceño.

—Mi ex marido —recordó. Hacía cinco años que Maxine y los niños estaban solos y, en su opinión, se las arreglaban muy bien.

—Perdona, siempre dice que es tu marido... olvido que...

—Blake resultaba encantador y simpático, e incluso le preguntaba por sus novios y su perro. Era de esas personas que no podías evitar que te gustaran.

—No te preocupes, a él también se le olvida —comentó Maxine secamente y sonrió al descolgar el teléfono.

Se preguntó dónde estaría en ese momento. Con Blake nunca se sabía. Hacía cuatro meses que no veía a sus hijos. En julio se los había llevado a ver a unos amigos en Grecia, aunque prestaba su barco a Maxine y a los niños en verano. Los chicos querían a su padre, pero también sabían que solo podían contar con su madre, porque él iba y venía como el viento. Maxine era muy consciente de que parecían tener una capacidad ilimitada para perdonar las rarezas de su padre. Lo mismo que había hecho ella durante diez años. Pero finalmente su falta de moderación y responsabilidad habían pesado más que su encanto.

—Hola, Blake —dijo, y se relajó en la silla. La distancia y la actitud profesional habituales en ella siempre se desvanecían cuando hablaba con él. A pesar del divorcio, eran buenos amigos y seguían muy unidos—. ¿Dónde estás?

—En Washington. Acabo de llegar de Miami. He estado en Saint-Bart un par de semanas.

En la cabeza de Maxine se materializó al instante una visión de la casa que tenían. Hacía siete años que no la veía. Fue una de las muchas propiedades a las que renunció gustosamente con el divorcio.

—¿Vas a venir a Nueva York a ver a los niños? —No le gustaba decirle que era lo que debería hacer. Él lo sabía tan bien como ella, pero siempre parecía tener otra cosa que hacer. Al menos casi siempre. Por mucho que quisiera a sus hijos, y siempre los había querido, recibían poca atención, y ellos también lo sabían. Aun así todos lo adoraban y, a su manera, Maxine también. No parecía haber nadie en el planeta que no quisiera a Blake, o al menos a quien no cayera bien. Blake no tenía enemigos, solo amigos.

—Ojalá pudiera ir a verlos —dijo él en tono de disculpa—. Esta noche me marcho a Londres. Mañana tengo una reunión con un arquitecto. Estoy redecorando la casa. —Y entonces, como si fuera un niño travieso, añadió—: Acabo de comprarme una casa fantástica en Marrakech. Me voy allí la semana que viene. Es una preciosidad, un palacio en ruinas.

—Justo lo que necesitabas —dijo Maxine, meneando la cabeza. Blake era imposible. Compraba casas por todas partes. Las reformaba con arquitectos y diseñadores famosos, las convertía en lugares de interés turístico y entonces se compraba otra. A Blake le atraía más el proyecto que el resultado final.

Tenía una propiedad en Londres, una en Saint-Bart, otra en Aspen, la mitad superior de un palazzo en Venecia, un ático en Nueva York y, por lo visto, ahora una especie de palacio en Marrakech. Maxine no pudo evitar preguntarse qué iba a hacer con él. Pero hiciera lo que hiciese, sabía que el resultado sería tan asombroso como todo lo que tocaba. Tenía un gusto increíble e ideas atrevidas sobre diseño. Todas las casas de Blake eran exquisitas. También poseía uno de los veleros más grandes del mundo, aunque solo lo utilizara unas pocas semanas al año. Por otra parte, lo prestaba a sus amigos siempre que podía. El resto del tiempo lo pasaba viajando, en safaris en África o buscando obras de arte en Asia. Había estado dos veces en la Antártida y había vuelto con fotografías impresionantes de icebergs y pingüinos. Hacía tiempo que el universo de Maxine se le había quedado pequeño. Ella se sentía satisfecha con su vida previsible y bien organizada en Nueva York, a caballo entre su consulta y el confortable piso donde vivía con sus tres hijos, en Park Avenue con la Ochenta y cuatro Este. Cada noche volvía caminando a casa de la consulta, incluso en días como aquel. El paseo la reconfortaba después de todo lo que escuchaba durante el día y de los chicos trastornados que trataba. Otros psiquiatras le derivaban a menudo sus suicidas en potencia. Tratar casos difíciles era su forma de aportar algo al mundo y le encantaba su trabajo.

—¿Y qué, Max? ¿A ti cómo te va? ¿Cómo están los niños? —preguntó Blake, relajado.

—Están muy bien. Jack vuelve a jugar al fútbol este año, y lo hace fenomenal —dijo Maxine orgullosa. Era como hablar a Blake de los hijos de otro. Parecía más un tío simpático que su padre. El problema era que también se había comportado así como marido: irresistible en todos los sentidos pero siempre ausente cuando había que hacer algo poco agradable.

Al principio Blake tenía que trabajar duro para lenvantar su negocio y, tras su golpe de suerte, simplemente no estaba nunca. Siempre se hallaba en cualquier otra parte divirtiéndose. Quiso que Maxine dejara la consulta, pero ella no pudo. Había trabajado demasiado para llegar donde estaba. No se veía sin trabajar y no le apetecía hacerlo, por muy rico que fuera su marido de repente. Ni siquiera era capaz de imaginar el dinero que había ganado. Finalmente, aunque le quería mucho, le resultó imposible seguir. Eran polos opuestos en todos los sentidos. La meticulosidad de ella contrastaba demasiado con el caos que creaba él. Allí donde estaba él había una avalancha de revistas, libros, papeles, sobras de comida, bebidas derramadas, cáscaras de cacahuete, pieles de plátano, refrescos a medio beber y bolsas de comida rápida que había olvidado tirar. Siempre llevaba encima planos de su última casa y sus bolsillos estaban llenos de notas sobre llamadas que tenía que hacer y no hacía nunca. Al final las notas se perdían. La gente llamaba preguntando dónde estaba Blake. Era brillante en los negocios, pero en todo lo demás su vida era un desastre. Maxine se cansó de ser la única adulta, sobre todo cuando nacieron los niños. Por culpa del estreno de una película a la que quiso asistir en Los Ángeles se había perdido el nacimiento de Sam. Cuando ocho meses después a una canguro se le cayó Sam del cambiador y el bebé se rompió la clavícula y un brazo y sufrió una contusión fuerte en la cabeza, Blake estaba ilocalizable. Sin decírselo a nadie, había volado a Cabo San Lucas para ver una casa en venta diseñada por un famoso arquitecto mexicano al que admiraba. Había perdido el móvil por el camino y tardaron dos días en localizarle. Sam se recuperó, pero, cuando Blake regresó a Nueva York, Maxine le pidió el divorcio.

En cuanto Blake ganó su fortuna el matrimonio dejó de funcionar. Max necesitaba a un hombre más accesible y que estuviera cerca, al menos de vez en cuando. Blake no estaba nunca. Maxine decidió que estaría mejor sola, sin tener que pegarle la bronca cada vez que llamaba ni pasarse horas intentando localizarlo cuando a alguno de los niños le ocurriera algo. Cuando le dijo que quería el divorcio, él se quedó petrificado. Ambos habían llorado. Él intentó disuadirla, pero Maxine había tomado una decisión. Se amaban, pero Maxine insistió en que para ella su matrimonio era inviable. Ya no deseaban las mismas cosas. Él solo quería jugar; a ella le gustaba estar con los niños y su trabajo. Eran muy diferentes en demasiados sentidos. Fue divertido cuando eran jóvenes, pero ella había madurado y él no.

—Cuando vuelva iré a uno de los partidos de Jake —prometió Blake, mientras Maxine contemplaba la lluvia torrencial que golpeaba las ventanas de su consulta. ¿Y cuándo sería eso?, pensó ella, pero no dijo una palabra.

Él respondió a su pregunta no verbalizada. La conocía bien, mejor que ninguna otra persona del planeta. Esta había sido la peor parte de separarse de él. Estaban muy a gusto juntos y se querían muchísimo. En cierto modo, eso no había cambiado. Blake formaba parte de su familia, siempre lo sería, y era el padre de sus hijos. Esto era sagrado para ella.

—Estaré allí para Acción de Gracias, en un par de semanas —dijo.

Maxine suspiró.

—¿Se lo digo ya a los niños o espero?

No quería desilusionarlos otra vez. Blake cambiaba de planes de un día para otro y los dejaba plantados, tal como había hecho con ella. Se distraía con demasiada facilidad. Era lo que más detestaba de él, sobre todo cuando hacía sufrir a sus hijos. Blake nunca veía la expresión de sus caras cuando Maxine les decía que al final su padre no iba a ir.

Sam no recordaba a sus padres viviendo juntos, pero quería a Blake de todos modos. Tenía un año cuando ellos se divorciaron. Estaba acostumbrado a la vida tal como era ahora, dependiendo de su madre para todo. Jack y Daffy conocían mejor a su padre, aunque los recuerdos de los viejos tiempos también se habían desdibujado.

—Puedes decirles que estaré allí, Max. No me lo perderé —prometió él, cariñosamente—. ¿Cómo estás tú? ¿Estás bien? ¿Ya ha aparecido el príncipe azul?

Ella sonrió. Siempre le hacía la misma pregunta. En la vida

de Blake había muchas mujeres, ninguna de ellas permanente y la mayoría muy jóvenes. Pero no había absolutamente ningún hombre en la vida de Maxine. No tenía ni tiempo ni interés por ello.

—Hace un año que no salgo con nadie —dijo con sinceridad.

Nunca le ocultaba nada. Tras el divorcio lo consideraba como un hermano. No tenía secretos con Blake. Y él no los tenía con nadie, en parte porque prácticamente todo lo que hacía acababa en la prensa. Su nombre solía aparecer en las columnas de cotilleos junto con el de modelos, actrices, estrellas de rock, herederas y cualquier otra que estuviera a mano. Durante un tiempo salió con una princesa famosa, lo que solo confirmó aquello que Max pensaba desde hacía años. Blake estaba muy lejos de su mundo y vivía en un planeta completamente distinto. Ella era tierra; él, fuego.

—Así no llegarás a ninguna parte —la regañó—. Trabajas demasiado. Como siempre.

—Me encanta lo que hago —dijo ella sencillamente.

Esto no era nuevo para él. Siempre había sido así. En los viejos tiempos le costaba mucho que Maxine se tomara un día libre y ahora poco había cambiado, aunque pasaba los fines de semana con los niños y tenía un servicio de llamadas para cuando no estaba en la consulta. Al menos suponía una mejora. Ella y los chicos solían ir a la casa de Southampton que tenían cuando estaban casados. Él se la había dejado con el divorcio. Era preciosa, pero demasiado vulgar para él ahora. Sin embargo, era perfecta para Maxine y los críos. Era una casona vieja y laberíntica, cerca de la playa.

—¿Puedo tener a los niños para la cena de Acción de Gracias? —preguntó Blake con cautela. Siempre era respetuoso con los planes de Maxine; nunca se presentaba y desaparecía sin más con sus hijos. Sabía el esfuerzo que hacía ella para crear una vida estable para ellos. Y a Maxine le gustaba planear las cosas con tiempo.

—Perfecto. Los llevaré a almorzar a casa de mis padres.

—El padre de Maxine también se dedicaba a la medicina, a la cirugía ortopédica, y era tan preciso y meticuloso como ella. Maxine lo había conseguido todo con esfuerzo; él había sido un estupendo ejemplo para ella y estaba muy orgulloso de la labor de su hija. Maxine era hija única y su madre no había trabajado nunca. Su infancia había transcurrido de forma muy diferente de la de Blake. La vida de él era el resultado de una sucesión de golpes de suerte desde el principio.

Al nacer, Blake fue adoptado por un matrimonio mayor. Su madre biológica, por lo que había averiguado él más tarde, era una chica de quince años de Iowa. Cuando la conoció, estaba casada con un policía y había tenido cuatro hijos. La mujer se llevó un buen sobresalto al conocer a Blake. No tenían nada en común, y él sintió pena por ella. Había tenido una vida difícil, sin dinero y con un hombre que bebía. Ella le explicó que su padre biológico había sido un joven alocado, guapo y encantador, que tenía diecisiete años cuando nació Blake. Le dijo que su padre había muerto en un accidente de coche dos meses después de la graduación, aunque nunca había tenido intención de casarse con ella. Los abuelos de Blake eran muy católicos y habían obligado a su madre a dar a su hijo en adopción después de pasar el embarazo en otro pueblo. Sus padres adoptivos habían sido buenos y formales. Su padre era un abogado de Wall Street especializado en impuestos y había enseñado a Blake los principios para realizar buenas inversiones. Se aseguró de que Blake fuera a Princeton y después a Harvard para hacer un máster en administración de empresas. Su madre hacía trabajos de voluntariado y le había enseñado la importancia de «aportar algo» al mundo. Blake había aprendido bien ambas lecciones y su fundación subvencionaba muchas obras de beneficencia. Él extendía los cheques, aunque no conociera la mayoría de las asociaciones a las que iban destinados.

Sus padres le habían apoyado incondicionalmente, pero

murieron poco después de que él se casara con Maxine. A Blake le apenaba que no hubieran conocido a sus hijos. Eran unas personas maravillosas y unos padres cariñosos y leales. Tampoco habían vivido para ver su meteórico ascenso. A veces se preguntaba cómo habrían reaccionado ante su forma de vida actual y, de vez en cuando, a altas horas de la noche, le preocupaba que no lo aprobaran. Era muy consciente de la suerte que había tenido y de su tren de vida de excesos, pero lo pasaba tan bien con todo lo que hacía que a aquellas alturas le habría resultado difícil rebobinar la película y volver atrás. Había adoptado un modo de vivir que le proporcionaba un inmenso placer y diversión, y no perjudicaba a nadie. Le habría gustado ver más a menudo a sus hijos, pero nunca parecía haber tiempo suficiente. Sin embargo, lo compensaba cuando estaba con ellos. A su manera, era el padre de sus sueños hecho realidad. Hacían todo lo que deseaban y él podía concederles todos los caprichos y mimarlos como nadie. Maxine era la solidez y el orden en el que se apoyaban, y él la magia y la diversión. En muchos sentidos, él había significado lo mismo para Maxine, cuando eran jóvenes. Todo cambió cuando maduraron. O cuando ella maduró y él no.

Blake se interesó por los padres de Max. Siempre le había tenido afecto a su suegro. Era un hombre trabajador y serio, con valores y un gran sentido de la moral, aunque le faltara imaginación. En cierto modo, era una versión más severa y más seria de Maxine. Pero, a pesar de sus distintos estilos y filosofías de vida, él y Blake se llevaban bien. En broma, el padre de Maxine siempre llamaba «truhan» a Blake. A él le encantaba. Le parecía sexy y emocionante. Últimamente el padre de Max estaba decepcionado con Blake por lo poco que veía a los niños. Era consciente de que su hija compensaba lo que su ex marido era incapaz de hacer, pero lamentaba que ella tuviera que cargar con todo sola.

—Entonces nos vemos la noche de Acción de Gracias —dijo Blake al final de la conversación—. Te llamaré por la mañana para decirte a qué hora llego. Contrataré un servicio de catering para que nos prepare la cena. Estás invitada —dijo generosamente, con la esperanza de que aceptara. Todavía disfrutaba de su compañía. Para él no había cambiado nada, seguía pensando que era una mujer fantástica. Solo habría querido que se relajara y se divirtiera más. Creía que se tomaba demasiado a pecho la ética de trabajo puritana.

Mientras se estaba despidiendo de Blake, sonó el interfono. Había llegado el paciente de las cuatro, el muchacho de quince años. Maxine colgó y abrió la puerta de la consulta para dejarle pasar. El chico se sentó en uno de los grandes sillones antes de mirarla a la cara y saludar.

—Hola, Ted —dijo ella tranquilamente—. ¿Cómo te va?

Él se encogió de hombros, mientras ella cerraba la puerta y empezaba la sesión. El chico había intentado ahorcarse dos veces. Maxine lo había mandado hospitalizar tres meses, aunque en las últimas dos semanas que llevaba viviendo en casa parecía haber mejorado. A los trece años había empezado a mostrar síntomas de ser bipolar. Maxine le veía tres veces por semana, y una vez a la semana el chico asistía a un grupo para adolescentes con antecedentes de suicidio. Estaba mejorando y Maxine mantenía una buena relación con él. Sus pacientes la apreciaban. Tenía mucha mano y se preocupaba enormemente por ellos. Era una buena psiquiatra y una buena persona.

La sesión duró cincuenta minutos. Después Maxine tuvo un descanso de diez minutos, devolvió algunas llamadas y empezó la siguiente sesión del día con una anoréxica de dieciséis años. Como siempre, fue un día largo, duro e interesante, que exigía una gran concentración. Al terminar, consiguió devolver el resto de las llamadas y a las seis y media regresó a casa caminando bajo la lluvia y pensando en Blake. Se alegraba de que volviera por Acción de Gracias y sabía que sus hijos estarían encantados. Se preguntó si esto significaba que también estaría en Navidad. En todo caso querría que los niños se reunieran con él en Aspen. Normalmente pasaba allí el Fin de Año. Con tantas opciones interesantes y tantas casas era difícil saber dónde estaría en determinado momento. Y ahora que Marruecos se añadía a la lista, sería aún más difícil conocer su paradero. No se lo tenía en cuenta, así eran las cosas, aunque a veces fuera frustrante para ella. Blake no tenía malicia, pero tampoco ningún sentido de la responsabilidad. En muchos aspectos, Blake se negaba a crecer. Lo cual le convertía en un compañero delicioso, siempre que no esperaras mucho de él. De vez en cuando los sorprendía haciendo algo realmente considerado y maravilloso, y de repente volvía a esfumarse. Maxine se preguntó si las cosas habrían sido diferentes si no hubiera conseguido su fortuna a los treinta y dos años. Eso había cambiado la vida de Blake y la de todos ellos para siempre. Casi deseaba que no hubiera ganado todo ese dinero con aquel golpe de suerte con su puntocom. Antes de eso su vida había sido muy agradable a veces. Pero con el dinero todo había cambiado.

Maxine conoció a Blake cuando era residente en el hospital de Stanford. Él trabajaba en Silicon Valley, en el mundo de las inversiones en alta tecnología. Entonces hacía planes para su incipiente empresa, que ella nunca comprendió por completo, pero le fascinó su increíble energía y pasión por las ideas que estaba desarrollando. Coincidieron en una fiesta a la que ella no tenía ganas de ir, pero una amiga la había convencido. Llevaba dos días trabajando en la unidad de traumatología y estaba medio dormida cuando los presentaron. Al día siguiente él la llevó a dar un paseo en helicóptero; volaron sobre la bahía y por debajo del Golden Gate. Estar con él había sido excitante y, después de esto, su relación fue meteórica como un incendio forestal bajo un fuerte viento. Al cabo de unos meses estaban casados. Ella tenía entonces veintisiete años y durante un año su vida fue un torbellino. Diez meses después de la boda, Blake vendió su empresa por una fortuna. El resto era historia. Sin esfuerzo aparente, convertía el dinero en más dinero. Estaba dispuesto a arriesgarlo todo y realmente era un genio en lo que hacía. Maxine estaba deslumbrada con su visión a largo plazo, con su habilidad y con su inteligencia.

Cuando nació Daphne, dos años después de la boda, Blake había ganado una cantidad de dinero increíble y quería que Max abandonara su profesión. Sin embargo, ella había ascendido a jefe de residentes de psiquiatría adolescente, había dado a luz a Daphne y de repente se encontraba casada con uno de los hombres más ricos del mundo. Era mucho para digerir y a lo que adaptarse. Además, por culpa de una falsa creencia o de un exceso de confianza en la lactancia como método anticonceptivo, se quedó embarazada de Jack seis semanas después de dar a luz a Daphne. Cuando nació el segundo bebé, Blake ya había comprado la casa de Londres y la de Aspen, había encargado el barco y se habían mudado a Nueva York. Poco después, se jubiló. Maxine no abandonó su profesión ni siquiera después del nacimiento de Jack. Su permiso de maternidad fue más breve que cualquiera de los viajes de Blake; para entonces él ya viajaba por todo el mundo. Contrataron a una niñera interna y Maxine se reincorporó a su puesto.

Trabajar cuando Blake no lo hacía era un problema, pero la vida que él llevaba le daba miedo. Era demasiado despreocupada, opulenta y de la *jet set* para ella. Mientras Maxine abría su propia consulta y participaba en un importante proyecto de investigación en traumas infantiles, Blake contrataba al decorador más importante de Londres para reformar su casa y a otro para la de Aspen, y compraba la propiedad de Saint-Bart como regalo de Navidad para ella y un avión para sí mismo. Para Maxine, todo estaba sucediendo demasiado deprisa, y después de aquello, ya nunca se detuvo. Tenían casas, niños y una fortuna increíble, y Blake salía en las portadas de *Newsweek* y *Time*. Siguió realizando inversiones, que doblaron y triplicaron su dinero, pero nunca volvió a trabajar de una manera formal. Lo que hacía, lo resolvía por internet o por teléfono. Al final su matrimonio también parecía estar transcurriendo por teléfono. Blake era tan cariñoso como siempre cuando estaban juntos, pero la mayor parte del tiempo, sencillamente no estaba.

En cierto momento, Maxine llegó a pensar en aandonar su trabajo y habló con su padre sobre ello. Pero, al final, su conclusión fue que no tenía sentido. ¿Qué haría entonces? ¿Viajar con él de una casa a otra, vivir en hoteles en las ciudades donde no tenían residencia fija o acompañarle en las fabulosas vacaciones que hacía él, en safaris en África, en ascensiones a las montañas del Himalaya, financiando excavaciones arqueológicas o regatas? No había nada que Blake no pudiera realizar, y menos aún que le diera miedo intentar. Tenía que hacer, probar y tenerlo todo. Maxine no se imaginaba arrastrando a dos críos por la mayoría de los lugares a los que iba él, así que normalmente ella se quedaba en casa, en Nueva York, y nunca se decidió a renunciar a su trabajo. Cada chico suicida que veía, cada niño traumatizado, la convencía de que lo que ella hacía era necesario. Había ganado dos prestigiosos premios por sus proyectos de investigación, aunque a veces se sentía al borde de un ataque de nervios intentando quedar con su marido en Venecia, Cerdeña o Saint-Moritz, donde él frecuentaba a la *jet set*, yendo a la guardería a recoger a sus hijos en Nueva York o trabajando en proyectos de investigación psiquiátrica y dando conferencias. Llevaba tres vidas a la vez. Al final, Blake dejó de suplicarle que lo acompañara y se resignó a viajar solo. Ya no podía permanecer quieto, el mundo estaba a sus pies y no era lo bastante grande. Se convirtió en un marido y padre ausente casi de la noche a la mañana, mientras Maxine intentaba contribuir a mejorar la situación de adolescentes y niños suicidas y traumatizados y cuidar a los suyos. Su realidad y la de Blake no podían estar más separadas. Por mucho que se quisieran, al final el único puente que quedaba entre ellos eran sus hijos.

Durante los siguientes cinco años vivieron vidas separadas, encontrándose brevemente por todo el mundo, cuando y donde convenía a Blake, y entonces Maxine se quedó embarazada de Sam. Fue un accidente que sucedió cuando estaban pasando un fin de semana en Hong Kong, justo después de que Blake volviera de hacer trekking con unos amigos en Nepal. Maxine acababa de conseguir otra beca de investigación sobre jóvenes anoréxicas. Descubrió que estaba embarazada y, a diferencia de las otras dos veces, no se entusiasmó. Era una cosa más con la que hacer malabarismos, un niño más al que criar sola, una pieza más del rompecabezas que ya era demasiado complicado y grande. En cambio, Blake estaba loco de contento. Dijo que quería tener media docena de hijos, lo que para Maxine carecía de toda lógica. Apenas veía a los que ya tenía. Jack tenía seis años y Daphne siete cuando Sam nació. Tras perderse el parto, Blake llegó al día siguiente, con un estuche de la joyería Harry Winston en la mano. Regaló a Maxine un anillo con una esmeralda de treinta quilates; era espectacular, pero no lo que ella quería. Habría preferido pasar tiempo con él. Echaba de menos su primera época en California, cuando los dos trabajaban y eran felices, antes de que ganara la lotería puntocom que había cambiado radicalmente sus vidas.

Y cuando ocho meses después Sam se cayó del cambiador, se rompió el brazo y se golpeó la cabeza, ni siquiera pudo localizar a su padre hasta dos días más tarde. Cuando finalmente lo encontró, ya no estaba en Cabo, sino camino de Venecia, buscando palazzos en venta, para darle una sorpresa. Para entonces, Maxine estaba harta de sorpresas, casas, decoradores y más casas que nunca podrían habitar. Para Blake siempre había gente a la que conocer, lugares nuevos adonde ir, empresas nuevas que adquirir o en las que invertir, casas que quería construir o tener, aventuras en las que embarcarse. Sus vidas ya estaban desconectadas por completo, hasta el punto de que cuando Blake regresó después de que ella le explicara el accidente de Sam, Maxine se echó a llorar al verlo y dijo que quería el divorcio. Era demasiado. Sollozó en sus brazos y dijo que simplemente ya no podía más.

—¿Por qué no lo dejas? —propuso él tan tranquilo—. Trabajas demasiado. Dedícate a mí y a los niños. ¿Por qué no contratamos más servicio y así puedes viajar conmigo?

Al principio no se tomó en serio su petición de divorcio. Se amaban. ¿Para qué iban a divorciarse?

—Si hiciera eso —dijo ella con tristeza, apretada contra su pecho—, no vería nunca a mis hijos, como tú ahora. ¿Cuándo fue la última vez que estuviste en casa más de dos semanas?

Él se lo pensó y se quedó atónito. Maxine había dado en el clavo, aunque a él le avergonzara reconocerlo.

—Caramba, Max, no sé. Nunca lo había pensado.

—Ya lo sé. —Lloró más fuerte y se sonó la nariz—. Ya no sé nunca dónde estás. No pude localizarte cuando Sam se hizo daño. ¿Y si hubiera muerto? ¿O si hubiera muerto yo? Ni te habrías enterado.

—Lo siento, cariño, intentaré mantenerme siempre en contacto. Creía que lo tenías todo controlado. —Estaba encantado de dejárselo todo a ella mientras él jugaba.

—Lo tengo. Pero estoy cansada de hacerlo sola. En lugar de decirme que deje de trabajar, ¿por qué no dejas de viajar y te quedas en casa? —No tenía mucha esperanza, pero lo intentó.

—Tenemos tantas casas estupendas y hay tantas cosas que quiero hacer...

Acababa de financiar una obra en Londres, de un dramaturgo joven al que hacía dos años que patrocinaba. Le encantaba ser un mecenas de las artes, mucho más de lo que le gustaba quedarse en casa. Amaba a su esposa y adoraba a sus hijos, pero le aburría vivir todo el año en Nueva York. Maxine había aguantado durante ocho años los constantes cambios en su vida, y ya no podía más. Quería estabilidad, regularidad y la clase de vida convencional que Blake aborrecía ahora. Definía el concepto de «espíritu libre» de formas que Maxine nunca se habría planteado. Y como de todos modos nunca estaba en casa y casi siempre resultaba imposible localizarle, pensó que estaría mejor sola. Cada vez le costaba más engañarse creyendo que tenía marido y que podía contar con él para algo. Al final se dio cuenta de que no podía. Blake la amaba, pero el noventa y cinco por ciento del tiempo estaba fuera. Tenía su propia vida, intereses y objetivos que prácticamente ya no la incluían a ella.

Así que con lágrimas y aflicción, pero con el máximo respeto, ella y Blake se habían divorciado hacía cinco años. Él le dejó el piso de Nueva York y la casa de Southampton, y le habría cedido más casas de haberlo querido ella, pero no quiso. También le había ofrecido un acuerdo económico que habría asombrado a cualquiera. Se sentía culpable por haber sido un marido y un padre ausente los últimos años, pero debía admitir que el arreglo le convenía. No le gustaba reconocerlo, pero, confinado a la vida que Maxine llevaba en Nueva York, se sentía como en una camisa de fuerza dentro de una caja de cerillas.

Ella rechazó el acuerdo económico y solo aceptó la pensión para los hijos. Maxine ganaba más que suficiente en su consulta para mantenerse y no necesitaba nada de él. En su opinión, el golpe de suerte había sido de Blake, no de ella. Ninguna de sus amistades podía creer que en su posición hubiera sido tan justa. No existía ningún contrato prematrimonial que protegiera los bienes de él, ya que no tenía ninguno cuando se conocieron. Ella no quiso quedarse nada de su marido, le amaba, quería lo mejor para él y le deseó suerte. Todo esto había contribuido a que al final él la apreciara más que nunca, y por ello habían seguido siendo amigos. Maxine siempre decía que Blake era como tener un hermano descarriado y, tras el impacto inicial de ver que salía con chicas que tenían la mitad de sus años, o de los de ella, se lo había tomado con filosofía. Su única preocupación era que fuera bueno con sus hijos.

Maxine no había tenido ninguna relación seria después de él. La mayoría de los médicos y psiquiatras que conocía estaban casados, y la vida social de Maxine se limitaba a sus hijos. Durante los últimos cinco años había tenido suficiente con su familia y su trabajo. De vez en cuando quedaba con hombres que conocía, pero no había saltado la chispa con nadie desde Blake. Resultaba difícil superarle. Era irresponsable, informal, desorganizado, un padre inepto a pesar de sus buenas intenciones, y un marido desastroso al final, pero en su opinión no había hombre en el planeta más bueno, más honesto, que tuviera más buen corazón o fuera más divertido. A menudo deseaba tener el valor para ser tan despreocupada y libre como él. Pero ella necesitaba una estructura, unos cimientos firmes, una vida ordenada y no tenía el mismo anhelo que Blake, o sus agallas, para perseguir sus sueños más disparatados. A veces le envidiaba.

No había nada ni en los negocios ni en la vida que fuera demasiado arriesgado para Blake, por ello siempre había tenido tanto éxito. Para eso había que tenerlos bien puestos, y Blake Williams los tenía. Maxine se sentía como un pequeño ratón en comparación con él. A pesar de ser una mujer realizada, lo era a una escala más humana. Era una lástima que su matrimonio no hubiera funcionado, aunque Maxine estaba inmensamente contenta de haber tenido a sus hijos. Eran la alegría y el centro de su vida, y todo lo que necesitaba por ahora. A los cuarenta y dos años, no estaba desesperada por encontrar a otro hombre. Tenía un trabajo gratificante, pacientes por los que se preocupaba mucho y unos hijos preciosos. Por ahora era suficiente, y a veces más que suficiente.

El portero se tocó la gorra cuando Maxine entró en la finca de Park Avenue, a cinco manzanas de su consulta. Era un edificio antiguo, con habitaciones amplias, construido antes de la Segunda Guerra Mundial y de aspecto solemne. Maxine estaba empapada. El viento había vuelto su paraguas del revés y lo había desgarrado poco después de salir de la consulta, así que lo había tirado. La gabardina chorreaba y sus largos cabellos rubios, recogidos en una pulcra coleta, para trabajar, estaban pegados a su cabeza. Ese día no llevaba maquillaje y su cara tenía un aspecto fresco, joven y limpio. Era alta y delgada y parecía más joven de lo que era; Blake a menudo comentaba que tenía unas piernas espectaculares, aunque ella raramente las enseñaba. No solía llevar faldas cortas; su atuendo habitual consistía en pantalones clásicos para trabajar y vaqueros los fines de semanas. No era de la clase de mujeres que se aprovechan de su aspecto para venderse a sí mismas. Era discreta y recatada, y Blake le había dicho a menudo en broma que le recordaba a Lois Lane. Le quitaba las gafas que se ponía para el ordenador y le soltaba los largos y abundantes cabellos color trigo, e inmediatamente estaba sexy, lo quisiera o no. Maxine era una mujer hermosa, y ella y Blake tenían tres hijos muy guapos. Los cabellos de Blake eran tan oscuros como claros los de ella, y sus ojos tenían el mismo color azul que los de ella. Maxine medía metro ochenta y seis, pero él le sacaba una cabeza. Habían formado una pareja espectacular. Daphne y Jack habían heredado los cabellos azabache de Blake y los ojos azules de sus padres; en cambio, los cabellos de Sam eran rubios como los de su madre y tenía los ojos verdes de su abuelo. Era un niño guapo y todavía lo bastante pequeño para ser cariñoso con su madre.

Maxine subió en el ascensor dejando charcos tras de sí. Entró en el piso, uno de los dos del rellano. Los otros inquilinos se habían jubilado y hacía años que vivían en Florida. No estaban nunca, así que Maxine y los niños no tenían que preocuparse demasiado por el ruido, lo cual era una suerte, con tres niños bajo el mismo techo, dos de ellos varones.

Mientras se quitaba la gabardina en el recibidor y la doblaba sobre el paragüero, Maxine oyó música a todo volumen. También se descalzó, porque tenía los pies empapados, y se rió al ver su reflejo en el espejo. Parecía una rata ahogada, con las mejillas sonrosadas por el frío.

—¿Qué ha hecho? ¿Volver nadando? —preguntó Zelda, la niñera, al verla en el pasillo. Llevaba una pila de ropa limpia en las manos. Estaba con ellos desde el nacimiento de Jack y era un regalo de Dios para todos ellos—. ¿Por qué no ha cogido un taxi?

—Necesitaba tomar el aire —dijo Maxine sonriendo.

Zelda era regordeta, tenía la cara redonda, los cabellos recogidos en una gruesa trenza y tenía la misma edad que Maxine. No se había casado nunca y ejercía de niñera desde los dieciocho años. Maxine la siguió a la cocina, donde Sam estaba dibujando en la mesa, ya bañado y en pijama. Zelda preparó enseguida una taza de té para su jefa. Siempre era un consuelo encontrarla al volver a casa, sabiendo que lo tenía todo bien organizado. Como Max, era obsesivamente pulcra, y se pasaba el día limpiando detrás de los niños, cocinando para ellos y acompañándolos en coche a donde fuera mientras su madre trabajaba. Maxine la sustituía los fines de semana. En teoría era cuando Zelda tenía el día libre y, aunque le gustaba ir al teatro siempre que podía, normalmente se quedaba en su habitación detrás de la cocina, descansando y leyendo. Toda su lealtad era para los niños y su madre. Hacía doce años que cuidaba de ellos y formaba parte de la familia. No tenía una gran opinión de Blake, al que consideraba guapo y consentido, pero un padre pésimo para sus hijos. Siempre había pensado que los niños se merecían más de lo que él les daba y Maxine no podía decirle que estaba equivocada. Ella quería a Blake. Zelda no.

La cocina estaba decorada con maderas decapadas, superficies de granito beis y un suelo de madera clara. Era una habitación acogedora en la que se reunían todos, y había un sofá y un televisor, donde Zelda veía los culebrones y los programas de entrevistas. Siempre que se presentaba la oportunidad, comentaba lo que había oído en ellos con entusiasmo.

—Hola, mamá —dijo Sam al oír entrar a su madre, mientras dibujaba enfrascado con un lápiz pastel morado.

—Hola, corazón. ¿Cómo te ha ido el día? —Le besó en la cabeza y le alborotó el pelo.

—Bien. Stevie ha vomitado en la escuela —dijo tan fresco, cambiando el lápiz morado por otro verde.

Estaba dibujando una casa, un vaquero y un arco iris. Maxine no vio nada especial en ello, parecía un niño feliz y normal. Añoraba a su padre menos que los otros, ya que nunca había vivido con él. Sus dos hermanos mayores eran ligeramente más conscientes de su pérdida.

—Pobre —comentó Maxine del infortunado Stevie. Esperaba que fuera algo que el niño había comido y no una gripe que circulara por la escuela—. ¿Tú estás bien?

—Sí. —Sam asintió.

Zelda miró dentro del horno y siguió con la cena. Daphne entró en la cocina. Acababa de empezar octavo y a los trece años su cuerpo estaba desarrollando nuevas curvas. Los tres niños iban a la escuela Dalton y Maxine estaba muy contenta con ella.

—¿Me prestas tu jersey negro? —preguntó Daphne, cogiendo un poco de manzana del plato del que Sam había estado comiendo.

—¿Cuál? —Maxine la miró con cautela.

—El que tiene piel blanca. Emma da una fiesta esta noche —dijo Daphne despreocupada, intentando fingir que no le importaba, aunque era obvio que sí. Era viernes, y últimamente había fiestas casi todos los fines de semana.

—Es un jersey muy llamativo para una fiesta en casa de Emma. ¿Qué tipo de fiesta? ¿Con chicos?

—Bueno... sí... puede... —dijo Daphne, y Maxine sonrió.

Ya te daré «puede». Su madre sabía perfectamente que Daphne conocía todos los detalles de la fiesta. Y con el jersey nuevo de Valentino de Maxine pretendía impresionar a alguien, seguro que a un chico de octavo.

—¿No te parece que ese jersey te hará demasiado mayor? ¿Por qué no otra cosa?

Aún no lo había estrenado. Estaba haciendo sugerencias

cuando entró Jack, todavía con zapatillas de deporte. En cuanto las vio, Zelda gritó y señaló los pies del chico.

—¡Quita eso de mi suelo! ¡Sácatelas ahora mismo! —ordenó, y él se sentó en el suelo y se descalzó, sonriendo.

Zelda se hacía obedecer, no había que preocuparse por eso.

—Hoy no has jugado, ¿verdad? —preguntó Maxine, mientras se agachaba para besar a su hijo. Siempre estaba practicando algún deporte o pegado al ordenador. Era el experto en informática de la familia, y siempre ayudaba a Maxine y a su hermana con sus ordenadores. No había problema que lo asustara y los resolvía todos con facilidad.

—Lo han suspendido por la lluvia.

—Me lo imaginaba. —Ya que los tenía a todos juntos, les habló de los planes de Blake para Acción de Gracias—. Vuestro padre quiere que vayáis todos a cenar la noche de Acción de Gracias. Creo que estará aquí el fin de semana. Os podéis quedar en su casa si os apetece —dijo sin darle importancia.

Blake había preparado unas habitaciones fabulosas para ellos en su ático del piso quince, llenas de obras de arte contemporáneo impresionantes, y un equipo de vídeo y estéreo de última generación. Los niños tenían una vista increíble de la ciudad desde sus habitaciones, un cine donde podían ver películas, una sala de juegos con mesa de billar y todos los juegos electrónicos habidos y por haber. Les encantaba quedarse en casa de su padre.

—¿Tú también vendrás? —preguntó Sam, levantando la cabeza del dibujo. Prefería que estuviera su madre. En cierto modo, su padre era un desconocido para él y estaba más contento si tenía a su madre cerca. Pocas veces pasaba la noche allí, aunque Jack y Daphne sí lo hicieran.

—Puede que vaya a cenar, si queréis. Iremos a almorzar a casa de los abuelos, así que estaré saturada de pavo. Lo pasaréis bien con vuestro padre.

—¿Llevará a una amiga? —preguntó Sam, y Maxine se dio cuenta de que no tenía ni idea.

A menudo, cuando invitaba a sus hijos, Blake estaba saliendo con alguna mujer. Siempre eran jóvenes, y a veces los niños lo pasaban bien con ellas, aunque, en general, Maxine sabía que consideraban una intrusión su carrusel de mujeres, sobre todo Daphne, que prefería ser la mujer protagonista en la vida de su padre. Para ella, era un hombre fantástico. Y últimamente su madre lo era cada día menos, algo normal a su edad. Maxine veía constantemente a niñas adolescentes que odiaban a sus madres. Se les pasaba con el tiempo, y todavía no le preocupaba.

—No sé si va a llevar a alguien o no —dijo Maxine, mientras Zelda hacía un ruidito burlón de desaprobación desde la cocina.

—La última era una tonta del bote —comentó Daphne, y salió de la cocina para registrar el armario de su madre.

Los dormitorios estaban uno al lado del otro a lo largo del pasillo y a Maxine le gustaba así. Prefería estar cerca de ellos, y Sam a menudo se metía en su cama por la noche con la excusa de que tenía pesadillas. La mayoría de las veces simplemente deseaba acurrucarse contra ella.

Aparte de esto, tenían un salón espacioso, un comedor lo bastante grande para ellos y un pequeño estudio donde Maxine solía quedarse a trabajar, escribiendo artículos, preparando conferencias o investigando. Su piso no se podía comparar con el lujo opulento del de Blake, que parecía una nave espacial posada en la cima del mundo, pero era acogedor y cálido, y desprendía el ambiente de un verdadero hogar.

Cuando Maxine entró en su habitación para secarse el pelo, encontró a Daphne repasando metódicamente su armario. Había encontrado un jersey blanco de cachemira y unos zapatos de tacón, unos Manolo Blahnik negros de piel, en punta y con tacón de aguja, que su madre no se ponía casi nunca. Maxine ya era bastante alta, y solo había podido ponerse tacones así cuando estaba casada con Blake.

—Son demasiado altos para ti —advirtió Maxine—. Casi me maté la última vez que me los puse. Busca otros.

—Mammmmá... —gimió Daphne—. Estos me quedarán fantásticos.

En opinión de Maxine, eran demasiado sofisticados para una niña de trece años, pero Daphne aparentaba quince o dieciséis, así que podía permitírselo. Era una chica preciosa, con los rasgos de su madre, la piel clara y los cabellos color azabache de su padre.

—Debe de ser una fiesta por todo lo alto la de esta noche en casa de Emma. —Maxine sonrió—. Chicos guapos, ¿eh?

Daphne puso cara de exasperación y salió de la habitación, con lo que no hizo más que confirmar lo que había dicho su madre. A Maxine le daba un poco de miedo pensar en cómo sería su vida cuando los chicos entraran en escena. Hasta ese momento los niños habían sido fáciles, pero ella sabía mejor que nadie que eso no duraría eternamente. Y si la cosa se ponía fea, tendría que solucionarlo sola. Como siempre.

Maxine se duchó y se puso una bata de franela. Media hora después, ella y sus hijos estaban sentados a la mesa de la cocina, mientras Zelda les servía una cena de pollo asado, patatas al horno y ensalada. Cocinaba comidas sabrosas y nutritivas, y todos estaban de acuerdo en que sus brownies, sus galletas de canela y sus panqueques eran los mejores del mundo. Maxine pensaba a veces con tristeza que Zelda habría sido una gran madre, pero no había ningún hombre en su vida ni lo había habido en mucho tiempo. A los cuarenta y dos años lo más probable era que esa oportunidad hubiera pasado de largo. Al menos podía querer a los hijos de Maxine.

Mientras cenaban, Jack comunicó que iba al cine con un amigo. Ponían una nueva película de terror que quería ver, una que prometía ser especialmente gore. Necesitaba que ella lo acompañara y lo recogiera. Sam iría a dormir a casa de un compañero de clase al día siguiente y esa noche tenía pensado ver una película en la habitación de su madre, en su cama y con palomitas. Maxine acompañaría a Daphne a casa de Emma antes de dejar a Jack en el cine. Al día siguiente tenía que hacer algunos recados y el fin de semana tomaría forma, como siempre, sin planificación, conforme al ritmo y las necesidades de los niños.

Aquella noche estaba hojeando la revista *People* mientras esperaba que la llamara Daphne para ir a recogerla, cuando vio una foto de Blake en una fiesta que los Rolling Stones habían dado en Londres. Iba acompañado de una famosa estrella del rock, una chica espectacularmente guapa que casi no llevaba nada encima. Blake aparecía a su lado, sonriendo. Maxine miró la fotografía un minuto intentando decidir si la fastidiaba, y se confirmó a sí misma que no. Sam respiraba profundamente a su lado, con la cabeza en su almohada, el cuenco de palomitas vacío, abrazado a su amado osito.

Mientras contemplaba la fotografía de la revista trató de recordar cómo había sido estar casada con él. Los días maravillosos del comienzo habían dado paso a los días solitarios, llenos de irritación y frustración del final. Nada de eso importaba ya. Concluyó que verle con actrices, modelos, estrellas del rock y princesas no le molestaba en absoluto. Blake representaba una cara de su pasado lejano, y al final, por muy adorable que fuera, su padre tenía razón. No era un marido, era un truhan. Cuando besó a Sam con dulzura en su sedosa mejilla, pensó de nuevo que le gustaba su vida tal como era.

2

Durante la noche, la intensa lluvia se convirtió en nieve. La temperatura descendió considerablemente y, cuando despertaron, todo estaba cubierto por un manto blanco. Era la primera nevada fuerte del año. Sam echó un vistazo y aplaudió encantado.

—¿Podemos ir al parque y llevarnos el trineo, mamá?

La nieve seguía cayendo y el paisaje recordaba una postal de Navidad, pero Maxine sabía que al día siguiente estaría todo hecho un asco.

—Claro, cariño.

Pensando en ello se dio cuenta, como siempre, de que Blake se estaba perdiendo lo mejor. Lo había cambiado todo por sus fiestas de la *jet set* y por conocer personas de todo el mundo. Pero para Maxine, lo mejor de la vida estaba allí mismo.

Daphne entró para desayunar con el móvil pegado a la oreja. Se levantó de la mesa varias veces, susurrando algo a su interlocutora, mientras Jack ponía cara de desesperación y se servía las tortitas que había preparado Maxine. Era de las pocas cosas que sabía cocinar y las preparaba a menudo. El chico se sirvió una gran cantidad de jarabe de arce y comentó lo tontas que estaban Daphne y sus amigas últimamente con los chicos.

—¿Y tú qué? —preguntó su madre con interés—. ¿No hay novias a la vista?

Asistía a clases de baile y a una escuela mixta, así que tenía un montón de oportunidades de conocer chicas, pero todavía no le interesaban. Por el momento su interés principal eran los deportes. Lo que más le gustaba era el fútbol, navegar por internet y los videojuegos.

—Puf —respondió el chico, mientras devoraba otro pedazo de tortita.

Sam estaba echado en el sofá, mirando dibujos animados en la tele. Había desayunado hacía una hora, al levantarse. Los sábados por la mañana no había horario y Maxine cocinaba para ellos a medida que se levantaban. Le encantaba esta faceta doméstica para la que no tenía tiempo durante la semana, porque siempre iba con prisas para poder visitar a sus pacientes en el hospital antes de acudir a su consulta. Normalmente salía de casa mucho antes de las ocho, cuando los niños se iban a la escuela. Pero a excepción de algunas ocasiones, se las arreglaba para cenar con ellos todos los días.

Recordó a Sam que esa noche dormiría en casa de un amigo y Jack la interrumpió para decir que él también. Daphne dijo que había quedado con tres amigas para ver una película y que tal vez también vendrían un par de chicos.

—Vaya, esto es nuevo —comentó Maxine con expresión de interés—. ¿Alguien que conozca?

Daphne se limitó a menear la cabeza con expresión irritada y salió de la habitación. Estaba claro que, para ella, la pregunta no merecía respuesta.

Maxine enjuagó los platos y los metió en el lavaplatos; una hora después, ella y los tres niños se fueron al parque. En el último momento, los dos mayores habían decidido apuntarse. Maxine tenía un par de trineos y ella y Daphne se envolvieron el trasero con una bolsa de basura y se lanzaron montaña abajo con los chicos y otros niños soltando chillidos de alegría. Seguía nevando, y sus hijos todavía se comportaban como niños pequeños de vez en cuando y no como si fueran mayores, que era lo que querían ser. Se quedaron hasta las tres y regresaron paseando por el parque. Había sido divertido y al llegar a casa Maxine les preparó un chocolate caliente con nata y galletas. Era agradable pensar que no eran tan mayores al fin y al cabo y que seguían disfrutando como habían hecho siempre.

A las cinco acompañó a Sam a casa de su amigo, en la calle Ochenta y nueve Este, y a Jack al Village a las seis, y regresó a tiempo para ver llegar a las amigas de Daphne con un montón de películas alquiladas. En el último momento, aparecieron dos chicas más. A las ocho encargó pizzas para todos y Sam llamó a las nueve «para preguntarle cómo estaba», lo que Maxine sabía por experiencia que significaba que habría preferido no pasar la noche con su amigo. A veces no podía soportarlo y volvía a casa para dormir con ella o en su propia cama. Maxine le dijo que estaba bien y él respondió que también. Maxine colgó el teléfono y sonrió. Oyó risas agudas procedentes de la habitación de Daphne. Algo le decía que estaban hablando de chicos, y no se equivocaba.

A las diez se presentaron dos chicos de trece años que parecían espantosamente avergonzados. Eran varios centímetros más bajos que las chicas, no mostraban señales de pubertad y devoraron lo que quedaba de las pizzas. Unos minutos más tarde se marcharon mascullando excusas. No pasaron de la cocina y no llegaron a entrar en la habitación de Daphne. Dijeron que tenían que volver a casa. Las chicas los triplicaban en número, pero se habrían marchado temprano de todos modos. El panorama les superaba. Las chicas parecían mucho más maduras, y en cuanto los chicos se hubieron marchado volvieron corriendo a la habitación de Daphne para comentarlo. Maxine sonreía para sí misma mientras escuchaba sus risas y chillidos cuando a las once sonó el teléfono. Supuso que sería Sam para decirle que quería volver a casa, así que descolgó con una sonrisa, esperando oír la voz de su hijo pequeño.

Pero era una enfermera de urgencias del hospital Lenox Hill que la llamaba por uno de sus pacientes. Maxine frunció el ceño y se sentó, concentrándose inmediatamente y formulando las preguntas pertinentes. Jason Wexler tenía dieciséis años, su padre había muerto de forma inesperada de un infarto hacía seis meses, y su hermana mayor había fallecido en un accidente de tráfico diez años atrás. El chico se había tomado un puñado de somníferos de su madre. Tenía una depresión y ya lo había intentado antes, pero nunca desde la muerte de su padre. Él y su padre habían mantenido una discusión terrible la noche en que él había muerto, y Jason estaba convencido de que él era el culpable del infarto y de la muerte de su padre.

La enfermera dijo que la madre de Jason estaba histérica en la sala de espera. Jason estaba consciente y ya le estaban haciendo un lavado de estómago. Creían que se pondría bien, pero se había salvado por los pelos. Su madre lo había encontrado a tiempo y había llamado a una ambulancia; de haberlo hecho más tarde, no se habría salvado. Maxine escuchó atentamente. El hospital estaba a tan solo ocho calles de su casa y andando llegaría en un momento a pesar de los quince centímetros de nieve que habían caído y que se habían convertido en barro por la tarde y en placas de hielo sucio al caer la noche. Era peligroso caminar con la calle en esas condiciones.

—Estaré ahí dentro de diez minutos —dijo a la enfermera con decisión—. Gracias por llamar.

Maxine había dado el teléfono de su casa y su móvil a la madre de Jason hacía meses. Incluso los fines de semana, en los que la centralita del hospital podía atender sus llamadas, quería estar disponible para Jason y su madre si la necesitaban. Tenía la esperanza de que no fuera necesario, así que no le gustó enterarse del segundo intento de suicidio del chico. Maxine sabía que la mujer estaría terriblemente angustiada. Después de perder a su marido y a su hija, Jason era lo único que le quedaba.

Maxine llamó a la puerta de Zelda y vio que estaba durmiendo. Quería que supiera que iba a salir a ver a un paciente, y pedirle que estuviera atenta a las chicas, por si acaso. Pero odiaba tener que despertarla, así que cerró la puerta suavemente y sin hacer el menor ruido. Al fin y al cabo, era su día libre. Así que Maxine fue a la habitación de Daphne mientras se pasaba un jersey grueso por la cabeza. Los vaqueros ya los llevaba puestos.

—Tengo que salir a ver a un paciente —explicó. Daphne sabía, como todos, que su madre visitaba a pacientes especiales, incluso los fines de semana, así que se limitó a mirarla y asentir. Todavía estaban viendo películas y se habían tranquilizado con el paso de las horas—. Zelda está en casa, así que si necesitas algo puedes pedírselo, pero no hagáis mucho ruido en la cocina, por favor. Está durmiendo. —Daphne asintió de nuevo sin apartar la mirada de la pantalla. Dos de las chicas se habían quedado dormidas en la cama de Daphne, y otra se estaba pintando las uñas. Las demás miraban la película sin pestañear—. No tardaré mucho.

Daphne sabía que probablemente se trataba de un intento de suicidio. Su madre nunca hablaba de ello, pero esta solía ser la razón por la que a veces tenía que salir de casa por la noche. Los demás pacientes podían esperar al día siguiente.

Maxine se puso unas botas con suela de goma y un anorak de esquiar, cogió el bolso y salió de casa apresuradamente. A los pocos minutos ya estaba bajando a buen paso por Park Avenue en dirección sur con un viento gélido, hacia el hospital Lenox Hill. Cuando llegó y entró en urgencias sentía agujas en la cabeza y tenía los ojos húmedos. Preguntó en recepción y le indicaron en qué box estaba Jason. Habían decidido que no era necesario trasladarlo a la UCI. Estaba aturdido pero fuera de peligro, y la esperaban para que lo ingresara y decidiera qué hacer. Helen Wexler se le echó encima en cuanto la vio entrar, la abrazó y empezó a sollozar.

—Casi se muere... —dijo histérica en brazos de Maxine

mientras esta la sacaba delicadamente de la sala después de hacer una señal a la enfermera.

Jason dormía en la cama y parecía tranquilo. Seguía muy sedado por los restos de lo que había tomado, pero la dosis ya no era tan alta y su vida no corría peligro. Solo le mantenía dormido. Su madre no dejaba de repetir que había estado a punto de morir. Maxine se la llevó por el pasillo, por si su hijo se despertaba.

—Pero no ha muerto, Helen. Se va a poner bien —dijo Maxine con calma—. Por suerte le has encontrado a tiempo y se pondrá bien.

Hasta la próxima. Pero era misión de Maxine impedirlo, así que no habría tercera vez. Aunque cuando un paciente intentaba suicidarse, el riesgo estadístico de que lo repitiera era infinitamente más elevado, y la posibilidad de conseguirlo aumentaba. A Maxine no le hacía ninguna gracia que Jason lo hubiera intentado por segunda vez.

Maxine hizo que la madre de Jason se sentara en una silla y respirara hondo. Por fin consiguió hablar de ello con calma. Dijo que creía que Jason debía ser hospitalizado por más tiempo en esta ocasión. Propuso ingresarlo un mes, y después ya verían cómo estaba. Le recomendó un centro de Long Island con el que trabajaba a menudo. Aseguró a Helen Wexter que eran estupendos con los adolescentes. Helen la miró horrorizada.

—¿Un mes? Eso significa que no estará en casa el día de Acción de Gracias. No puedes hacerlo —dijo, llorando otra vez—. No puedo estar sin él durante las fiestas. Su padre acaba de morir, y será nuestro primer día de Acción de Gracias sin él —insistió, como si eso tuviera alguna importancia en aquel momento, ante el riesgo de un tercer intento de suicidio de su hijo.

Era increíble lo que podía hacer la mente para negar la realidad y a lo que se aferraba cada uno para no tener que afrontar la dureza de la situación. Si Jason lo intentaba de nuevo y lo lograba, no volvería a pasar un día de Acción de Gracias con él. Merecía la pena sacrificar este. Pero la madre del chico no quería oír hablar de aquello, así que Maxine intentó mostrarse firme pero compasiva y amable al mismo tiempo, como siempre.

—Creo que ahora mismo Jason necesita protección y apoyo. No quiero mandarlo a casa demasiado pronto, y las vacaciones van a ser muy duras para él sin su padre. En serio, pienso que estará mejor en Silver Pines. Puedes celebrar Acción de Gracias allí con él.

Helen lloró más aún.

Maxine estaba impaciente por ver a Jason. Le dijo a Helen que hablarían de ello más tarde, pero las dos acordaron que el chico pasara la noche en Lenox Hill. No había alternativa; no se encontraba en condiciones de volver a casa. Helen estaba totalmente de acuerdo con esto, pero no con lo demás. Detestaba la idea de Silver Pines. Dijo que el nombre le recordaba al de un cementerio.

Maxine examinó a Jason en silencio mientras el chico dormía, leyó su historia clínica, y se alarmó al ver la cantidad de fármacos que había ingerido. Había tomado mucho más que una dosis letal, a diferencia de la otra vez. El último intento había sido mucho más serio, y Maxine se preguntó qué lo habría provocado. Al día siguiente, cuando Jason se despertara, pasaría a verle un rato. En aquel momento era imposible hablar con él.

Escribió algunas instrucciones en la historia de Jason. Lo trasladarían a una habitación privada aquella noche, y sus órdenes incluían que una enfermera estuviera con él, vigilándolo. Debía haber alguien allí observándolo incluso antes de que se despertara. Dijo a la enfermera que volvería a la mañana siguiente a las nueve, aunque si la necesitaban antes podían llamarla. Les dejó los números de teléfono de su casa y del móvil, y después volvió a sentarse con la madre de Jason. Helen parecía más hundida, ahora que empezaba a asumir la realidad. Había estado a punto de perder a su hijo aquella noche y quedarse sola en el mundo. Esa idea la sumía al borde de la desesperación. Maxine se ofreció a llamar a su médico, por si necesitaba somníferos, o un calmante suave, pues ella no quería recetárselos. Helen no era su paciente y Maxine no conocía su historia ni sabía si estaba tomando otros medicamentos.

Helen dijo que ya había llamado a su médico. Por lo visto había salido, pero esperaba su llamada. Le explicó que Jason había ingerido todos sus somníferos, y por lo tanto no le quedaba ninguno. Volvió a echarse a llorar; estaba claro que no deseaba volver sola a casa.

—Puedo pedir que pongan una cama auxiliar en la habitación de Jason, si lo prefieres —le ofreció Maxine cariñosamente—, a menos que resulte demasiado angustioso para ti.

En tal caso, tendría que regresar a su casa.

—Eso estaría bien —accedió Helen en voz baja, mirando a Maxine con los ojos muy abiertos—. ¿Va a morir? —susurró entonces, aterrorizada pero intentando prepararse para lo peor.

—¿Esta vez? No —afirmó Maxine, negando solemnemente con la cabeza—, pero debemos asegurarnos, en la medida de lo posible, de que no haya una próxima vez. La situación es muy grave. Se ha tomado muchas pastillas. Por eso quiero que pase una temporada en Silver Pines.

Maxine no quiso decirle todavía a la madre del chico que pretendía que Jason se quedara allí bastante más que un mes. Ella pensaba en dos o tres meses, y tal vez después lo mandaría a una institución de apoyo si creía que el chico lo necesitaba. Por suerte, podían permitírselo, pero esta no era la cuestión. Podía ver en los ojos de Helen que quería que Jason volviera a casa y que se opondría a una estancia larga en el hospital. Era una estupidez por su parte, pero Maxine ya se había encontrado antes en situaciones de ese tipo. Si mandaban a Jason a un hospital psiquiátrico, tendrían que afrontar que aquello no era solo «un pequeño percance»: estaba realmente enfermo. Maxine no tenía ninguna duda de que el chico era un suicida y estaba peligrosamente deprimido desde la muerte de su padre. Aquello suponía más de lo que su madre era capaz de asumir, pero llegados a ese punto no tenía elección. Si se llevaba al chico a casa con ella al día siguiente sería en contra de la recomendación médica, así que tendría que firmar un alta voluntaria. Maxine esperaba que no llegaran tan lejos. Con suerte, Helen estaría más tranquila al día siguiente y haría lo más conveniente para su hijo. A Maxine tampoco le gustaba tener que ingresarlo, pero estaba convencida de que era lo mejor para él. Su vida estaba en juego.

Maxine pidió a las enfermeras que en cuanto el chico saliera de urgencias, pusieran en la habitación de Jason una cama para Helen. Se despidió de ella con un apretón cálido en el hombro y pasó a ver a Jason antes de marcharse. Parecía estar bien. Por el momento. Estaba con él la enfermera que lo acompañaría a la habitación. No volverían a dejarlo solo. En Lenox Hill no había un ala de seguridad, pero Maxine pensó que estaría mejor con una enfermera al lado, además de su madre. De todos modos, tardaría muchas horas en despertar.

Maxine volvió a su piso con aquel frío gélido. Era más de la una cuando llegó. Echó un vistazo en la habitación de Daphne; y todo parecía en calma. Las chicas estaban dormidas, dos de ellas en sacos de dormir y el resto en la cama de Daphne. La película no había terminado, y las chicas seguían vestidas. Mientras las miraba, Maxine notó un olor extraño. Nunca antes lo había olido en la habitación de Daphne. Sin saber por qué fue al armario y abrió la puerta. Se sobresaltó al ver una docena de botellas vacías de cerveza. Volvió a mirar a las chicas y se dio cuenta de que no estaban solo dormidas, sino también borrachas. Le pareció que eran demasiado jóvenes para tomar cerveza, pero tampoco era algo insólito a su edad. No sabía si llorar o reír. No sabía cuándo habían empezado a beber, pero habían aprovechado bien su ausencia.

No le apetecía en absoluto, pero al día siguiente tendría que castigar a Daphne. Colocó las botellas vacías bien alineadas en el armario, para que las chicas las vieran al levantarse. Habían consumido dos botellas por cabeza, lo que era mucho para niñas de su edad. «Vaya —susurró para sí misma—, la adolescencia ha empezado.» Se tumbó en la cama pensando en ello y, por un minuto, echó de menos a Blake. Habría sido reconfortante compartir ese momento con alguien. En cambio, como siempre, tendría que hacer el papel de dura y ponerse una máscara kabuki de decepción mientras le cantaba las cuarenta a su hija y le hablaba del significado de la palabra «confianza». Pero, en realidad, Maxine entendía perfectamente que su hija era una adolescente y que habría muchas noches en el futuro en las que alguien cometería una estupidez, sus hijos o los hijos de otro se aprovecharían de una situación, o experimentarían con el alcohol o las drogas. Y por supuesto no sería la última vez que uno de sus hijos se emborrachaba. Maxine sabía que podía considerarse afortunada si la cosa no iba a más. Aunque también sabía que al día siguiente tendría que mostrarse firme. Todavía estaba pensando en ello cuando se quedó dormida. Y cuando se despertó por la mañana, las chicas seguían durmiendo.

La llamaron del hospital mientras se vestía. Jason estaba despierto y hablando. La enfermera dijo que su madre se encontraba con él y que la veía muy angustiada. Helen Wexler había llamado a su propio médico y, según la enfermera, en lugar de tranquilizarla la había puesto todavía más nerviosa. Maxine dijo que llegaría enseguida y colgó. Oyó a la niñera en la cocina y entró para servirse una taza de café. Zelda estaba sentada a la mesa, con una taza de café humeante y el *Sunday Times*. Levantó la cabeza cuando vio entrar a Maxine y sonrió.

—¿Una noche tranquila? —preguntó Zelda, mientras Maxine se sentaba con un suspiro.

A veces sentía que esa mujer era su único apoyo para criar

a sus hijos. Sus padres tenían buenas intenciones pero nunca le daban consejos. Y Blake no aparecía por sus vidas. Zelda sí estaba.

—No exactamente —dijo Maxine con una sonrisa forzada—. Creo que anoche alcanzamos un hito.

—¿El de la mayor cantidad de pizza devorada por seis adolescentes?

—No —dijo Maxine en tono apesadumbrado pero con los ojos risueños—. La primera vez que uno de mis hijos se emborracha con cerveza.

Sonrió y Zelda la miró boquiabierta.

—¿Es broma?

—No. Encontré una docena de cervezas en el armario de Daffy cuando fui a ver cómo estaban. No fue agradable. Vi a unas chicas vestidas tiradas de cualquier manera y profundamente dormidas, o quizá sería más exacto decir «desvanecidas».

—¿Se emborracharon estando usted en casa?

A Zelda le sorprendía que Daphne tuviera la desfachatez de beber sabiendo que su madre estaba en la habitación de al lado. También le hacía cierta gracia, aunque ninguna de las dos estaba contenta. Era el comienzo de una situación totalmente nueva que no les apetecía en absoluto. Chicos, drogas, sexo y alcohol. Bienvenidas a la adolescencia. Lo peor todavía estaba por llegar.

—Tuve que salir a ver a un paciente. Estuve fuera desde las once hasta la una. Una de ellas debió de traer la cerveza escondida en la mochila. Nunca se me habría ocurrido.

—A partir de ahora tendremos que registrarlas —dijo Zelda con decisión, sin ningún apuro ante la perspectiva de poner en su sitio a Daphne y a sus amigas.

No estaba dispuesta a permitir que nadie se emborrachara en su presencia, y sabía que Maxine tampoco lo permitiría. Además, antes de que se dieran cuenta, Jack también querría experimentar, y algún día Sam también. Menudo panorama...

A Zelda no le seducía nada esa perspectiva, pero no pensaba huir de ella. Adoraba a aquella familia, y le gustaba su empleo.

Las dos mujeres charlaron un rato; después, Maxine dijo que debía volver a Lenox Hill a ver a su paciente. Era el día libre de Zelda, pero no tenía intención de salir. Dijo que estaría pendiente de las chicas y que esperaba que se encontraran fatal cuando despertaran. Maxine se rió.

—Dejé las botellas vacías en el armario, solo para que sepan que no soy tan tonta como parezco.

—Se morirán del susto cuando las vean —dijo Zelda, divertida.

—Espero que sí. Me engañaron y abusaron de mi confianza y mi hospitalidad... —Miró a Zelda sonriendo—. Me estoy entrenando para el discurso que le soltaré. ¿Qué te parece?

—Bien. Aunque castigarla sin salir y dejarla sin paga también sería conveniente.

Maxine asintió. Ella y Zelda solían tener el mismo punto de vista. Zelda era firme pero razonable, cariñosa pero sensata, y no demasiado estricta. No era una tirana, pero tampoco una blanda. Maxine confiaba plenamente en ella y en su buen juicio, cuando se ausentaba.

—¿Por qué tuvo que salir anoche? ¿Un suicida? —preguntó Zelda. Maxine asintió y se puso seria otra vez—. ¿Cuántos años?

Zelda la respetaba enormemente por su trabajo.

—Dieciséis.

Maxine no dio más detalles. Nunca lo hacía. Zelda asintió. Siempre veía en los ojos de Maxine cuando uno de sus pacientes había muerto. El corazón de Zelda estaba tanto con los padres como con el chico. El suicidio de un adolescente era algo terrible, y a juzgar por lo solicitada que estaba la consulta de Maxine, en Nueva York abundaban, como en todas partes. Comparado con eso, una docena de cervezas repartidas entre seis chicas de trece años no parecía una tragedia. Lo que Maxine tenía que ver todos los días sí lo era.

Al cabo de unos minutos Maxine salió para recorrer andando la corta distancia hasta Lenox Hill, como hacía siempre. Soplaba viento y hacía frío, pero había salido el sol y el día era precioso. Seguía pensando en su hija y en su travesura de la noche anterior. Estaba claro que empezaba una nueva etapa para ellos, y de nuevo se sintió agradecida por la ayuda de Zelda. Tendrían que mantener estrechamente vigiladas a Daphne y a sus amigas. Se lo comentaría a Blake cuando estuviera en la ciudad, solo para que estuviera enterado. Ya no podían confiar plenamente en ella, y probablemente aquello duraría algunos años. La intimidaba un poco pensar en ello. Era todo más fácil cuando los niños tenían la edad de Sam. Con qué rapidez pasaba el tiempo... Pronto serían todos adolescentes y cometerían todo tipo de estupideces. Aunque al menos, por el momento, eran cosas normales.

Cuando llegó a la habitación de Jason en el hospital, el chico estaba sentado en la cama. Parecía aturdido, cansado y pálido. Su madre estaba sentada en una silla, hablando con él, llorando y sonándose. No era una escena de felicidad. La enfermera permanecía sentada en silencio al otro lado de la cama, intentando no interferir y ser discreta. Los tres la miraron cuando Maxine entró en la habitación.

—¿Cómo te encuentras, Jason? —Maxine miró a la enfermera. Esta asintió y salió de la habitación.

—Bien, creo.

Parecía deprimido y su voz sonaba triste, una reacción normal a la sobredosis de drogas que había ingerido; además, era evidente que antes de tomarla ya estaba deprimido. A su madre se la veía casi tan mal como la noche anterior, como si no hubiera dormido, y tenía profundas ojeras. Había estado presionando al chico para que le prometiera que no volvería a hacerlo nunca, y Jason había aceptado de mala gana.

—Dice que no volverá a hacerlo —explicó Helen mientras Maxine miraba al muchacho a los ojos.

Lo que vio la preocupó.

—Espero que sea verdad —dijo Maxine, poco convencida.

—¿Puedo volver a casa hoy? —preguntó Jason, con voz apagada.

No le gustaba tener a una enfermera en la habitación, pero ella le había dejado claro que no podía marcharse a menos que alguien la sustituyera. Jason se sentía como si estuviera en prisión.

—Creo que tenemos que hablar de esto —dijo Maxine desde el pie de la cama. Llevaba un jersey rosa y unos vaqueros y ella también parecía una jovencita—. No me parece que sea buena idea —dijo sinceramente. Nunca mentía a los pacientes. Para que confiaran en ella era importante que les dijera la verdad tal como ella la veía—. Anoche te tomaste muchas pastillas, Jason. Realmente muchas. Esta vez no bromeabas.

Le miró, él asintió y luego desvió la vista hacia otro lado. Después de lo sucedido se sentía avergonzado.

—Estaba un poco borracho. No sabía lo que hacía —dijo intentando quitarle importancia.

—Creo que sí lo sabías —le contradijo Maxine amablemente—. Tomaste muchas más que la última vez. En mi opinión, debes darte un tiempo para pensar, trabajar en ello, asistir a grupos de apoyo. Pienso que es importante que nos enfrentemos a esto, aunque sé que es difícil con las vacaciones a la vuelta de la esquina y después de perder a tu padre este año.

Había dado en el clavo, y su madre miró a la doctora con expresión de pánico. Parecía que fuera a saltar sobre ella. Su ansiedad era exagerada y sufría por las mismas cosas que su hijo, aunque sin el sentimiento de culpabilidad. Que Jason estuviera convencido de haber matado a su padre lo volvía más inestable. Peligrosamente inestable.

—Quiero que vayas a un lugar donde he trabajado a veces con otros chicos. Es un buen sitio. Hay jóvenes desde catorce hasta dieciocho años. Tu madre puede visitarte cada día. Pero creo que necesitamos ponernos manos a la obra con lo que está sucediendo ahora. No me sentiría bien si te mandara a casa en este estado.

—¿Cuánto tiempo? —preguntó él, como si no le importara.

Intentaba aparentar serenidad, pero Maxine percibía el miedo en sus ojos. Para él era una idea aterradora. Pero a ella la aterraba más que su próximo intento de suicidio tuviera éxito. Su misión era intentar que no sucediera. Y a menudo lo conseguía. Quería que esta fuera una de esas ocasiones, y esquivar la tragedia antes de que volviera a producirse. Ya habían tenido bastantes.

—Probemos un mes. Después hablaremos, para ver qué te parece y qué opinas del sitio. No espero que te entusiasme, pero puede llegar a gustarte. —Luego, sonriendo, añadió—: Está lleno de chicas.

Él no sonrió. Estaba demasiado deprimido para pensar en chicas en aquel momento.

—¿Y si no lo soporto y no quiero quedarme? —La miró a los ojos.

—Entonces hablaremos.

Si era necesario, podían pedir una orden judicial, ya que había demostrado ser un peligro para sí mismo, pero sería traumático para él y para su madre. Si era posible, Maxine prefería que ingresara voluntariamente. En ese momento intervino la madre de Jason.

—Doctora, realmente piensas... esta mañana he hablado con mi médico y me ha dicho que deberíamos dar otra oportunidad a Jason... Él dice que estaba borracho y no sabía lo que hacía, y acaba de prometerme que no volverá a hacerlo.

Maxine sabía mejor que nadie que su promesa no valía nada. Y Jason también lo sabía. Su madre quería confiar en algo, pero no podía. No había ninguna duda de que la vida de su hijo estaba en peligro.

—No creo que podamos contar con ello —dijo Maxine sencillamente—. Me gustaría que confiarais en mí —añadió suavemente. Observó que no era Jason quien se lo discutía, sino su madre—. Creo que a tu madre le angustia que no estés en casa el día de Acción de Gracias, Jason. Le he dicho que puede celebrarlo contigo allí. No están prohibidas las visitas.

—De todos modos, este año Acción de Gracias sería un asco sin mi padre. No me importa.

Cerró los ojos y apoyó la cabeza en la almohada, aislándose de los demás.

Maxine hizo un gesto a la madre para que la siguiera fuera; en cuanto salieron de la habitación, la enfermera entró para sentarse junto a Jason. En Silver Pines también lo vigilarían de cerca. Y allí, además, las salas estaban cerradas, que precisamente era lo que Maxine creía que necesitaba Jason. Por el momento al menos, y tal vez durante una temporada.

—Creo que es lo que debemos hacer —explicó Maxine, mientras las lágrimas resbalaban por las mejillas de Helen—. Lo recomiendo encarecidamente. Tú decides, pero no me parece que puedas protegerle como es debido en casa. No podrás impedir que vuelva a hacerlo.

—¿De verdad piensas que volverá a intentarlo? —La madre parecía aterrada.

—Sí —dijo Maxine con claridad—. Estoy casi segura de que lo hará. Todavía está convencido de que mató a su padre. Llevará tiempo conseguir que supere esta idea. Mientras tanto, necesita vivir en un lugar donde esté seguro. Si lo tienes en casa, no podrás dormir ni un minuto —añadió, y la madre de Jason asintió.

—Mi médico pensaba que podíamos darle otra oportunidad. Dice que los chicos de su edad a menudo hacen estas cosas para llamar la atención.

Se repetía, como si esperara convencer a Maxine, aunque la doctora entendía la situación mucho mejor que ella.

—Esta vez iba en serio, Helen. Sabía lo que hacía. Triplicó la dosis letal de tu medicación. ¿Quieres arriesgarte a que lo haga otra vez o a que salte por la ventana? Podría hacerlo en tan solo un momento mientras pasa por tu lado. Ahora no puedes ofrecerle en casa lo que necesita. —Hablaba sin rodeos, y lentamente la madre de Jason asintió y se echó a llorar con más fuerza todavía. La idea de perder a su hijo le resultaba insoportable.

—De acuerdo —dijo en voz baja—. ¿Cuándo podemos ir allí?

—Veré si tienen una cama para él hoy o mañana. Me gustaría sacarlo de aquí cuanto antes. Aquí no pueden protegerlo como es debido. Esto no es un hospital psiquiátrico. Necesita estar en una institución como Silver Pines. No es tan malo como crees, y ahora mismo es el lugar que le conviene, al menos hasta que supere la crisis. Quizá pasadas las vacaciones...

—¿Quieres decir que también pasará allí la Navidad? —Helen Wexler la miró con expresión de pánico.

—Ya veremos. Hablaremos de ello más adelante, cuando veamos cómo evoluciona. Necesita tiempo para adaptarse.

La madre asintió y volvió a entrar en la habitación, mientras Maxine iba a llamar a Silver Pines. Al cabo de cinco minutos, todo estaba arreglado. Por suerte, tenían plaza para él. La doctora hizo los preparativos para que lo trasladaran en ambulancia a las cinco de la tarde. Su madre podía ir con él para ayudarlo a instalarse, pero no le permitían quedarse a pasar la noche.

Maxine se lo explicó todo a ambos, y dijo que iría a visitar a Jason al día siguiente. Tendría que aplazar las visitas de varios pacientes, pero era un buen día para hacerlo. Sabía que no tenía nada crucial en la agenda aquella tarde, y que los dos únicos casos críticos estaban programados por la mañana. Jason parecía tranquilo ante la idea del ingreso. Maxine seguía hablando con ellos cuando entró una enfermera y dijo que un tal doctor West quería hablar con ella por teléfono.

—¿Doctor West? —Maxine no lo conocía—. ¿Quiere que ingrese a alguno de sus pacientes?

Los médicos lo hacían continuamente, pero Maxine no reconocía ese nombre. De repente, la madre de Jason pareció avergonzada.

—Es mi médico. Le he pedido que hablara contigo porque él pensaba que Jason podía volver a casa. Pero entiendo... imagino... lo siento... ¿te importaría hablar con él de todos modos? No querría que pensara que le he pedido que llamara para nada. Mandaremos a Jason a Silver Pines; quizá podrías informar al doctor West de que está todo arreglado.

Helen parecía incómoda así que Maxine le dijo que no se preocupara. Hablaba constantemente con otros médicos. Le preguntó si era psiquiatra, y Helen dijo que era internista. Maxine salió de la habitación para atender la llamada en la sala de enfermeras. No quería mantener aquella conversación en un lugar donde Jason pudiera oírla. De todos modos, solo era una formalidad. Cogió el teléfono con una sonrisa, esperando hablar con un médico ingenuo y amable que no estaba acostumbrado a tratar a diario con adolescentes con tendencias suicidas, como ella.

—¿Doctor West? —dijo Maxine, con su voz alegre, eficiente y agradable—. Soy la doctora Williams, la psiquiatra de Jason —explicó.

—Lo sé —dijo él, logrando parecer condescendiente solo con esas dos palabras—. Su madre me ha pedido que la llame.

—Eso me ha dicho. Acabamos de disponerlo todo para que Jason ingrese en Silver Pines esta tarde. Creo que ahora mismo es el lugar que le conviene. Anoche tomó una sobredosis de somníferos de su madre.

—Es asombroso lo que llegan a hacer los chicos para llamar la atención, ¿no le parece?

Maxine le escuchó con incredulidad. No solo la trataba con condescendencia, sino que parecía un idiota redomado.

—Es su segundo intento. Y no creo que triplicar la dosis letal sea una llamada de atención. Nos está diciendo con toda claridad que quiere morir. Debemos afrontar la situación con absoluta seriedad.

—Realmente pienso que el chico mejoraría antes si estuviera en casa con su madre —insistió el doctor West, como si hablara con una niña o con una enfermera muy joven.

—Soy psiquiatra —dijo Maxine con firmeza—, y mi opinión profesional es que si vuelve a casa con su madre estará muerto dentro de una semana, posiblemente en veinticuatro horas.

Estaba siendo lo más directa que podía ser, aunque no se habría expresado así delante de la madre de Jason. Pero no pensaba andarse con rodeos con el condescendiente y arrogante doctor West.

—A mí me parece una reacción un poco histérica —dijo él, ligeramente enfadado.

—Su madre está de acuerdo en ingresarlo. No tenemos otra alternativa. Debe estar en una unidad vigilada y bajo estrecha supervisión. Es imposible garantizar eso en casa.

—¿Suele encerrar a todos sus pacientes, doctora Williams?

Ahora era insultante y Maxine empezaba a enfadarse de verdad. ¿Quién se había creído que era?

—Solo cuando existe el peligro de que se hagan daño a sí mismos, doctor West, y no creo que su paciente lo supere si pierde a su hijo. ¿Cómo evaluaría esto?

—Me parece que es mejor que sea yo quien evalúe a mis pacientes —dijo él en tono petulante.

—Por supuesto. Estoy de acuerdo. Y yo le propongo que me deje evaluar a los míos. Jason Wexler es mi paciente, le trato desde su primer intento de suicidio, y para serle sincera no me gusta nada lo que estoy viendo, o mejor lo que estoy oyendo de usted. Si le apetece consultar mi currículo en internet, hágalo. Y ahora, si me dispensa, debo volver con mi paciente. Gracias por llamar.

Al colgar respiraba con dificultad y, cuando entró en la habitación de Jason, tuvo que ocultar que estaba furiosa. No era problema de ellos que ella y el médico de Helen se odiaran tras tan solo una conversación telefónica. En opinión de Maxine, era el prototipo de idiota pomposo cuya actitud podía costar vidas y que representaba un auténtico peligro al negarse a reconocer la gravedad del estado de Jason. El muchacho necesitaba estar internado en una institución psiquiátrica como Silver Pines. A la mierda el doctor West.

—¿Todo ha ido bien? —Helen la miró nerviosamente y Maxine esperó que no se le notara lo molesta que estaba. Disimuló su enfado con una sonrisa.

—Muy bien.

A continuación Maxine examinó a Jason y se quedó con él media hora más, explicándole cómo era Silver Pines. Él fingió que no le importaba ni le asustaba, pero Maxine sabía que tenía miedo. Debía tenerlo. Aquel era un momento aterrador para él. Primero había estado a punto de morir, y ahora no tenía más remedio que volver a enfrentarse con la vida. Para él, era lo peor de ambos mundos.

Antes de irse tranquilizó a Helen diciéndole que estaría localizable todo el día y toda la noche y también al día siguiente por si necesitaba llamarla. Después de firmar el alta de Jason se marchó del hospital y regresó a casa caminando. Recorrió el breve trayecto de Park Avenue maldiciento al idiota del doctor West. Cuando llegó a casa, Daphne y sus amigas seguían durmiendo, aunque ya era casi mediodía.

Esta vez, Maxine entró en la habitación de su hija y subió las persianas. El sol brillante de la mañana inundó la habitación mientras Maxine llamaba en voz alta a las chicas, para que se despertaran y disfrutaran del precioso día. Se levantaron gimiendo; ninguna de ellas tenía buena cara. Entonces, al bajar de la cama, Daphne vio las botellas de cerveza vacías ordenadas en su armario y la expresión de los ojos de su madre.

—Oh, mierda —dijo bajito, mirando rápidamente a sus amigas. Parecían asustadas.

—Y que lo digas —dijo Maxine fríamente, y miró a las otras chicas—. Gracias por venir, chicas. Vestíos y recoged vuestras cosas. Se acabó la fiesta. En cuanto a ti... —Volvió a mirar a Daphne—. Estás castigada un mes sin salir. Y a cualquiera que vuelva a traer alcohol a esta casa se le prohibirá la entrada. Os habéis burlado de mi hospitalidad y mi confianza. Hablaré contigo más tarde —dijo a Daphne, que parecía aterrada.

En cuanto Maxine salió de la habitación, las niñas se pusieron a susurrar frenéticamente. Se vistieron a toda prisa; lo único que querían era marcharse. Daphne tenía lágrimas en los ojos.

—Os dije que era una idea estúpida —les recriminaba una de las niñas.

—Creía que habías escondido las botellas en el armario —se quejó Daphne.

—Lo hice.

Todas ellas estaban a punto de llorar. Era la primera vez que hacían algo así, aunque sin duda no sería la última. Maxine lo sabía mejor que ellas.

—Debió de registrarlo.

Las niñas se vistieron y se marcharon en menos de diez minutos, y Daphne fue a buscar a su madre. La encontró en la cocina, hablando tranquilamente con Zelda, que miró a Daphne con severo disgusto y no dijo ni una palabra. Maxine era quien debía decidir cómo manejar el asunto.

—Lo siento, mamá —dijo Daphne, y se echó a llorar.

—Yo también. Confiaba en ti, Daff. Siempre lo he hecho. Y no quiero que cambie. Lo que tenemos es muy valioso.

—Lo sé... no pretendía... pensábamos que... yo...

—Estarás un mes castigada. Sin llamadas la primera semana. Y sin vida social durante un mes. No irás sola a ninguna parte. Y sin paga. Es todo. Y que no vuelva a suceder —dijo Maxine severamente.

Daphne asintió en silencio y volvió a su habitación. Las

dos mujeres oyeron cómo cerraba la puerta. Maxine estaba segura de que estaría llorando, pero por ahora prefería dejarla sola.

—Y esto es solo el comienzo —se lamentó Zelda, y entonces las dos se echaron a reír.

Para ellas no era el fin del mundo, pero Maxine quería dar un buen susto a su hija para que tardara un tiempo en volver a intentarlo. Trece años eran muy pocos para que diera fiestas y bebiera cerveza a escondidas en su cuarto, así que de momento había dejado las cosas claras.

Daphne se quedó en su habitación toda la tarde, tras entregar el móvil a su madre. El móvil era su salvavidas y desprenderse de él suponía un gran sacrificio.

Maxine recogió a sus dos hijos a las cinco y, cuando Jack llegó a casa, Daphne le contó lo sucedido. Él pareció impresionado pero le dijo lo que ella ya sabía, que había sido una estupidez y que no le extrañaba que su madre lo hubiera descubierto. Según Jack, su madre lo sabía todo porque tenía un radar con una especie de visión de rayos X implantado en el cerebro. Formaba parte de las opciones con las que iban equipadas las madres.

Aquella noche los cuatro cenaron en silencio en la cocina y se acostaron temprano, ya que al día siguiente tenían colegio. Maxine estaba profundamente dormida cuando la enfermera de Silver Pines la llamó; eran las doce. Jason Wexler había tratado de suicidarse otra vez aquella noche. Estaba estabilizado y fuera de peligro. Se había quitado el pijama y había intentado ahorcarse con él, pero la enfermera que se encargaba de vigilarlo lo había encontrado a tiempo. Aquello confirmaba a Maxine que lo habían sacado de Lenox Hill justo a tiempo y dio gracias a Dios de que la madre del chico no hubiera escuchado al pomposo e idiota doctor West. Dijo a la enfermera que pasaría a ver a Jason por la tarde, e intentó imaginar cómo se tomaría la noticia la madre. Maxine daba gracias de que Jason estuviera vivo.

Todavía echada en la cama, pensó que aquel había sido un fin de semana bastante ajetreado. Su hija se había emborrachado con cerveza por primera vez, y uno de sus pacientes había intentado suicidarse dos veces. Teniendo en cuenta todo lo sucedido, las cosas habrían podido ir mucho peor. Jason Wexler podría estar muerto. Era un alivio que no lo estuviera, aunque le habría gustado cantarle cuatro verdades al doctor West. Menudo imbécil. Maxine se alegraba de que la madre de Jason no le hubiera hecho caso y hubiera confiado en ella. Lo único que importaba era que Jason estaba vivo. Solo esperaba que siguiera así. Con cada intento el riesgo era mayor. Comparado con eso, la pequeña fiesta con cerveza de Daphne del sábado por la noche era un juego de niños, tal como había sido en realidad. Todavía estaba pensando en ello cuando Sam entró en su habitación en la oscuridad y se quedó de pie junto a la cama.

—¿Puedo dormir contigo, mamá? —preguntó solemnemente—. Creo que hay un gorila en mi armario.

—Por supuesto, cielo. —Se apartó y le hizo sitio. Él se acurrucó contra ella.

Maxine dudó entre explicarle que no había ningún gorila en su armario o dejarlo correr.

—Mamá... —susurró el niño, adormilado.

—¿Sí?

—Lo del gorila... me lo he inventado.

—Lo sé. —Sonrió a su hijo en la oscuridad, le besó en la mejilla y, un momento después, los dos se habían dormido.

3

Al día siguiente Maxine llegó a su consulta a las ocho. Vio a pacientes ininterrumpidamente hasta mediodía y luego fue en coche a Long Island a visitar a Jason Wexler en Silver Pines, donde llegó a la una y media. Mientras conducía comió medio plátano, y devolvió algunas llamadas desde el teléfono del coche con el manos libres. De momento seguía el horario previsto.

Estuvo una hora a solas con Jason, se reunió con el médico para comentar lo ocurrido la noche anterior y después habló media hora con la madre del chico. Todos estaban agradecidos de que Jason estuviera en Silver Pines y de que hubieran logrado frustrar su tercer intento de suicidio. Helen dio las gracias enseguida a Maxine y reconoció que ella tenía razón. Se estremecía solo de pensar qué podría haber sucedido si hubiera insistido en llevárselo a casa. Era más que probable que esta vez se hubiera salido con la suya. A diferencia de lo que aseguraba el médico de Helen, aquello no eran llamadas de atención. Jason deseaba morir. Estaba profundamente convencido de que había matado a su padre. Había tenido sentimientos conflictivos hacia él toda su vida y, la noche anterior a su muerte, habían discutido acaloradamente. Jason creía que esa combinación de hechos lo había matado. Tardarían meses, tal vez años, en convencerlo de otra cosa y aliviar su culpabilidad. Helen y Maxine sabían ahora que para Jason aquel viaje sería muy largo. Y, contrariamente a los deseos iniciales de su madre, no estaría en casa en Navidad. Maxine esperaba poder mantenerlo internado entre seis meses y un año, aunque todavía era demasiado pronto para comunicárselo. Estaba muy afectada por el intento casi logrado de ahorcarse de la noche anterior. Además, aquella mañana Jason le había dicho a su madre que si quería matarse, se mataría. Nadie podría impedírselo. Y por mucho que le doliera, Maxine sabía por experiencia que era cierto. Lo que debían hacer era curar su alma y su espíritu, y esto llevaría tiempo.

A las cuatro, Maxine estaba de nuevo en la autopista y, poco después de las cinco, tras encontrar un poco de tráfico en el puente, llegó a su consulta. Tenía un paciente a las cinco y media; estaba revisando sus mensajes cuando recibió una llamada del médico de Helen, el doctor West. Pensó en no contestar la llamada, para evitar que le echara otro sermón pomposo como el que había soportado el día anterior; no estaba de humor. Aunque siempre mantenía la distancia profesional con sus pacientes y tenía muy claros los límites, estaba profundamente triste por Jason, y por su madre. Era un muchacho encantador y ya habían sufrido suficiente para toda una vida. De mala gana, descolgó el teléfono y respiró hondo antes de enfrentarse con la arrogancia de su voz.

—Sí. Soy la doctora Williams.

—Soy Charles West. —A diferencia de ella, no utilizó su título. A Maxine le pareció avergonzado, lo contrario de lo que esperaba. La voz era serena y profesional, pero casi sonaba humana—. Helen Wexler me ha llamado esta mañana para hablar de Jason. ¿Cómo está?

Maxine se mantuvo fría y distante. No se fiaba de él. Seguramente encontraría algún fallo en algo que ella había hecho e insistiría en mandar a Jason a casa. Aunque pareciera una locura, le creía capaz de hacerlo después de sus comentarios del día anterior.

—Como era de esperar. Estaba sedado cuando le he visto, pero hablaba con coherencia. Recuerda lo que hizo y por qué. Estaba casi segura de que volvería a intentarlo, aunque le hubiera prometido a su madre que no lo haría. Se siente culpable de la muerte de su padre. —Era todo lo que estaba dispuesta a decirle, y era más que suficiente para explicar sus actos—. No es insólito, pero necesita formas más constructivas de afrontarlo; y el suicidio no es una de ellas.

—Lo sé. Lo siento. La he llamado para decirle cuánto lamento que me portara como un idiota ayer. Helen está muy unida a él, siempre lo ha estado. Es su único hijo, el único que le queda. No creo que su matrimonio fuera una maravilla. —Maxine lo sabía pero no hizo ningún comentario. Lo que ella sabía no era de la incumbencia del doctor—. Creí que solo deseaba atención, ya sabe cómo son los chicos.

—Sí, lo sé —corroboró Maxine con frialdad—. Pero la mayoría de ellos no se suicidan para llamar la atención. Normalmente tienen razones de peso y Jason cree tenerlas. Habrá que trabajar mucho para convencerlo de que no es así.

—Estoy seguro de que usted lo conseguirá —dijo él amablemente. Para asombro de Maxine, parecía casi humilde, justo lo contrario de como se había mostrado el día anterior—. Me avergüenza admitirlo, pero la busqué en internet. Tiene un currículo admirable, doctora. —Había quedado muy impresionado, y también avergonzado de haberla tratado como si fuera una psiquiatra más de Park Avenue que se aprovechaba de los Wexler exagerando sus problemas. Había leído su currículo, estudios, títulos; había visto sus libros, conferencias, comisiones en las que había participado, y ahora sabía que había asesorado a escuelas de todo el país sobre traumas infantiles, y que el libro que había escrito sobre el suicidio adolescente se consideraba la obra definitiva sobre esa cuestión. Era una autoridad indiscutible en su campo. Comparado con ella era él quien parecía un don nadie, y por mucha seguridad en sí mismo que tuviera, no podía evitar sentirse impresionado. Como lo estaría cualquiera.

—Gracias, doctor West —se limitó a decir Maxine—. Sabía que el segundo intento de Jason era serio. Es mi trabajo.

—No sea modesta. Solo quería disculparme por haberme portado como un idiota ayer. Helen es muy vulnerable, y estos días está al límite. Soy su médico desde hace quince años, y conozco a Jason desde que nació. Su marido también era paciente mío. No me había dado cuenta de que Jason estuviera tan mal.

—Creo que se remonta a antes de la muerte de su padre. El fallecimiento de su hermana fue un golpe terrible para todos, como es comprensible, y en esa familia había muchas expectativas, en los estudios y en todo. Él era el único hijo que les quedaba. Para él no ha sido fácil. Y la muerte de su padre no le ha ayudado.

—Tiene razón. Siento no haberlo visto antes, de verdad. —Parecía sinceramente contrito, y esto la ablandó.

—No se preocupe. Todos nos equivocamos. No es su especialidad. No me gustaría tener que hacer diagnósticos de meningitis o diabetes. Para eso tenemos las especialidades, doctor. Le agradezco que haya llamado. —Se había tragado su orgullo, cuando Maxine creía que sería la última persona capaz de hacerlo—. Debería vigilar a Helen. Está muy afectada. La he derivado a un psiquiatra que trabaja muy bien el duelo, pero tener a Jason en el hospital varios meses, sobre todo con las fiestas tan cerca, no será fácil para ella. Y usted ya sabe lo que pasa en estos casos: el estrés puede afectar al sistema inmunitario.

Helen le había comentado a Maxine que había tenido tres resfriados fuertes y varias jaquecas desde la muerte de su marido. Los tres intentos de suicidio de Jason y su hospitalización no ayudarían precisamente a mejorar su salud, y Charles West también lo sabía.

—Estaré atento. Tiene razón, por supuesto. Siempre me

preocupan mis pacientes tras la muerte de un cónyuge o un hijo. Algunos se desmoronan como un castillo de naipes, aunque Helen es bastante fuerte. La llamaré para saber cómo lo lleva.

—Creo que después de lo de anoche está conmocionada —dijo Maxine sinceramente.

—No me extraña. Yo no tengo hijos, pero no puedo imaginar nada peor. Ella ya ha perdido a uno, y ahora casi al otro, después de enviudar. No puede ser peor.

—Sí puede —dijo Maxine con tristeza—. Podría haberle perdido a él también. Gracias a Dios no ha sido así. Y nosotros haremos todo lo posible para que eso no ocurra. Es mi trabajo.

—No la envidio. Debe de tratar casos muy duros.

—Sí —admitió ella, echando un vistazo al reloj. Su próximo paciente entraría dentro de cinco minutos—. Gracias por llamar —repitió intentando terminar la conversación, pero lo decía sinceramente. Muchos médicos no se habrían tomado la molestia.

—Ahora ya sé a quién derivar mis pacientes con hijos problemáticos.

—Gran parte de mi trabajo se centra en los traumas infantiles. Como terapeuta es menos deprimente que trabajar solo con adolescentes suicidas. Trato los efectos a largo plazo de traumas y situacionales graves, como el Once de Septiembre.

—He leído su entrevista en *The New York Times* en internet. Debe de ser fascinante.

—Lo fue. —Su segundo libro trataba sobre sucesos nacionales y públicos que habían traumatizado a grandes grupos de niños. Participó en varios estudios y proyectos de investigación, y testificó varias veces ante el Congreso.

—Si cree que necesito saber algo más de Helen o de Jason, hágamelo saber. La gente no siempre me cuenta lo que ocurre. Helen es bastante comunicativa, aunque a veces también se muestra reservada. Así que si sucede algo importante, llámeme.

—Lo haré. —Sonó el intercomunicador. Su paciente de las cinco y media había llegado, puntual. Una anoréxica de catorce años que estaba mucho mejor que el año anterior tras haber pasado seis meses hospitalizada en Yale—. Gracias otra vez por llamar. Se lo agradezco —dijo Maxine amablemente.

Al fin y al cabo no era tan mala persona. Llamarla para reconocer su error había sido un detalle digno de elogio.

—Ha sido un placer —dijo él y colgaron.

Maxine se levantó e hizo entrar a una bonita chica en su consulta. Todavía estaba exageradamente delgada y parecía más joven de lo que era. Aparentaba once o doce años, a pesar de que estaba a punto de cumplir quince. Pero el año anterior había estado al borde de la muerte a causa de la anorexia, de modo que estaba en el buen camino. Todavía tenía poco cabello y había perdido varios dientes durante la hospitalización; además, durante años, quedaría afectada su capacidad de tener hijos. Era una enfermedad grave.

—Hola, Josephine, pasa —dijo Maxine afectuosamente, indicándole el sillón de siempre. La adolescente se acurrucó como un gatito, mirando a Maxine con sus enormes ojos.

A los pocos minutos, confesó ella misma que había robado laxantes a su madre aquella semana, pero que, tras pensarlo detenidamente, no los había utilizado. Maxine asintió y hablaron de ello, entre otras cosas. Josephine había conocido a un chico que le gustaba, ahora que había vuelto a la escuela, y se sentía mejor consigo misma. Aquel era un largo y lento camino de regreso del lugar aterrador donde había estado; apenas pesaba veintisiete kilos a los trece años. Ahora pesaba treinta y nueve y, aunque seguía siendo poco para su altura, al menos ya no estaba tan demacrada. Su objetivo era alcanzar los cuarenta y cinco. De momento seguía engordando medio kilo a la semana, sin interrupciones.

Después de Josephine, Maxine esperaba un paciente más, una chica de dieciséis años que se autoinfligía heridas y tenía los brazos llenos de cicatrices, que disimulaba; había intentado suicidarse a los quince años. El médico de la familia la había derivado a Maxine y estaban haciendo progresos, lentos pero constantes. Antes de dejar la consulta Maxine llamó a Silver Pines; le dijeron que Jason se había puesto unos vaqueros y había ido a cenar con los demás residentes. No había hablado mucho y había vuelto a su habitación inmediatamente después, pero era un comienzo. Seguía bajo vigilancia, y lo estaría durante un tiempo, hasta que su médico y Maxine lo consideraran oportuno. Seguía muy deprimido y representaba un gran riesgo, pero al menos en Silver Pines se encontraba a salvo, motivo por el cual ella le había ingresado.

Maxine estaba en el ascensor de su casa a las siete y media, agotada. Cuando entró en el piso, Sam pasó corriendo a su lado a toda velocidad, disfrazado de pavo e imitando el sonido del animal. Ella sonrió. Era agradable estar en casa. Había sido un día muy largo y todavía estaba triste por Jason. Sus pacientes le importaban mucho.

—¡Halloween ya pasó! —gritó a su hijo. Él se paró, sonrió y fue hacia ella para abrazarla por la cintura.

Casi la derribó al hacerlo. Era un niño fuerte.

—Lo sé. Soy el pavo en la función de la escuela —dijo orgulloso.

—Eso ha quedado claro —comentó Jack mientras entraba vestido con los pantalones cortos y las zapatillas de fútbol y dejando marcas y suciedad en la alfombra sin inmutarse lo más mínimo.

Llevaba consigo un montón de videojuegos que le había prestado un amigo.

—A Zelda le va a dar algo —advirtió su madre, mirando la alfombra. En cuanto lo dijo, apareció la niñera con cara de pocos amigos.

—Voy a tirar esas zapatillas por la ventana si no aprendes a dejarlas en la puerta, Jack Williams. ¡Echarás a perder las alfombras y el suelo! ¿Cuántas veces tengo que decírtelo?

—Rezongó enfadada y volvió ruidosamente a la cocina, mientras el chico se sentaba en el suelo y se descalzaba.

—Lo siento —murmuró, y después sonrió a su madre—. Hoy hemos ganado al equipo de Collegiate. Son unos gallinas. Dos de ellos han llorado al perder el partido.

A veces, Maxine también había visto llorar a algunos niños del equipo de Jack. Los chicos se tomaban los deportes muy en serio, y no solían ser ni ganadores elegantes ni buenos perdedores, por lo que ella había comprobado.

—Me alegro de que ganarais. El jueves iré al partido. —Había organizado su agenda para poder asistir. Después preguntó a Sam, que la miraba feliz debajo de su disfraz de pavo—: ¿Cuándo es tu función?

—El día antes de Acción de Gracias —contestó a punto de reventar de emoción.

—¿Tienes que aprenderte alguna frase?

El niño glugluteó con fuerza a modo de respuesta, mientras Jack se tapaba los oídos y huía y Zelda gritaba desde la cocina.

—¡Cinco minutos para la cena!

Salió otra vez para ver a Maxine y dijo en voz baja:

—La esperábamos.

Los días que Maxine trabajaba hasta tarde Zelda intentaba retrasar la cena, excepto cuando era demasiado para los niños. Pero se las arreglaba para tratar de que Maxine cenara con sus hijos. Zelda sabía lo importante que era para ella. Era una de las muchas cosas que Maxine le agradecía. Nunca la traicionaba ni intentaba alejar a Maxine de los niños, ni le ponía las cosas difíciles, como hacían algunas de las niñeras de sus amigas. Zelda se dedicaba enteramente a ellos, en todos los sentidos y desde hacía doce años. No tenía ningún deseo de usurpar el papel materno de Maxine con los niños.

—Gracias, Zellie —dijo Maxine, y echó un vistazo alrededor. Todavía no había visto a su hija, solo a los chicos—. ¿Dónde está Daff? ¿En su habitación?

Probablemente, y de pésimo humor tras el castigo que le habían impuesto el día anterior.

—Ha cogido su móvil y estaba llamando —dijo Sam antes de que Zelda pudiera contestar. La niñera le miró con el ceño fruncido.

Pensaba decírselo a Maxine cuando fuera el momento. Siempre se lo contaba todo y Maxine sabía que podía confiar en ella.

—No está bien chivarte de tu hermana —le riñó Zelda.

Maxine arqueó una ceja y fue a la habitación de Daphne. Tal como había dicho Sam, la encontró en la cama, charlando animadamente por el móvil. Al ver a su madre pegó un salto. Maxine avanzó hacia ella con la mano extendida. Nerviosa, Daphne le entregó el móvil, después de colgar rápidamente sin despedirse.

—¿Todavía queda un poco de sentido del honor por aquí o debo cerrarlo bajo llave? —Las cosas estaban cambiando demasiado deprisa con Daphne.

Hubo un tiempo, no hacía mucho, en que la niña habría respetado el castigo y no habría cogido su teléfono sin permiso. Los trece años lo estaban cambiando todo, y a Maxine no le gustaba.

—Lo siento, mamá —dijo sin mirar directamente a su madre.

Zelda llamó para que fueran a cenar, y todos acudieron a la cocina. Jack, descalzo y con pantalones cortos de fútbol; Daphne con la ropa que había llevado a la escuela, y Sam todavía con su disfraz de pavo. Maxine se quitó la chaqueta del traje y se calzó unos zapatos planos. Había llevado tacones todo el día. Siempre tenía un aspecto muy profesional en el trabajo, pero se ponía cómoda al llegar a casa. De haber tenido tiempo, se habría enfundado unos vaqueros, pero ya era tarde para cenar y se moría de hambre, como los niños.

Fue una cena agradable y relajada; Zelda se sentó con ellos, como solía hacer. A Maxine le parecía mezquino que cenara sola, y desde que no había un padre a la mesa, siempre la invitaba a unirse a ellos. Los niños comentaron lo que habían hecho durante el día, excepto Daphne, que habló poco, porque todavía estaba castigada. Además se sentía avergonzada por el incidente con el teléfono. Supuso que Sam la había delatado, así que le miró enfadada y le dijo en voz baja que ajustarían cuentas más tarde. Jack habló de su partido y prometió a su madre que la ayudaría a instalar un nuevo programa en el ordenador. Todos estaban de buen humor cuando regresaron a sus respectivas habitaciones después de cenar, incluida Maxine, que estaba agotada después de aquel día tan largo. Zelda se quedó en la cocina limpiando. Y Maxine fue a la habitación de Daphne para hablar.

—Hola, ¿puedo pasar? —preguntó a su hija desde el umbral. Aunque normalmente pedía permiso, ahora lo hacía con más motivo.

—Como quieras —contestó Daphne. Maxine sabía que era lo máximo que lograría sacar de ella, dado el castigo y el incidente con el móvil.

Entró en la habitación y se sentó en la cama donde Daphne estaba tumbada mirando la tele. Había hecho los deberes antes de que su madre volviera a casa. Era una buena estudiante, y sacaba buenas notas. Jack era un poco más voluble, debido a los tentadores videojuegos y Sam todavía no tenía deberes.

—Sé que estás enfadada conmigo por el castigo, Daff. Pero no me gustó tu fiesta de la cerveza. Quiero poder confiar en ti y en tus amigas, sobre todo si tengo que salir.

Daphne no contestó, solo apartó la mirada. Finalmente miró a su madre con resentimiento.

—No fue idea mía. Y la cerveza la trajo otra.

—Pero tú dejaste que ocurriera. E imagino que tú también bebiste. Nuestra casa es sagrada, Daffy. Al igual que mi confianza en ti. No quiero que nada lo eche a perder.

Sabía con certeza que tarde o temprano eso sucedería. Era de esperar a la edad de Daphne, y Maxine lo comprendía, pero debía hacer su papel de madre. No podía fingir que no había ocurrido nada y no reaccionar. Y Daphne también lo sabía. Solo lamentaba que las hubieran pillado.

—Sí, lo sé.

—Tus amigas tienen que respetarnos cuando vengan. Y no creo que las fiestas con cerveza sean una gran idea.

—Otras niñas hacen cosas peores —replicó su hija alzando la barbilla.

Maxine era consciente de ello. Cosas mucho peores. Fumaban hierba o incluso tomaban drogas duras, o alcohol; además, muchas niñas ya habían tenido relaciones sexuales a la edad de Daphne. Maxine lo oía continuamente en su consulta. Una de sus pacientes hacía felaciones de forma habitual desde sexto curso.

—¿Por qué es tan terrible que tomáramos un poco de cerveza? —insistió Daphne.

—Porque va en contra de nuestras normas. Y si empiezas a romper reglas, ¿cómo pararás? Tenemos ciertos acuerdos, expresos o no, y debemos respetarlos, o renegociarlos si es necesario, pero no ahora. Las normas son las normas. Yo no traigo hombres a casa ni organizo orgías sexuales aquí. Vosotros esperáis que me comporte de determinada forma y así lo hago. No me encierro en mi habitación a beber cerveza y a dormir la borrachera. ¿Qué te parecería si lo hiciera?

Daphne sonrió sin querer ante aquella inverosímil imagen de su madre.

—De todos modos nunca sales con nadie. Muchas de las madres de mis amigas llevan novios a casa. Tú no tienes.

Sus palabras pretendían hacer daño y lo consiguieron, un poco.

—Aunque lo hiciera, no me emborracharía en mi habitación. Cuando seas un poco mayor podrás beber conmigo o delante de mí. Pero no tienes la edad legal para beber, y tus amigas tampoco, así que no quiero que lo hagas aquí. Y menos a los trece años.

—Ya, ya. —Y entonces añadió—: Papá nos dejó probar el vino el año pasado en Grecia. Incluso le dio un poco a Sam. Y no hizo tantos aspavientos.

—Eso es distinto. Estabais con él. Él os lo dio, y no estabais bebiendo a escondidas, aunque debo reconocer que tampoco me hace mucha gracia. Eres demasiado pequeña para beber. No tienes que empezar tan pronto.

Pero así era Blake. Sus ideas eran muy diferentes de las de ella, y las normas para los niños o incluso para él eran prácticamente inexistentes. Él sí llevaba mujeres a casa, si se podía llamarlas así. La mayoría eran chicas jóvenes; y algún día, cuando los niños fueran mayores, esas mujeres con las que salía tendrían la misma edad que sus hijos. Maxine creía que era demasiado abierto y despreocupado delante de ellos, aunque nunca la escuchaba cuando se lo decía. Se lo había comentado muchas veces, pero él solo se reía y volvía a las andadas otra vez.

—Cuando sea mayor, ¿me dejarás beber aquí? —preguntó Daphne, implacable.

—Tal vez. Si estoy yo presente. Pero no dejaré que tus amigos beban aquí si no tienen edad para ello. Podría tener muchos problemas, sobre todo si pasara alguna desgracia o alguien se pusiera malo. Sencillamente, no es una buena idea.

Maxine era una persona que creía en las normas, y las seguía al pie de la letra. Sus hijos lo sabían, como todos, incluido Blake.

Daphne no hizo ningún comentario. Ya había oído ese discurso antes, cuando la pareja había discutido de ello. Sabía que otros padres tenían normas más relajadas, o no tenían ninguna, y también que algunos actuaban como su madre. Era lo que le había tocado. De repente Sam apareció en la puerta con el disfraz de pavo, buscando a su madre.

—¿Tengo que bañarme esta noche, mamá? He ido con mucho cuidado. No me he ensuciado nada hoy.

Maxine le sonrió y Daphne subió el volumen de la tele, con lo que le indicaba a su madre que ya había oído suficiente. Maxine se inclinó para besarla y salió de la habitación con su hijo pequeño.

—Me da igual que hayas ido con mucho cuidado. Tienes que bañarte.

—Qué asco...

Zelda le esperaba con expresión ceñuda. Maxine dejó a Sam con ella, pasó a ver a Jack, que le juró que había hecho los deberes, se fue a su habitación y encendió el televisor. Era una noche agradable y tranquila en casa, tal como le gustaban.

Pensó en lo que le había dicho Daphne: que nunca salía. Era totalmente cierto. Asistía a cenas de vez en cuando, en casa de viejos amigos, o de parejas de su época de casada. Iba a la ópera, al teatro, al ballet, aunque no tan a menudo como debería, y lo sabía. Le parecía demasiado esfuerzo; además, le encantaba quedarse en casa después de un día duro. Iba al cine con los niños, y a cenas de médicos de las que no podía escaparse. Pero sabía perfectamente qué había querido decir Daphne, y tenía razón. Hacía un año que Maxine no salía con un hombre. A veces le preocupaba un poco, sobre todo cuando era consciente del paso del tiempo. Tenía cuarenta y dos años, y desde Blake no había habido ningún hombre en serio en su vida. Salía con alguno de vez en cuando, pero no había conocido a nadie que hiciera sonar las campanas desde hacía años, y tampoco tenía muchas oportunidades de conocer a hombres. O estaba trabajando o con los niños, y la mayoría de los médicos de su entorno estaban casados o buscaban a alguien para engañar a sus esposas, algo que ella no quería y que nunca haría. Los hombres disponibles y atractivos de cuarenta y tantos o cincuenta escaseaban. Los mejores estaban casados o parecían estarlo, y lo único que quedaba eran tipos que tenían «dificultades» o problemas en la intimidad, que eran gays o tenían fobia al compromiso, o que querían salir con mujeres a las que doblaban la edad. Encontrar a un hombre con el que tener una relación no era tan fácil como parecía, y no pensaba perder el sueño por ello. Suponía que algún día sucedería, a la fuerza. Mientras, estaba perfectamente.

Al principio de su ruptura con Blake, dio por supuesto que conocería a alguien, y que quizá se casaría otra vez, pero cada año le parecía menos probable. Blake era el que estaba siempre bajo los focos, el que disfrutaba de una vida social activa, con chicas preciosas. Maxine se quedaba en casa noche tras noche, con sus hijos y la niñera, y no estaba segura de querer otra cosa. Sin duda no cambiaría el tiempo que pasaba con sus hijos por una tórrida cita. Además, ¿qué mal había en ello? Se permitió recordar un instante las noches en brazos de su marido, bailando con él, riendo con él, paseando por la playa con él y haciendo el amor. Le daba un poco de miedo asumir que no volvería a tener relaciones sexuales nunca más, o que nunca más la besarían. Pero si así tenían que ser las cosas, lo aceptaba. Tenía a sus hijos. ¿Qué más necesitaba? Siempre se decía que esto era suficiente.

Todavía estaba sumida en sus pensamientos cuando Sam entró recién bañado, con un pijama limpio y descalzo, los cabellos húmedos y oliendo a champú, y subió a su cama de un salto.

—¿En qué piensas, mamá? Pareces triste.

Su pregunta la devolvió a la realidad. Le sonrió.

—No estoy triste, corazón. Solo pensaba en cosas.

—¿Cosas de mayores? —preguntó él interesado, mientras subía el volumen del televisor con el mando.

—Sí, algo así.

—¿Puedo dormir contigo?

Al menos esta vez no se había inventado a otro gorila. Volvió a sonreír.

—Claro. Me parece muy bien.

Le encantaba que durmiera con ella. Se acurrucaba a su lado y los dos tenían el consuelo que necesitaban. Con el pequeño y tierno Sam en la cama por la noche, acurrucado junto a ella, ¿qué más podía querer? Ninguna cita, romance pasajero o relación podría ser tan enternecedor.

4

La mañana de Acción de Gracias, Maxine pasó a ver a los niños por sus habitaciones. Daphne estaba echada en la cama hablando por el móvil, que le había sido devuelto oficialmente. Todavía estaba castigada y no tenía vida social, pero al menos había recuperado el teléfono. Jack tecleaba algo frente a su ordenador, vestido con camisa azul, pantalones grises y americana, y Maxine le ayudó a anudarse la corbata. Sam todavía iba en pijama y estaba absorto con la televisión, mirando el desfile del Día de Acción de Gracias de Macy's. Zelda se había marchado temprano para pasar el día con una conocida que trabajaba para una familia de Westchester, y prepararía el almuerzo de Acción de Gracias para un puñado de amigas niñeras. Todas estaban hechas de una madera especial; eran mujeres que entregaban su vida a los niños que cuidaban y amaban, y no tenían hijos propios.

Maxine sacó la ropa de Sam y recordó a Daphne que colgara el teléfono y se vistiera. Su hija entró en el baño todavía con el móvil pegado a la oreja y cerró dando un portazo. Maxine entró en su dormitorio para arreglarse. Pensaba ponerse un traje pantalón beis con un jersey de cuello alto de cachemir a juego y zapatos de tacón. Se pasó el jersey por la cabeza y empezó a cepillarse los cabellos.

Al cabo de diez minutos entró Sam, con la camisa mal

abrochada, la bragueta abierta y los cabellos en punta, y Maxine sonrió.

—¿Estoy guapo? —preguntó, seguro de sí mismo, mientras ella se cepillaba el pelo y le decía que se subiera la bragueta.

—¡Oh! —exclamó él sonriendo. Ella le abrochó bien la camisa y le dijo que fuera a buscar la corbata. Él hizo una mueca—. ¿Tengo que ponérmela? Me ahoga.

—Entonces no la anudaremos demasiado fuerte. El abuelo siempre lleva corbata y Jack también se ha puesto una.

—Papá nunca lleva —contraatacó Sam con expresión dolida.

—Sí que se la pone. —Maxine se mantuvo firme. Blake estaba impresionante con traje—. A veces, para salir.

—Ya no.

—Bueno, pues tú te la pondrás en Acción de Gracias. Y no olvides sacar los mocasines del armario.

Sabía que si no se lo recordaba se pondría las zapatillas de deporte para ir a almorzar con los abuelos. Mientras el niño regresaba a su habitación a buscar la corbata y los zapatos, Daphne apareció en el umbral con una minifalda negra, medias negras y tacones altos. Había ido a la habitación de su madre a pedir prestado otro jersey, el rosa, su favorito; en sus orejas brillaban unos diamantes diminutos. Maxine se los había regalado por su decimotercer cumpleaños, cuando le dio permiso para perforarse las orejas. Ahora quería hacerse dos agujeros más. En la escuela «todos» tenían dos agujeros como mínimo. De momento Maxine no había cedido. Su hija estaba preciosa con los cabellos oscuros cayéndole alrededor del rostro. Maxine le dio el jersey rosa justo cuando Sam entraba con sus zapatos y una expresión despistada.

—No encuentro la corbata —dijo, satisfecho.

—La encontrarás. Vuelve y mira otra vez —dijo Maxine firmemente.

—Te odio —murmuró el niño, como era de esperar.

Maxine se puso la chaqueta, los zapatos de tacón y unos pendientes de perlas.

Media hora después estaban todos vestidos, ambos chicos con sus corbatas y el anorak sobre la americana, y Daphne con un abrigo negro corto con un pequeño cuello de piel que Blake le había regalado por su cumpleaños. Estaban impecables, muy dignos y bien vestidos. Recorrieron andando el breve tramo de Park Avenue hasta el piso de sus abuelos. Daphne quería tomar un taxi, pero Maxine dijo que caminar les sentaría bien. Era un día de noviembre soleado y alegre, y los chicos estaban deseando que su padre llegara aquella tarde. Venía de París, y habían quedado en su piso a tiempo para cenar. Maxine había aceptado la invitación para unirse a ellos. Sería agradable ver a Blake.

Cuando entraron en el ascensor, el portero de la finca de los padres de Maxine les deseó un feliz día de Acción de Gracias. La madre de Maxine ya los esperaba en la puerta del piso. Se parecía una barbaridad a su hija, en una versión mayor y ligeramente más gruesa; el padre de Maxine estaba detrás de su esposa, con una amplia sonrisa.

—Vaya, vaya —dijo, afectuoso—, qué grupo tan elegante formáis.

Primero besó a su hija y después estrechó la mano de los chicos, mientras Daphne besaba a su abuela y sonreía a su abuelo, que le dio un gran abrazo.

—Hola, abuelo —dijo la niña cariñosamente, y todos siguieron a los ancianos al salón.

La abuela había dispuesto varios hermosos arreglos florales de otoño, y el piso estaba tan pulcro y elegante como siempre. Todo estaba reluciente y en orden, y los niños se sentaron educadamente en el sofá y los sillones. Sabían que en casa de los abuelos tenían que portarse bien. Eran muy cariñosos, pero no estaban acostumbrados a tener tantos niños en casa a la vez, y menos aún chicos. Sam sacó una baraja de cartas del bolsillo y empezó una partida con su abuelo mientras Maxine y su madre iban a la cocina a ver cómo estaba el pavo. Todo se había preparado meticulosamente: la plata estaba reluciente, los manteles inmaculadamente planchados, el pavo a punto y las verduras se estaban cociendo. Pasar juntos el día de Acción de Gracias era una tradición que les encantaba a todos. Maxine siempre disfrutaba cuando visitaba a sus padres. La habían apoyado toda la vida, y más que nunca después de divorciarse de Blake. Les caía bien, pero creían que había perdido la cabeza a raíz de su gran golpe de suerte con el *boom* del puntocom. La forma como vivía ahora les resultaba incomprensible. Les preocupaba su influencia sobre los niños, pero les aliviaba comprobar que los sólidos valores y la constante atención de Maxine seguían pesando mucho en ellos. Estaban locos por sus nietos y les gustaba tenerlos en casa e ir de vacaciones con ellos.

El padre de Maxine seguía ocupado con su consulta, daba clases y operaba en casos especiales; estaba enormemente orgulloso de la carrera profesional de su hija. Cuando ella decidió ingresar en la facultad de medicina y seguir sus pasos, le complació muchísimo. Le extrañó un poco que eligiera especializarse en psiquiatría, un mundo que conocía poco, pero le impresionaba la carrera y la reputación que Maxine se había labrado en su campo. Había regalado con gran orgullo muchos ejemplares de los dos libros de su hija.

Su madre echó un vistazo a los boniatos que se cocían en el horno, pinchó otra vez el pavo para asegurarse de que no quedaba seco y miró a Maxine con una amplia sonrisa. Era una mujer tranquila y reservada que estaba satisfecha de llevar una vida en segundo plano, siendo un apoyo para su marido y feliz de ser la esposa de un médico. Nunca había sentido la necesidad de tener una carrera propia. Pertenecía a una generación de mujeres que se contentaba permaneciendo al lado de su marido, criando a los hijos y, siempre que no hubiera necesidades económicas, quedándose en casa en lugar de trabajar. Colaboraba asiduamente en organizaciones de beneficencia y en el hospital donde su marido trabajaba, y le gustaba leer a los invidentes. Se sentía realizada, pero le preocupaba que su hija cargara con demasiadas responsabilidades y trabajara en exceso. Le angustiaba más que a su marido que Blake fuera un padre ausente, aunque su propio esposo tampoco se había implicado mucho en la educación de su hija. Sin embargo, a Marguerite Connors le parecían más comprensibles y respetables las razones de su marido para no hacerlo, por su absorbente consulta, que el obsesivo y totalmente irresponsable afán de diversión de Blake. Nunca había alcanzado a comprender qué hacía ni por qué se comportaba de ese modo; le parecía extraordinario que Maxine fuera tan paciente con él y tan tolerante con su absoluta falta de responsabilidad con los niños. Le apenaba mucho lo que los chicos se estaban perdiendo, y lo que se perdía Maxine. Y le preocupaba que su hija no tuviera a ningún hombre en su vida.

—¿Cómo estás, cariño? ¿Tan ocupada como siempre? —preguntó Marguerite.

Ella y Maxine hablaban varias veces por semana, pero casi nunca de cuestiones importantes. Si Maxine necesitara hablar, probablemente lo haría con su padre, que tenía una visión más realista del mundo. Su madre había vivido tan protegida durante casi cincuenta años de matrimonio que era poco probable que pudiera serle útil en aspectos prácticos. Además, Maxine no deseaba preocuparla.

—¿Estás trabajando en algún libro nuevo?

—Todavía no. Mi consulta suele desquiciarse un poco antes de las fiestas. Siempre hay algún tarado que intenta poner en peligro o traumatizar a los chicos, y mis pacientes adolescentes se angustian con las festividades, como todo el mundo. Parece que estos días nos enloquecen un poco a todos —dijo Maxine mientras ayudaba a su madre a llenar un cesto con panecillos recién horneados.

La cena tenía un aspecto delicioso y olía de maravilla.

Aunque tuviera una asistenta durante la semana, su madre era una gran cocinera y se enorgullecía de preparar personalmente las comidas festivas. También se ocupaba siempre de la cena de Navidad, lo que era un enorme alivio para Maxine, que nunca había sido tan buena cocinera como ella; en muchos sentidos era más parecida a su padre. Ella también tenía una visión más realista y práctica del mundo. Era más científica que artística, y como sustento de su familia, tenía los pies más en el suelo. Todavía hoy, su padre seguía extendiendo los cheques y pagando las facturas. Maxine era consciente de que si algo le sucedía a su padre, su madre estaría completamente perdida en el mundo real.

—Para nosotros las fiestas también son una locura —dijo Marguerite mientras sacaba el pavo del horno. Tenía un aspecto magnífico, como si fueran a hacerle una fotografía para una revista—. Todo el mundo se rompe algún hueso durante la temporada de esquí y, en cuanto empieza el frío, la gente resbala en el hielo y se rompe la cadera. —Le había sucedido a ella hacía tres años, y habían tenido que ponerle una prótesis. Se había recuperado muy bien—. Ya sabes lo ocupado que está tu padre en estas fechas.

Maxine sonrió y la ayudó a sacar los boniatos del horno y a dejarlos en la isla del centro de la cocina. La nube de merengue que los cubría tenía un tono parduzco dorado perfecto.

—Papá siempre está ocupado, mamá.

—Como tú —dijo su madre rebosante de orgullo, y fue a buscar a su marido para que trinchara el pavo.

Cuando Maxine la siguió al salón vio que el hombre seguía jugando a las cartas con Sam y que los otros dos niños miraban un partido de fútbol en la televisión. Su padre era un gran amante del deporte, y había sido cirujano ortopédico de los New York Jets durante años. Algunos todavía eran pacientes suyos en la consulta.

—El pavo —anunció Marguerite, mientras su marido se levantaba para trincharlo.

Se disculpó con Sam y miró a su hija con una sonrisa. Se lo estaba pasando estupendamente.

—Creo que hace trampas —comentó el abuelo refiriéndose a su nieto.

—Sin duda —confirmó Maxine, mientras su padre se metía en la cocina para cumplir su cometido.

Diez minutos después el pavo estaba trinchado y el abuelo lo llevaba a la mesa del comedor. Su esposa los llamó a todos para que se sentaran. Maxine disfrutaba enormemente con el ritual familiar, y estaba encantada de que estuvieran todos juntos y de que sus padres gozaran de buena salud. Su madre tenía setenta y ocho años, y su padre setenta y nueve, pero ambos se mantenían en buena forma. Costaba creer que fueran ya tan mayores.

Su madre bendijo la mesa, como hacía cada año, y después su padre les pasó la bandeja del pavo. Había relleno, compota de arándanos, boniatos, arroz salvaje, guisantes, espinacas, puré de castañas y panecillos hechos por su madre. Era un auténtico festín.

—¡Ñam! —exclamó Sam, mientras amontonaba boniatos con merengue en su plato.

Se sirvió varias cucharadas de compota de arándanos, una considerable porción de relleno, una tajada de pavo y ni una sola verdura. Maxine no le dijo nada y dejó que disfrutara de la comida.

Como siempre que se reunían, la conversación fue animada. Su abuelo les preguntó uno a uno cómo les iba en la escuela, y se interesó especialmente por los partidos de fútbol de Jack. Cuando terminaron de comer estaban tan saciados que apenas podían moverse. El almuerzo había acabado con pasteles de manzana, calabaza y tartaletas de fruta, con helado de vainilla o crema perfectamente batida. Sam se levantó de la mesa con los faldones de la camisa por fuera, el cuello abierto y la corbata torcida. Jack mantenía la compostura, pero también se había quitado la corbata. Solo Daphne parecía una perfecta dama, exactamente igual que cuando habían llegado. Los tres niños volvieron al salón a mirar el partido, mientras Maxine se quedaba tomando café con sus padres.

—Ha sido una comida deliciosa, mamá —dijo Maxine sinceramente. Le encantaba cómo cocinaba su madre, y le habría gustado aprender de ella. Pero no tenía ni interés ni aptitudes—. Siempre es maravilloso cuando cocinas tú —añadió.

Su madre rebosaba satisfacción.

—Tu madre es una mujer sorprendente —añadió su padre.

Maxine sonrió mientras intercambiaban una mirada. Eran encantadores. Después de tantos años seguían enamorados. Al año siguiente celebrarían sus bodas de oro. Maxine ya estaba pensando en dar una fiesta para ellos. Era su única hija y era su responsabilidad.

—Los niños están estupendos —comentó su padre mientras Maxine cogía una chocolatina de una bandeja de plata que su madre había dejado delante de ella, para desesperación de su hija. Costaba creer que alguien pudiera tragar algo más después de un almuerzo tan copioso, pero no podía evitarlo.

—Gracias, papá. Sí, están bien.

—Es una lástima que su padre no los vea más a menudo. —Era un comentario que hacía siempre. Aunque a veces apreciara mucho la compañía de Blake, como padre creía que su ex yerno era un desastre.

—Vendrá esta noche —comentó Maxine sin amargura. Sabía lo que pensaba su padre y estaba bastante de acuerdo con él.

—¿Por cuánto tiempo? —preguntó Marguerite.

Coincidía con su marido en que Blake había resultado decepcionante como marido y como padre, a pesar de que le cayera bien.

—Seguramente el fin de semana.

O tal vez ni siquiera tanto. Con Blake nunca se podía estar seguro. Pero al menos vería a sus hijos en Acción de Gracias. Y aquello era algo que no podía darse por descontado con él, así que los niños tendrían que conformarse con el tiempo que les dedicara, por breve que fuera.

—¿Cuánto hace que no los ve? —preguntó su padre en tono claramente desaprobador.

—Desde julio. En Grecia, en el barco. Se lo pasaron en grande.

—Esa no es la cuestión —replicó su padre—. Los chicos necesitan un padre. Él no está nunca.

—Nunca estuvo —dijo Maxine sinceramente.

Ya no tenía que defenderle, aunque no quería ser antipática o angustiar a los niños con comentarios negativos sobre él y jamás los hacía.

—Por eso nos divorciamos. Los quiere, pero se olvida de ir a verlos. Como diría Sam, es un asco. Pero parece que se han adaptado bien. Más adelante puede que les fastidie, pero por ahora lo llevan bien. Lo aceptan tal como es, un tipo encantador que los adora y en el que no pueden confiar, y se lo pasan fenomenal con él.

Era una definición perfecta de Blake. El padre de Maxine frunció el ceño y sacudió la cabeza.

—¿Y tú qué? —preguntó, siempre preocupado por su hija.

Al igual que la madre de Maxine, creía que su hija trabajaba demasiado, pero estaba muy orgulloso de ella y lamentaba que estuviera sola. No le parecía justo; estaba resentido con Blake por cómo habían acabado las cosas, incluso bastante más que la propia Maxine. Ella había aceptado la situación hacía mucho tiempo. Sus padres no.

—Estoy bien —dijo Maxine tranquilamente, en respuesta a la pregunta de su padre.

Sabía a qué se refería. Siempre se lo preguntaban.

—¿Algún buen hombre en el horizonte? —Parecía esperanzado.

—No —dijo ella con una sonrisa—. Todavía duermo con Sam.

Sus padres sonrieron.

—Espero que eso cambie pronto —dijo Arthur Connors con expresión preocupada—. Algún día esos niños se harán mayores, antes de lo que crees, y te quedarás sola.

—Creo que me quedan algunos años antes de dejarme llevar por el pánico.

—Crecen con una rapidez espantosa —dijo él, pensando en ella—. Pestañeé y ya estabas en la facultad de medicina. Y ahora ya ves. Eres una autoridad en el campo de los traumas infantiles y el suicidio adolescente. Cuando pienso en ti, Max, todavía me parece que tienes quince años.

Le sonrió cariñosamente y la madre de Maxine asintió.

—Sí, a mí también me ocurre, papá. Miro a Daphne, con mi ropa y esos tacones, y me pregunto cómo ha sucedido. La última vez que la miré, tenía tres años. De repente, Jack es tan alto como yo, de la noche a la mañana, y hace cinco minutos, Sam tenía dos meses. Es raro, ¿verdad?

—Más raro será cuando tus «niños» tengan la edad que tú tienes ahora. Para mí siempre serás una niña.

A Maxine le gustaba precisamente esto de su relación. Debía haber un lugar en el mundo, y personas en él, donde todavía pudiera ser una cría. Era demasiado pesado ser un adulto constantemente. Por eso se alegraba de tener padres todavía: la sensación de seguridad que daba no ser la más mayor de la familia.

A veces se preguntaba si el comportamiento alocado de Blake procedía del miedo a envejecer. Si era así, no podía culparle del todo. En muchos sentidos, la responsabilidad le apabullaba; sin embargo había sido un fuera de serie en los negocios. Pero eso era distinto. Había querido ser el eterno adolescente, y ahora se había convertido en un hombre de mediana edad. Maxine sabía que hacerse mayor era lo que más miedo le daba, y no podía correr lo bastante rápido para evitar enfrentarse consigo mismo. En cierto modo era triste, y se había perdido muchas cosas. Mientras corría a la velocidad del sonido sus hijos crecían, y la había perdido a ella. Parecía un precio muy alto para ser Peter Pan.

—Bueno, no creas que eres una vieja —dijo entonces su padre—. Aún eres una mujer joven, y cualquier hombre sería afortunado de tenerte. Con cuarenta y dos años, todavía eres una niña. No te encierres, y no olvides que hay que salir y divertirse.

Ellos sabían que no salía a menudo. A veces su padre temía que siguiera enamorada de Blake y suspirara por él, pero su madre insistía en que no era así. Sencillamente aún no había conocido a otro hombre. Ambos deseaban que esta vez encontrara la persona adecuada. Al principio, su padre había intentado emparejarla con algunos médicos, pero no había funcionado, así que Maxine acabó diciéndoles que prefería buscarse ella misma las citas.

Ayudó a su madre a despejar la mesa y a ordenar la cocina, pero Marguerite le dijo que la asistenta volvía al día siguiente, de modo que se unieron a los demás en el salón donde estaban mirando ávidamente un partido en la tele. Muy a su pesar, a las cinco Maxine se llevó a los niños. No le apetecía marcharse, pero no quería que llegaran tarde a casa de Blake. Todos los momentos que pasaban con él eran valiosos. Sus padres lamentaron que tuvieran que irse. Les abrazaron y besaron, y ella y los niños les dieron las gracias por aquella maravillosa comida. Así era como debería ser el día de Acción de Gracias para todo el mundo, y Maxine estaba agradecida de que su familia lo tuviera. Sabía que era afortunada.

Caminaron lentamente por Park Avenue hacia su casa. Ya eran las cinco y media. Los chicos se cambiaron de ropa y, de forma insólitamente puntual, Blake llamó a las seis. Acababa de aterrizar. Estaba a punto de llegar y quería que se reunieran con él a las siete. Dijo que todo estaba preparado para recibirlos. Un restaurante les serviría la cena, pero sabiendo que habrían comido pavo en casa de sus abuelos, había pedido algo diferente. Cenarían a las nueve y hasta entonces pasarían juntos el rato. Los chicos se emocionaron con aquel plan.

—¿Seguro que quieres que vaya? —preguntó Maxine cautelosamente.

No le gustaba entrometerse cuando estaban con él, aunque sabía que Sam se sentiría más cómodo con ella cerca. Aun así, algún día tendría que acostumbrarse a estar con Blake. El problema era que nunca pasaba con él el tiempo suficiente para superar este malestar. A Blake no le importaba. Le gustaba ver a Maxine, y siempre hacía que se sintiera bien recibida. Cinco años después del divorcio, seguían llevándose de maravilla, como amigos.

—Me gustaría mucho —dijo Blake en respuesta a su pregunta—. Nos pondremos al día mientras los chicos se divierten.

Los niños siempre lo pasaban en grande en casa de su padre, jugando con los videojuegos y viendo películas. Les encantaba la sala de proyección, con sus asientos enormes y cómodos. Tenía todos los aparatos de alta tecnología que existían, porque él también era un crío. Blake siempre le recordaba a Tom Hanks en la película *Big*, un niño encantador haciéndose pasar por un hombre.

—Nos vemos a las siete —prometió Blake.

Maxine colgó y fue a hablar con los chicos.

Tenían una hora para descansar y coger lo que quisieran llevarse para estar con su padre. Sam no parecía muy contento, pero Maxine le aseguró que todo iría bien.

—Puedes dormir con Daffy si quieres —le recordó, y eso pareció tranquilizarlo.

Maxine lo comentó con Daphne unos minutos después y le encargó que cuidara de Sam y que le dejara dormir con ella. A Daphne no le importaba.

Una hora después los cuatro estaban en un taxi, camino del piso de Blake. Solo entrar en el ascensor ya se sintieron en una nave espacial. Se necesitaba un código especial para subir al ático. Ocupaba dos plantas enteras y, desde el momento en que se abría la puerta, todo era Blake y el mundo mágico en el que vivía. La música en el extraordinario sistema de sonido era ensordecedora; las obras de arte y la iluminación eran asombrosas; la vista era más que espectacular, con paredes exteriores de cristal, ventanas panorámicas y tragaluces enormes. Las paredes interiores estaban revestidas de espejo para reflejar la vista, los techos tenían nueve metros de altura. Había comprado dos plantas y las había convertido en un solo piso con una escalera circular en medio, y tenía todos los juegos, aparatos, estéreos, televisores y dispositivos posibles. Había una película en marcha en una pantalla que ocupaba toda una pared, y le dio a Jack unos auriculares para que la mirara. Los besó y abrazó a todos, le regaló a Daphne un móvil nuevo en esmalte rosa con sus iniciales grabadas, y le enseñó a Sam cómo funcionaba la nueva silla de videojuegos y el ping-pong que había hecho instalar durante su ausencia. Cuando todos estuvieron ocupados con sus juguetes y aclimatándose a sus habitaciones, Blake tuvo finalmente un momento de tranquilidad para sonreír a su ex esposa y rodearla cariñosamente con el brazo.

—Hola, Max —dijo tranquilamente—. ¿Cómo estás? Perdona el jaleo.

Estaba irresistible como siempre. Se le veía muy bronceado, lo que hacía que destacaran más todavía sus ojos azul eléctrico. Llevaba vaqueros, un jersey negro de cuello vuelto y unas botas de piel de cocodrilo que le habían hecho a medida en Milán. No se podía negar, se dijo Maxine, que resultaba increíblemente guapo. En él todo parecía atractivo durante unos diez minutos. Entonces te dabas cuenta de que no podías contar con él, que nunca aparecía, y que por muy encantador que fuera, nunca crecería. Era el Peter Pan más guapo, listo y adorable del mundo. Era fantástico si querías ser Wendy; de lo contrario, no era el hombre adecuado. A veces tenía que recordárselo a sí misma. Estar bajo el efecto de su aura era una experiencia embriagadora. Pero ella sabía mejor que nadie que Blake no se comportaba como un adulto responsable. A veces tenía la sensación de que era su cuarto hijo.

—Les encanta el jaleo —le tranquilizó ella.

Estar con él era estar en un circo de tres pistas. ¿A quién no le gustaba eso a la edad de los niños? Aunque para ella era más difícil de soportar.

—Estás fantástico, Blake. ¿Cómo fue en Marruecos, en París, o donde sea que estuvieras?

—La casa de Marrakech quedará impresionante. He estado allí toda la semana. Ayer estuve en París.

Maxine rió ante el contraste de sus vidas. Ella había estado en Silver Pines, visitando a Jason, en Long Island. Estaba muy lejos del glamour de la vida de su ex esposo, pero no se habría cambiado por él por nada del mundo. Ella ya no podría vivir así.

—Tú también estás estupenda, Max. ¿Tan ocupada como siempre? ¿Visitando a un millón de pacientes? No sé cómo te las arreglas.

Sobre todo teniendo en cuenta los casos dolorosos que trataba. Admiraba el trabajo que hacía ella, y que fuera tan buena madre. También había sido una gran esposa. Siempre lo decía.

—Me gusta —dijo Maxine, sonriendo—. Alguien tiene que hacer este trabajo, y me alegro de ser yo. Me gusta ocuparme de los niños.

Él asintió, sabiendo que era cierto.

—¿Cómo ha ido Acción de Gracias con tus padres?

Él siempre se agobiaba en aquellas celebraciones, pero al mismo tiempo, por contradictorio que fuera, le encantaban. Ellos eran como deberían ser las familias, y no había muchas que fueran así. Hacía cinco años que no celebraba una de esas fiestas.

—Muy bien. Adoran a los niños y son un encanto. Están

los dos en muy buena forma para la edad que tienen. A los setenta y nueve años, mi padre sigue operando, aunque no tanto, y da clases y visita pacientes todo el día.

—Tú también lo harás —dijo Blake, sirviendo champán en dos copas y dándole una.

Siempre bebía Cristal. Maxine cogió su copa y tomó un sorbo, admirando el panorama. Era como volar por encima de la ciudad. Todo lo que él poseía o tocaba adquiría esa mágica cualidad. Era aquello que las personas soñaban ser si algún día tenían un golpe de fortuna, pero pocas tenían el estilo de Blake y la capacidad de conseguirlo.

Le sorprendió que esta vez no le acompañara una mujer, pero pocos minutos después él le explicó el motivo con una sonrisa avergonzada.

—Acaban de dejarme —dijo.

Era una supermodelo de veinticuatro años, que se había largado con una importante estrella de rock, porque según Blake tenía un avión más grande. Maxine no pudo evitar reírse por la forma como lo decía. No parecía apenado, y ella sabía que no lo estaba. Las chicas con las que salía únicamente eran compañeras de juegos para él. No tenía ningún deseo de sentar la cabeza y no quería más hijos, así que al final las chicas tenían que buscar a otro para casarse. El matrimonio nunca era una posibilidad con él, pues no había nada más lejos de su pensamiento. Mientras charlaban en el salón, entró Sam y se sentó en las rodillas de su madre. Se quedó mirando a Blake con interés, como si fuera un amigo de la familia y no su padre, y le preguntó por la novia que tenía el verano anterior. Blake lo miró y se echó a reír.

—Te has perdido a dos desde entonces, chaval. Se lo estaba contando a tu madre. La semana pasada me dejaron. O sea que esta vez estoy solo.

Sam asintió y miró a su madre.

—Mamá tampoco tiene novio. No sale nunca. Nos tiene a nosotros.

—Debería salir —dijo Blake sonriendo—. Es una mujer muy guapa, y uno de estos días vosotros os haréis mayores.

Era exactamente lo que había dicho el padre de Maxine después del almuerzo. A Maxine le quedaban doce años antes de que Sam fuera a la universidad. No tenía ninguna prisa, por muy preocupados que pareciesen los demás. Blake preguntó a Sam por el colegio, ya que no sabía muy bien qué decirle, y el niño le contó a su padre que había sido un pavo en la función de la escuela. Max había enviado fotos a Blake por correo electrónico, como siempre hacía con los acontecimientos importantes. Le había mandado montones de Jack jugando sus partidos de fútbol.

Los niños entraban y salían, hablando alegremente con sus padres y acostumbrándose a Blake otra vez. Daphne lo miraba con adoración y, cuando esta salió de la habitación, Maxine contó a Blake el incidente de la cerveza, para que estuviera enterado y no permitiera que se repitiese mientras Daphne estuviera con él.

—Vamos, Max —le reprochó Blake cariñosamente—, no seas tan severa. Solo es una niña. ¿No crees que castigarla durante un mes es un poco exagerado? No va a volverse alcohólica por dos cervezas.

Era el tipo de reacción que esperaba de él, y no precisamente la que más le gustaba a Maxine. Pero no le sorprendía. Era una de las muchas diferencias que había entre ellos. A Blake no le agradaban las normas, para nadie, y menos que nadie para sí mismo.

—No, es verdad —dijo Maxine tranquilamente—. Pero si dejo que beba cerveza en las fiestas ahora, a los trece, ¿qué pasará cuando tenga dieciséis o diecisiete años? ¿Fiestas con crack mientras yo estoy visitando pacientes? ¿O heroína? Tiene que haber unos límites, y debe respetarlos; de lo contrario, dentro de unos años tendremos problemas. Prefiero tirar del freno ahora.

—Lo sé —admitió él suspirando y mirándola tímidamente con sus ojos más brillantes que nunca. Parecía un niño que su madre o su maestra acabara de regañar. Era un papel que a Maxine no le apetecía nada, pero que había representado con él durante muchos años. Ahora ya estaba acostumbrada—. Probablemente tengas razón. Es solo que a mí no me parece que sea para tanto. Hice cosas peores a su edad. A los doce robaba el whisky de mi padre del bar y lo vendía en la escuela con grandes beneficios.

Se rió y Maxine también.

—Eso es diferente. Son negocios. A esa edad ya eras un emprendedor, pero no un borracho. Estoy segura de que no te lo bebías.

Blake no solía beber en exceso, y nunca había tomado drogas. Era alocado en todos los demás sentidos y alérgico a todo tipo de límites.

—Tienes razón. —Blake volvió a reírse al recordarlo—. No bebí hasta los catorce. Prefería mantenerme sobrio y emborrachar a las chicas con las que salía. Me parecía un plan mucho mejor.

Max sacudió la cabeza, riendo con él.

—¿Por qué será que me parece que eso no ha cambiado?

—Ya no me hace falta emborracharlas —confesó él con una sonrisa descarada.

Mantenían una relación extraña, más como grandes amigos que como dos personas que habían estado casadas diez años y tenían tres hijos. Él era como un amigo tarambana al que veía dos o tres veces al año, mientras ella era la amiga responsable, que criaba a los hijos e iba a trabajar cada día. Eran la noche y el día.

La cena llegó puntualmente a las nueve, y para entonces todos estaban hambrientos. Blake la había encargado en el mejor restaurante japonés de la ciudad. La prepararon delante de ellos, con todo tipo de florituras y detalles exóticos, y un chef que le prendía fuego a todo, cortaba las gambas, las lanzaba al aire y las recogía en el bolsillo. A los niños les encantó. Todo lo que Blake hacía u organizaba era espectacular y diferente. Incluso Sam parecía tranquilo y feliz cuando Maxine se marchó. Ya era medianoche y los niños estaban viendo una película en la sala de proyección. Maxine sabía que estarían levantados hasta las dos o las tres. No les haría ningún daño, no quería escatimarles ni un solo minuto de los que pasaban con él. Ya dormirían en casa, cuando estuvieran con ella.

—¿Cuándo te vas? —preguntó mientras se ponía el abrigo, temiendo que dijera «mañana», ya que los niños se pondrían tristes.

Querían pasar al menos unos días con él, sobre todo porque no sabían cuándo volverían a verle, aunque Navidad estaba cerca y él solía encontrar tiempo para estar con ellos en vacaciones.

—No antes del domingo —dijo él y enseguida vio el alivio en la cara de ella.

—Muy bien —asintió Maxine cariñosamente—. No les gusta nada cuando te marchas.

—A mí tampoco —dijo él con tristeza—. Si te parece bien, me gustaría llevarlos a Aspen después de Navidad. Todavía no he hecho planes, pero Año Nuevo es una buena época para ir.

—Les hará mucha ilusión.

Le sonrió. Siempre los echaba de menos cuando se iban con él, pero quería que estuvieran con su padre y no era fácil organizarse. Tenía que aprovechar la ocasión cuando él estaba dispuesto a hacer planes con los niños.

—¿Quieres cenar con nosotros mañana por la noche? —le ofreció mientras Maxine entraba en el ascensor.

A él le gustaba estar con ella, como siempre. Habría seguido casado con ella para siempre. Fue Maxine la que quiso separarse, y no la culpaba. Desde entonces se lo había pasado muy bien, pero seguía gustándole que su ex mujer estuviera en su vida, y se alegraba de que no lo hubiera apartado por completo. Se preguntaba si aquello cambiaría cuando encontrara a un hombre con el que salir en serio, porque no dudaba de que algún día lo encontraría. Le sorprendía que tardara tanto.

—Tal vez —dijo Maxine, con despreocupación—. Veamos cómo va con los chicos. No quiero entrometerme.

Necesitaban pasar tiempo a solas con su padre, y ella no quería interferir.

—Nos encanta que vengas —la tranquilizó.

La abrazó y le dio un beso de despedida.

—Gracias por la cena —dijo Maxine desde el ascensor, y se despidió con la mano mientras las puertas se cerraban.

El ascensor bajó a toda velocidad las cincuenta plantas. A Maxine le zumbaban los oídos mientras pensaba en él. Era extraño. No había cambiado nada. Seguía queriéndole. Siempre le había querido. Nunca había dejado de hacerlo. Pero ya no deseaba estar con él. No le importaba que saliera con chicas de poco más de veinte años. Era difícil definir su relación. Pero fuera lo que fuese, y por rara que pareciera, a ellos les funcionaba.

Al verla salir del edificio, el portero le paró un taxi. Camino de su casa, Maxine pensó que había pasado un día maravilloso. Le pareció raro entrar en su piso y encontrarlo tan silencioso y oscuro. Encendió las luces, fue a su dormitorio y pensó en Blake y los niños en su apartamento absurdamente lujoso. El piso en el que vivía ella le pareció más bonito que nunca. No había ninguna parte de la vida de Blake que todavía deseara. No necesitaba para nada tanto exceso y autocomplacencia. Se alegraba por él, pero ella ya tenía lo que quería.

Por enésima vez desde que lo había dejado, supo que había tomado la decisión correcta. Blake Williams era un sueño para cualquier mujer, pero ya no para ella.

5

A las cuatro de la madrugada, cuando sonó el teléfono de la mesilla, Maxine estaba profundamente dormida. Le costó más de lo habitual despertarse. A menudo dormía más profundamente cuando los chicos no estaban en casa. Miró el reloj deseando que no hubiera sucedido nada grave en el piso de Blake. Pensó que quizá Sam había tenido alguna pesadilla y quería volver a casa. Descolgó el teléfono de forma automática, antes de despertarse del todo y sin pensar.

—Doctora Williams —dijo rápidamente, para disimular que acababa de despertarse, aunque ¿qué podían esperar a las cuatro de la madrugada?

—Maxine, perdona que te llame a estas horas. —Era Thelma Washington, la doctora de guardia durante el día de Acción de Gracias y el fin de semana—. Estoy en el New York Hospital con los Anderson. Creí que querrías saberlo. Hilary se ha tomado una sobredosis esta noche. La han encontrado a las dos de la madrugada. —Era una bipolar de quince años con un problema de adicción a la heroína y que había intentado suicidarse cuatro veces en los últimos dos años. Maxine se despertó de golpe—. La hemos traído aquí lo más deprisa posible. Le han administrado naloxona, pero no tiene buena pinta.

—Mierda. Voy enseguida.

Maxine ya estaba de pie mientras hablaba.

—No ha recuperado el conocimiento, y el médico no cree que lo haga. Es difícil saberlo —la informó Thelma.

—La última vez tuvo una recuperación milagrosa. Es una chica muy fuerte —comentó Maxine.

—Tendrá que serlo. Por lo visto se ha tomado un cóctel del demonio. Heroína, cocaína, speed, y el análisis de sangre muestra veneno para ratas. Parece que últimamente están cortando la heroína en la calle con sustancias muy peligrosas. La semana pasada murieron dos chicos a causa de esto. Maxine... no te hagas muchas ilusiones. No quiero parecer pesimista pero, si sale de esta, no sé en qué estado quedará.

—Sí, lo sé. Gracias por llamar. Me vestiré e iré enseguida. ¿Dónde está?

—En la UCI de Trauma. Te espero aquí. Sus padres están muy angustiados.

—Lo imagino.

Los pobres padres ya habían pasado por lo mismo cuatro veces; su hija había sido problemática desde los dos años. Era una chica simpática, pero entre la enfermedad bipolar y su adicción a la heroína, iba directa al desastre desde los doce. Maxine la visitaba desde hacía dos años. Era hija única y sus padres, extremadamente dedicados y cariñosos, habían hecho todo lo posible por ella. Había niños a los que no podías ayudar, por mucho que lo intentaras.

Hilary había estado hospitalizada cuatro veces en los últimos dos años, sin ningún resultado. En cuanto le daban el alta del hospital, volvía a salir con las mismas malas compañías. Le había dicho repetidas veces a Maxine que no podía evitarlo. No lograba mantenerse limpia, y afirmaba que la medicación que Maxine le recetaba la privaba del placer que ella conseguía en la calle. Hacía dos años que Maxine temía este final.

En menos de cinco minutos se había puesto unos mocasines, un jersey grueso y unos vaqueros. Sacó un abrigo del armario, cogió el bolso y corrió al ascensor. Encontró un taxi inmediatamente, de modo que, quince minutos después de que Thelma Washington, la médica que la sustituía, la llamara, Max entraba en el hospital. Thelma había estudiado en Harvard con ella, era afroamericana y una de las mejores psiquiatras que Maxine conocía. Después de coincidir en la facultad y de haberse pasado años sustituyéndose la una a la otra en las consultas, se habían hecho amigas. Ya fuese en su vida privada o en la profesional, Maxine sabía que podía contar con Thelma. Se parecían mucho en más de un sentido, y sentían la misma dedicación por su trabajo. Maxine se quedaba totalmente tranquila cuando dejaba a sus pacientes en manos de Thelma. Antes de ir a ver a los Anderson, Maxine fue a hablar con Thelma, que la puso al día rápidamente. Hilary estaba en coma profundo, y, por el momento, lo que le habían administrado no había funcionado. Lo había hecho estando sola en casa, mientras sus padres estaban fuera. No había dejado ninguna nota, pero Maxine sabía que no necesitaba hacerlo. A menudo le había dicho que le daba lo mismo vivir o morir. Para ella, y para otros como ella, ser bipolar era demasiado duro.

Maxine se angustió al leer la historia clínica. Thelma seguía a su lado.

—Cielo santo, se ha tomado todo menos el agua del fregadero de la cocina —dijo Maxine, con expresión sombría.

Thelma asintió.

—Su madre ha dicho que su novio la dejó anoche, el día de Acción de Gracias. Seguro que no ayudó mucho.

Maxine afirmó con la cabeza y cerró la historia. Los médicos habían hecho todo lo que podía hacerse. Ahora solo cabía esperar y ver cómo evolucionaba. Todos sabían, incluidos los padres de Hilary, que si no recuperaba pronto el conocimiento había muchas posibilidades de que su cerebro quedara dañado para siempre, y eso si sobrevivía, lo que era dudoso. A Maxine le sorprendía que estuviera viva con todo lo que había tomado.

—¿Alguna idea de cuándo lo hizo? —preguntó Maxine, mientras las dos mujeres caminaban juntas por el pasillo.

Thelma parecía cansada y preocupada. Detestaba estos casos. Su consulta era más sosegada que la de Maxine, pero seguía echándole una mano. Trabajar con los pacientes de su amiga siempre era estimulante.

—Probablemente unas horas antes de que la encontraran, y ahí es donde radica el problema. Las drogas han tenido mucho tiempo para introducirse en su organismo. Por eso la naloxona no ha hecho ningún efecto, según los paramédicos que la han traído.

La naloxona era un fármaco que revertía los efectos de los narcóticos potentes, si se administraba a tiempo. Representaba la diferencia entre la vida y la muerte en los casos de sobredosis, y a Hilary la había salvado ya cuatro veces. Esta vez no había surtido efecto, lo que era una mala señal para las dos doctoras.

Maxine entró a ver a Hilary antes de ir a hablar con los padres. La encontró conectada a un respirador, y una unidad de cuidados intensivos todavía estaba ocupándose de ella. Estaba desnuda sobre la camilla, cubierta con una sábana fina, inmóvil. La máquina respiraba por ella, y su cara se veía grisácea. Maxine se quedó un buen rato mirándola, habló con el equipo que había estado con ella desde su llegada e intercambió impresiones con el médico jefe. Su corazón resistía, aunque el monitor había reflejado arritmias varias veces. No había ninguna señal de vida en la chica de quince años, que parecía una niña allí tumbada. Tenía los cabellos teñidos de negro y tatuajes en ambos brazos. Hilary lo había hecho por su cuenta, a pesar de los esfuerzos de su padre para convencerla de que no se tatuara.

Maxine hizo un gesto a Thelma y juntas fueron a ver a los padres en la sala de espera. Habían estado con Hilary hasta que el equipo médico les había pedido que salieran. Resultaba demasiado angustioso para los padres ver lo que pasaba, y los residentes y las enfermeras necesitaban espacio para moverse.

Angela Anderson lloraba cuando Maxine entró en la sala. Phil la rodeaba con sus brazos y era evidente que también había llorado. Ya habían pasado por aquello, pero eso no lo hacía más fácil, sino más duro. Eran muy conscientes de que Hilary quizá no saldría adelante esta vez.

—¿Cómo está? —preguntaron los dos al unísono, mientras Maxine se sentaba y Thelma se marchaba.

—Más o menos igual que al llegar. Acabo de verla. Está luchando. Como siempre. —Maxine les sonrió tristemente; le dolía en el alma ver el sufrimiento en sus ojos, y ella también estaba triste. Hilary era un encanto de niña. Problemática, pero encantadora—. Había algunas sustancias muy tóxicas en las drogas que ha tomado —explicó Maxine—. Estas cosas pasan en la calle. Creo que nuestro mayor problema es que las drogas han tenido demasiado tiempo para introducirse en su organismo antes de que la encontraran. Y un corazón puede resistir hasta cierto punto. Se ha tomado dosis muy elevadas de algunas drogas.

No era nuevo para ellos, pero Maxine tenía que advertirlos de algún modo de que esta vez quizá no habría un final feliz. Ella no podía ayudar en nada. El equipo de urgencias estaba haciendo todo lo humanamente posible.

Pasados unos cinco minutos, Thelma regresó con cafés para todos y Maxine volvió a entrar a ver a Hilary. Thelma la siguió fuera de la sala y Max le dijo que regresara a su casa. No valía la pena que las dos estuvieran levantadas toda la noche. Antes de que Thelma se fuera, le dio las gracias. Maxine se quedaría en el hospital para ver cómo respondía el corazón de Hilary. Su latido se estaba volviendo más irregular, y el residente le dijo que la tensión arterial estaba bajando. Ambas cosas eran mala señal.

Durante las siguientes cuatro horas, Maxine fue constantemente de los Anderson a su hija, pero a las ocho y media,

Maxine decidió dejarles entrar en la unidad para verla. Para entonces era consciente de que podía ser la última vez que vieran a su hija con vida. La madre de Hilary sollozó sin reprimirse al tocarla y se inclinó para darle un beso; el padre se quedó junto a su esposa, pero apenas se atrevía a mirar a su hija. El respirador seguía respirando por ella, pero la mantenía con vida a duras penas.

En cuanto se sentaron otra vez en la sala de espera, el médico jefe salió e hizo un gesto a Maxine, que lo siguió al pasillo.

—No tiene buena pinta.

—Sí —dijo Maxine—, lo sé.

Le siguió otra vez a la zona de cuidados intensivos donde estaba Hilary; casi inmediatamente después de que entrara, el monitor disparó una alarma. A Hilary se le había parado el corazón. Los padres querían que se hiciera todo lo posible, y el equipo cardíaco intentó por todos los medios que su corazón volviera a latir. La sometieron a electroshock mientras Maxine observaba, cada vez más angustiada. Le realizaron un masaje cardíaco y le aplicaron las palas varias veces, sin ningún resultado. Trabajaron con el cuerpo sin vida de Hilary durante media hora, hasta que por fin el residente hizo una señal al equipo. Se había acabado. Hilary había muerto. Se quedaron un buen rato mirándose entre ellos, un momento doloroso, hasta que el residente miró a Maxine, desconectó el respirador y lo extrajo de la boca de Hilary.

—Lo siento —dijo en voz baja, y salió de la sala. No había nada más que pudiera hacer.

—Yo también —asintió, y fue a buscar a los Anderson.

Lo supieron en cuanto la vieron entrar, y la madre de Hilary se echó a llorar. Maxine se quedó con ella un buen rato, abrazándola mientras lloraba. También abrazó a Phil. Quisieron ver a Hilary otra vez y Maxine los acompañó. La habían trasladado a una habitación, para que pudieran estar con ella, antes de bajarla al depósito. Maxine los dejó a solas casi una hora. Finalmente, con el corazón roto y destrozados, el matrimonio regresó a casa.

Maxine firmó el certificado de defunción y todos los formularios necesarios. Eran más de las diez cuando por fin se marchó. Mientras salía del ascensor una enfermera que la conocía la llamó. Maxine se volvió con expresión abatida.

—Lo siento... acabo de enterarme... —dijo la enfermera cariñosamente.

Ella también estaba en el hospital la última vez que habían ingresado a Hilary y había ayudado a salvarle la vida. Esta vez el equipo había trabajado igual de bien, pero las posibilidades de supervivencia de Hilary eran considerablemente menores. Mientras hablaban, Maxine vio a un hombre alto con una bata blanca de médico observándolas desde cerca, pero no tenía ni idea de quién era.

El hombre esperó a que Maxine terminara de hablar con la enfermera, que subía a la unidad de cuidados intensivos para empezar su turno, y entonces se acercó.

—¿Doctora Williams? —preguntó cautelosamente.

Era evidente que iba con prisas y se la veía desaliñada y cansada.

—¿Sí?

—Soy Charles West. El idiota que la incordió hace unas semanas con Jason Wexler. Solo quería saludarla.

Maxine no estaba de humor para hablar, pero tampoco quería ser grosera. El médico había tenido el detalle de llamarla y disculparse, así que se obligó a hacer un esfuerzo.

—Perdone, ha sido una noche espantosa. Acabo de perder a una paciente en la UCI. Una chica de quince años, por sobredosis. No te acostumbras nunca. Cada vez se te rompe el corazón.

Ambos pensaron en lo que podría haberle pasado a Jason si le hubiera hecho caso a él, y se alegraron de que ella fuera lo bastante lista para no haberlo hecho.

—Lo siento. Parece tan injusto... He venido a ver a una

paciente de noventa y dos años con una cadera rota y neumonía, y se está recuperando. Y en cambio usted pierde a una chica de quince. ¿Puedo invitarla a tomar un café?

Maxine ni siquiera dudó.

—Tal vez en otro momento.

Él asintió, ella le dio las gracias otra vez y se marchó. El médico la observó mientras cruzaba el vestíbulo. Su aspecto lo había sorprendido. Había dado por hecho que sería mayor de lo que era en realidad. Se esperaba una especie de sargento. Había leído sobre ella en internet, pero no había ninguna fotografía. Maxine no las colgaba nunca. No le parecía importante. Su currículo y sus logros eran suficientes.

Charles West subió al ascensor pensando en ella y en la noche que debía de haber pasado. La expresión de sus ojos lo decía todo. Se había sobresaltado al oír que la enfermera gritaba el nombre de Maxine, y algo lo había empujado a esperar para hablar con ella. Al bajar del ascensor solo podía pensar en que esperaba que el destino hiciera que sus caminos se cruzaran de nuevo.

Charles West era lo último que ocupaba el pensamiento de Maxine cuando paró un taxi y volvió a casa. Pensaba en Hilary y en los Anderson, y en la terrible pérdida que habían sufrido, la inenarrable tortura que representaba perder un hijo. Maxine detestaba estos momentos y, como siempre, esta tragedia reforzó su determinación de salvar de sí mismo a todo aquel que lo necesitara.

6

Max no estaba de humor para salir con Blake y los niños el viernes por la noche. Él la llamó por la tarde, y Maxine le contó lo sucedido la noche anterior. Blake se mostró comprensivo y la felicitó una vez más por lo que hacía. Sin embargo, ella no creía merecerlo en aquel momento. Blake le dijo que aquella tarde se llevaría a los niños de compras y la invitó a acompañarlos. Insistió en que lo pasarían en grande, pero a ella no le apetecía y Blake se dio cuenta de que estaba deprimida. De hecho, él tenía pensado llevar a los niños a comprar los regalos de Navidad para ella, y Tiffany y Cartier estaban en su lista, pero no se lo comentó. En cambio, la invitó a cenar, pero ella también se excusó. Blake lamentaba verla tan triste por la muerte de su paciente, así que susurró a los niños que fueran muy amables con ella cuando les pasó el teléfono para que pudieran hablar.

Maxine habló con Sam, y le pareció que estaba feliz y contento. Cuando el niño le suplicó que fuera a cenar con ellos, Max prometió que iría al día siguiente. Se lo estaban pasando de maravilla con Blake. Los había llevado al 21 a desayunar, que les encantaba, y después a dar una vuelta en helicóptero, uno de los pasatiempos favoritos de Blake. Les prometió que saldría con ellos al día siguiente, y al colgar ya estaba un poco más animada.

Llamó a Thelma Washington y le contó cómo había acabado todo; su amiga no se sorprendió. Maxine le agradeció su ayuda y después llamó a los Anderson. Como era de esperar, estaban destrozados, y todavía conmocionados. Tenían que hacer los preparativos para el funeral, llamar a amigos y a abuelos, toda esa pesadilla por la que se debe pasar cuando se pierde a un ser querido. Maxine les dijo de nuevo cuánto lo sentía y ellos le agradecieron su ayuda. Pero incluso sabiendo que había hecho todo lo posible, Max seguía teniendo una sensación abrumadora de derrota y de pérdida.

Blake volvió a llamar mientras ella se estaba vistiendo para salir a dar una vuelta. Solo quería saber cómo estaba. No se lo dijo, pero él y los niños le habían comprado un hermoso brazalete de zafiros.

Maxine le aseguró que estaba bien y se sintió conmovida por la llamada. Aunque no se pudiera confiar en él, siempre era compasivo y considerado, como ahora.

—Por Dios, no sé cómo lo consigues. Yo estaría encerrado en un psiquiátrico si hiciera lo que haces tú cada día.

Sabía que Maxine se tomaba muy a pecho que uno de sus pacientes muriera, pero, dado su trabajo, le ocurría a menudo.

—Me afecta —reconoció—, pero es inevitable que suceda de vez en cuando. Siento mucha pena por sus padres; era su única hija. Creo que me moriría si les pasara algo a los nuestros.

Había visto demasiadas veces la aflicción desgarradora que causaba la muerte de un hijo. Era lo que más temía en la vida y rezaba para que nunca les sucediera a ellos.

—Es terrible.

Blake estaba preocupado por Maxine. A pesar de que lo afrontaba bien, sabía que no tenía una vida fácil, en parte por culpa suya. Y ahora quería serle de alguna utilidad. Pero no podía hacer mucho. Además, Hilary era su paciente, no su hija.

—Creo que necesito un día libre —dijo Maxine con un suspiro—. Me apetece veros a ti y a los niños mañana. —Blake los llevaba al estreno de una obra aquella noche, y al día siguiente irían todos juntos a cenar—. Además tienes que pasar tiempo a solas con ellos, sin que yo os siga a todas partes.

—Me gusta que nos sigas a todas partes —dijo él sonriendo, aunque también le gustaba estar a solas con sus hijos.

Siempre se le ocurrían cosas divertidas que hacer con ellos. Pensaba llevarlos a patinar al día siguiente, y ella dijo que quizá los acompañaría. Pero en ese momento, con los hijos ocupados y en buenas manos, prefería estar sola. Blake le pidió que llamara si cambiaba de opinión, y ella prometió hacerlo. Era agradable tenerlo en la ciudad y que cuidara de los niños.

Fue a dar una vuelta por el parque y por la tarde se quedó en casa; luego se preparó una sopa para cenar.

Sam la llamó antes de salir para acudir al teatro, entusiasmado ante la perspectiva de ir con su padre.

—Diviértete con papá esta noche. Mañana iré con vosotros a patinar —prometió Maxine.

En realidad le apetecía ir, y se encontraba mejor, a pesar de que cada vez que pensaba en los Anderson y en su abrumadora pérdida le dolía el corazón. Estaba pensando en ellos, y comiendo una sopa en la cocina, cuando llegó Zelda.

—¿Va todo bien? —Zelda la miró con ojos preocupados. La conocía demasiado.

—Sí, todo bien. Gracias, Zelda.

—Pone cara de funeral.

—De hecho, ha muerto una de mis pacientes. Una niña de quince años. Ha sido muy triste.

—Detesto lo que hace —dijo Zelda con vehemencia—. Me deprime. No sé cómo lo consigue. ¿Por qué no puede hacer algo alegre, como atender partos?

Maxine sonrió.

—Me gusta ser psiquiatra, y a veces hasta consigo que sigan con vida.

—Eso está bien —concedió Zelda, y se sentó con ella a la mesa de la cocina. Sentía que Maxine necesitaba compañía, y no se equivocaba. Tenía mucho instinto para saber cuándo debía hablar con ella y cuándo dejarla sola—. ¿Cómo les va a los niños con su padre?

—Muy bien. Los ha llevado a dar una vuelta en helicóptero, de compras, a almorzar y a cenar, y esta noche van a un estreno en el teatro.

—Parece Santa Claus en vez de un padre —comentó Zelda sabiamente, y Maxine asintió mientras terminaba la sopa.

—Tiene que compensarlos por todas las veces que no está —dijo con ecuanimidad.

No era una crítica, era un hecho.

—Eso no se puede compensar con un paseo en helicóptero —sentenció Zelda con sensatez.

—Lo hace lo mejor que sabe. Es incapaz de estarse quieto, por nadie. Ya era así incluso antes de ganar tanto dinero. Únicamente empeoró cuando tuvo los medios para darse caprichos. Siempre ha habido hombres como él en el mundo. En la antigüedad, se hacían capitanes, aventureros, exploradores. Probablemente, Cristóbal Colón dejó un puñado de hijos en casa. Algunos hombres sencillamente no están hechos para ser maridos y padres normales.

—Mi padre también era un poco así —reconoció Zelda—. Abandonó a mi madre cuando yo tenía tres años. Se apuntó a la marina mercante y desapareció. Años después, mi madre se enteró de que tenía otra esposa y cuatro hijos en San Francisco. Nunca se tomó la molestia de divorciarse de ella, o de escribirle. Simplemente se marchó y nos dejó a mi madre, a mi hermano y a mí.

—¿Volviste a verle alguna vez? —preguntó Maxine con interés.

Zelda no le había contado nunca esta parte de su vida. Era bastante reservada con su intimidad, y respetuosa con la de los demás.

—No, murió antes de que pudiera hacerlo. Quería ir a California y conocerle. Mi hermano lo hizo. No quedó muy impresionado. Mi madre murió con el corazón roto. Bebió hasta matarse; yo tenía quince años. Fui a vivir con mi tía, y ella murió cuando yo tenía dieciocho. Desde entonces soy niñera.

Aquello explicaba que hubiera encontrado su lugar trabajando con familias. Le ofrecían la estabilidad y el amor que nunca había tenido cuando era niña. Maxine sabía que su hermano había muerto en un accidente de moto hacía años. Zelda estaba prácticamente sola, exceptuando a la familia para la que trabajaba y las demás niñeras con las que había hecho amistad con los años.

—¿Llegaste a conocer a tus hermanastros? —preguntó Maxine amablemente.

—No, tenía la sensación de que eran responsables de la muerte de mi madre. Nunca quise conocerlos.

Maxine sabía que antes había trabajado nueve años para otra familia, hasta que los niños se marcharon a la universidad. Se preguntaba si Zelda lamentaba no tener sus propios hijos, pero no quería preguntárselo.

Se quedaron charlando en la cocina mientras Maxine cenaba y después cada una se fue a su habitación. Zelda salía muy pocas veces por la noche, ni siquiera en sus días libres. Y Maxine también era bastante casera. Aquella noche se acostó temprano, pensando todavía en la paciente que había perdido aquella mañana y en la angustia que estarían sufriendo sus padres. Era un alivio quitárselo de la cabeza y dormir.

Al despertar al día siguiente se sentía mejor, aunque todavía estaba un poco baja de ánimo. Se encontró con Blake y los niños en el Rockefeller Center y estuvo patinando con ellos. Después tomaron un chocolate caliente en el restaurante de la pista de patinaje y a continuación volvieron al piso de Blake. Los niños fueron directamente a la sala de proyección a ver una película antes de cenar; parecían muy cómodos con su padre. Siempre se readaptaban con rapidez cuando él aparecía. Daphne había invitado a dos amigas. Le encantaba enseñar el lujoso ático y a su atractivo padre.

Maxine y Blake charlaron tranquilamente un rato y después fueron a ver la película con los niños. Ni siquiera se había estrenado todavía. Pero Blake tenía amistades por todas partes y disfrutaba de privilegios que pocos tenían. Ahora se lo tomaba como algo normal. Le dijo a Maxine que de Nueva York se iría a Londres. Había quedado con unos conocidos suyos para ir a un concierto de rock. También era amigo de los cantantes. A veces a Maxine le parecía que conocía a todo el mundo. Varias veces había presentado a sus hijos a actores y estrellas de rock muy famosos, y allí adonde iba le invitaban entre bastidores.

Cuando acabó la película, Blake los reunió a todos para salir a cenar. Había reservado en un restaurante nuevo de sushi que había abierto hacía solo unas semanas, y era el local de moda en la ciudad. Maxine no había oído hablar de él, pero Daphne lo sabía todo acerca de ese local. Cuando llegaron les dieron tratamiento de VIP. Cruzaron el restaurante principal, y les instalaron en un comedor privado. Fue una cena excelente, en la que se lo pasaron todos bien. Después acompañaron a Maxine a casa y Blake se fue con los niños a su piso.

Los llevaría a casa de Maxine al día siguiente a las cinco, antes de marcharse. Como siempre que estaba sola, Maxine dedicó el día a trabajar. Estaba frente al ordenador, trabajando en un artículo, cuando llegaron los niños. Blake no subió, porque se iba directamente al aeropuerto, pero los chicos rebosaban entusiasmo cuando entraron en casa. Sam estaba particularmente contento de verla.

—En Año Nuevo nos llevará a Aspen —anunció—, y ha dicho que podemos llevar cada uno a un amigo. ¿Puedo llevarte a ti, mamá?

Maxine sonrió.

—No lo creo, cariño. Papá querrá llevar a alguna amiga, y sería un poco raro.

—Dice que ahora no tiene ninguna —replicó Sam con sentido práctico, decepcionado de que su madre rechazara su oferta.

—Pero para entonces puede que la tenga.

Blake nunca tardaba demasiado en encontrar una nueva. Las mujeres caían en sus manos como la fruta madura.

—¿Y si no la tiene? —insistió Sam.

—Ya hablaremos.

A Maxine le gustaba cenar con Blake cuando estaba en la ciudad, y patinar con él y los niños. Pero ir de vacaciones con su ex marido era pasar más tiempo con Blake de lo que le apetecía, y sin duda también más de lo que quería él. Cuando les prestaba el velero cada año, para las vacaciones de verano, él no iba con ellos. Aunque era su tiempo para estar con los niños. Aun así, era enternecedor que Sam la invitara.

Le contaron todo lo que habían hecho y visto con su padre los últimos días; los tres estaban muy animados. No se les veía tan tristes como otras veces cuando él se marchaba, porque sabían que le verían al cabo de un mes en Aspen. Maxine se alegraba de que hubieran hecho planes y esperaba que no se quedaran muy decepcionados si a él se le presentaba algo mejor, o se distraía con otra cosa. A los niños les encantaba ir a Aspen con él, o a cualquier parte. Blake convertía todo lo que hacía en una aventura y diversión para ellos.

Mientras cenaban, Daphne comentó que su padre le había dicho que podía utilizar su piso cuando quisiera, incluso si él no estaba. Maxine se quedó sorprendida. Nunca se lo había ofrecido, y se preguntó si Daphne lo habría malinterpretado.

—Ha dicho que podía llevar a mis amigos a ver películas en la sala de proyección —dijo ella, feliz.

—Tal vez para una fiesta de aniversario o algo especial —apuntó Maxine cautelosamente—, pero no creo que debas ir a menudo por allí.

No le gustaba en absoluto la idea de que un grupo de preadolescentes fueran al apartamento de Blake, y no se sentía cómoda yendo ella si él no estaba en la ciudad. Aquella cuestión nunca se había planteado. Daphne se enfadó por su respuesta.

—Es mi padre y ha dicho que podía. Además, es su piso —dijo Daphne mirando a su madre con indignación.

—Es verdad. Pero no creo que debas ir cuando él no está.

En aquel piso podía pasar de todo. Y le preocupaba que Blake fuera tan despreocupado e informal. De repente se dio cuenta de que tener adolescentes con un padre como Blake podría llegar a ser desesperante. No le apetecía nada. De momento no había sido un problema, pero podía llegar a serlo. Y Daphne parecía dispuesta a batallar por el privilegio que él le había ofrecido.

—Hablaré con él —se limitó a decir Maxine mientras Daphne se marchaba airadamente a su habitación.

Lo que Maxine pensaba decir a Blake era que no se dejara manipular por sus hijos y no provocara un desastre dándoles demasiada libertad ahora que entraban en la adolescencia. Solo esperaba que estuviera dispuesto a colaborar con ella. De lo contrario, los próximos años serían una pesadilla. Lo único que le faltaba era que Blake le diera a Daphne las llaves de su piso. Solo de pensar en las cosas que podían ocurrir allí sentía escalofríos. Sin duda tendría que hablar de ello con Blake. Y sin duda a Daphne no le haría ninguna gracia. Como siempre, Maxine tenía que ser la mala.

Terminó el artículo aquella noche mientras los niños veían la tele en sus habitaciones. Estaban cansados después de tres días de emociones sin freno con su padre. Estar con él era como acompañar a unos acróbatas por el cable más alto. Siempre tardaban un tiempo en calmarse.

A la mañana siguiente el desayuno fue un caos. Todos se levantaron tarde. Jack esparció los cereales por toda la mesa, Daphne no encontraba su móvil y se negaba a ir a la escuela sin él, Sam se echó a llorar cuando descubrió que había olvidado sus zapatos favoritos en casa de su padre, y Zelda tenía dolor de muelas. Daphne encontró su teléfono en el último momento, Maxine prometió a Sam que le compraría unos zapatos exactamente iguales durante el almuerzo —rezó por encontrarlos—, y se marchó a la consulta a visitar pacientes mientras Zelda llamaba al dentista. Fue una de aquellas mañanas en las que querrías arrancarte los pelos y dar marcha atrás para empezar el día de nuevo. Zelda acompañó a Sam a la escuela antes de ir al dentista. Y, para colmo, se puso a llover mientras Maxine iba caminando al trabajo. Llegó empapada, y su primer paciente ya la estaba esperando, algo que le sucedía muy pocas veces.

Consiguió recuperar el tiempo perdido, ver a todos los pacientes de la mañana y encontrar los zapatos de Sam en Niketown, lo que la obligó a saltarse el almuerzo. Zelda llamó para decir que tenían que hacerle un empaste aquel día. Maxine estaba intentando devolver algunas llamadas cuando su secretaria le dijo que Charles West estaba al teléfono. Max se preguntó por qué la llamaría y si quizá querría derivarle un paciente. Descolgó y habló en un tono ligeramente tenso y exasperado. Había sido un día de locos de principio a fin.

—Doctora Williams —dijo bruscamente.

—¿Qué tal? —No era el saludo que Maxine esperaba de él, y no le apetecía ponerse a charlar. Estaba a punto de entrar un paciente y tenía apenas quince minutos para devolver algunas llamadas.

—Hola. ¿Qué se le ofrece? —preguntó sin más, sintiendo que era un poco grosera.

—Solo quería decirle que sentí mucho lo de su paciente cuando nos vimos el viernes.

—Ah —dijo ella, sorprendida—, es muy amable. Fue muy angustioso. Haces todo lo que puedes para evitarlo, y a veces los pierdes de todos modos. Me sentí muy mal por sus padres. ¿Cómo está de la cadera su paciente de noventa y dos años?

El médico se maravilló de que Maxine se acordara. No estaba seguro de que lo hiciera.

—Se va a casa mañana. Gracias por su interés. Es asombrosa. Tiene un novio de noventa y tres años.

—Pues le va mejor que a mí —dijo Maxine riendo, lo que a él le dio la posibilidad que quería.

—Sí, y que a mí. Cada año tiene un novio nuevo. Caen como moscas, y juraría que dentro de unas semanas tendrá otro. Todos deberíamos envejecer así. Me preocupé un poco cuando contrajo neumonía, pero salió adelante. La quiero mucho. Ojalá todos mis pacientes fueran como ella.

La descripción que hizo de la mujer hizo sonreír a Maxine, pero todavía no entendía por qué la había llamado.

—¿Puedo ayudarle en algo, doctor? —dijo. Sonó un poco desalentador y formal, pero estaba ocupada.

—La verdad es que me gustaría saber si querría ir a almorzar conmigo algún día —dijo él, un poco nervioso—. Todavía siento que le debo una disculpa por los Wexler. —Era la única excusa que se le había ocurrido.

—No diga tonterías —dijo Maxine, mirando el reloj. Menudo día había elegido para llamarla. Iba contrarreloj desde buena mañana—. Fue un error comprensible. El suicidio adolescente no es su especialidad. Créame, yo no sabría qué hacer con una señora de noventa y dos años con problemas de cadera, neumonía y un novio.

—Es muy generoso por su parte. ¿Qué me dice del almuerzo? —insistió.

—No es necesario que lo haga.

—Lo sé, pero me gustaría. ¿Qué hace mañana?

Maxine se quedó en blanco. ¿Por qué la invitaba a almorzar ese hombre? Se sentía tonta. Nunca robaba tiempo de su horario profesional para salir a comer con otros médicos.

—No lo sé... es... es que tengo un paciente —dijo, buscando un pretexto para rechazar la invitación.

—Entonces, ¿pasado mañana? En algún momento tiene que comer.

—Sí, bueno, sí... cuando tengo tiempo. —Que no era a menudo. Se sintió como una idiota balbuceando que estaba libre el jueves. Echó un vistazo a la agenda—. Pero no es necesario.

—Lo recordaré —dijo él, riéndose.

Propuso un restaurante que estaba cerca de la consulta de Maxine, para que fuera más práctico para ella. Era pequeño y agradable y a veces Maxine había comido allí con su madre. Hacía años que no se tomaba un rato libre para almorzar con amigas. Prefería visitar pacientes, y por la noche se quedaba en casa con los niños. La mayoría de las mujeres que conocía estaban tan ocupadas como ella. Hacía años que apenas tenía vida social.

Quedaron el jueves a mediodía y Maxine colgó, estupefacta. No sabía con seguridad si era una cita o una simple cortesía profesional, pero en cualquier caso se sentía un poco tonta. Apenas recordaba cómo era él. El viernes por la mañana estaba tan angustiada por Hilary Anderson que lo único que recordaba era que le pareció alto y que tenía el cabello rubio y canoso. El resto de su aspecto era borroso, aunque tampoco importaba mucho. Lo apuntó en su agenda, realizó un par de llamadas rápidas e hizo pasar a su siguiente paciente.

Aquella noche tuvo que preparar la cena para los niños, porque Zelda estaba en la cama con analgésicos. El día acabó como había comenzado, tenso y con prisas. La cena se le quemó y tuvo que pedir unas pizzas.

Los dos días siguientes fueron igual de estresantes, y no fue hasta el jueves por la mañana cuando recordó de repente que tenía una cita para comer con Charles West. Se quedó mirando su agenda, como hipnotizada. No podía imaginar por qué había aceptado. Ni le conocía ni le apetecía hacerlo. Lo último que deseaba era almorzar con un desconocido. Miró el reloj y vio que ya llegaba cinco minutos tarde, así que cogió el abrigo y salió corriendo de la consulta. Ni siquiera tuvo tiempo de pintarse los labios o cepillarse el pelo, pero le daba igual.

Cuando Maxine llegó al restaurante, Charles West ya la estaba esperando sentado a una mesa. Se levantó al verla entrar, y ella le reconoció. Era alto, tal como recordaba, y guapo, parecía rondar los cincuenta. Le sonrió.

—Siento el retraso —dijo Maxine, un poco acalorada.

Él se dio cuenta de su expresión reticente. Conocía lo suficiente a las mujeres para detectarlo. A diferencia de su paciente de noventa y dos años, esta mujer no buscaba novio. Maxine Williams parecía distante y en guardia.

—He tenido una semana de locos en la consulta —se excusó.

—Como yo —dijo él amablemente—. Creo que las vacaciones vuelven loca a la gente. Todos mis pacientes pillan una neumonía entre Acción de Gracias y Navidad, y estoy seguro de que a los suyos tampoco les va muy bien durante las vacaciones.

Parecía muy tranquilo y relajado cuando el camarero les preguntó si querían algo para beber. Maxine dijo que no y Charles pidió una copa de vino.

—Mi padre es cirujano ortopédico, y suele decir que la gente se rompe siempre la cadera entre Acción de Gracias y Año Nuevo.

Charles parecía intrigado, como si se preguntara quién sería su padre.

—Arthur Connors —añadió Maxine y Charles reconoció el nombre al instante.

—Le conozco. Es fantástico. Le he derivado varios pacientes.

En realidad Charles parecía el tipo de hombre que el padre de Maxine apreciaría.

—En Nueva York todo el mundo le manda los casos más difíciles. Tiene la consulta más concurrida de la ciudad.

—¿Y qué la llevó a decidirse por la psiquiatría en lugar de trabajar en la consulta con él?

Charles la miró con interés mientras tomaba un sorbo de vino.

—La psiquiatría me fascina desde que era niña. Lo que hace mi padre siempre me ha parecido un trabajo de carpintería. Lo siento, sé que suena fatal. Pero me gusta más lo que hago. Y me encanta trabajar con adolescentes. Se tiene la impresión de que hay más posibilidades de obtener resultados. Cuando son mayores, todo está demasiado arraigado. No puedo imaginarme con una consulta psiquiátrica en Park Avenue escuchando a un puñado de amas de casa aburridas y neuróticas, o a corredores de bolsa alcohólicos que engañan a sus esposas. —Aquello era algo que solo podía decir a otro médico—. Lo siento. —De repente se sintió incómoda y él rió—. Sé que suena mal. Pero los chicos son más sinceros, y parece que valga más la pena salvarlos.

—Estoy de acuerdo. Pero no estoy seguro de que los agentes de bolsa que engañan a sus mujeres vayan al psiquiatra.

—Probablemente es verdad —reconoció Maxine—, pero sus esposas sí. Tener una consulta así me deprimiría.

—Ah, ¿y los suicidas adolescentes no? —dijo en tono desafiante.

Ella vaciló antes de contestar.

—Me entristecen, pero no me deprimen. En general, me siento útil. No creo que pudiera hacer mucho por los adultos normales que solo quieren que alguien les escuche. Los chicos que veo necesitan ayuda realmente.

—Es un buen argumento.

Le preguntó por su trabajo sobre los traumas y resultó que había comprado su último libro, lo que la impresionó. A medio almuerzo le dijo que estaba divorciado. Le contó que habían estado casados veintiún años, y que hacía dos años su mujer le había dejado por otro. A Maxine le asombró que lo dijera con tanta naturalidad. Él le confesó que no había sido una sorpresa, porque su matrimonio ya hacía años que no funcionaba.

—Qué lástima —dijo Maxine, mostrándose comprensiva—. ¿Tiene hijos?

Él negó con la cabeza y dijo que su esposa no había querido tenerlos.

—De hecho, es lo único que lamento. Ella tuvo una infancia difícil y decidió que no se sentía capaz de criar hijos. Y para mí ya es un poco tarde para empezar. —No parecía demasiado afectado, más bien como si lamentara haberse perdido un viaje interesante—. ¿Usted tiene hijos? —preguntó, cuando llegaba la comida.

—Tengo tres —contestó ella con una sonrisa.

No se imaginaba la vida sin ellos.

—Eso debe de tenerla muy ocupada. ¿Tienen custodia compartida?

Por lo que sabía él, era lo que hacía la mayoría de la gente. Maxine rió.

—No. Su padre viaja mucho. Solo les ve unas pocas veces al año. Los tengo siempre conmigo, y estoy encantada.

—¿Cuántos años tienen? —preguntó con interés. Había visto cómo se le iluminaba la cara cuando hablaba de sus hijos.

—Trece, doce y seis. La mayor es una chica, los otros dos son varones.

—No debe de ser fácil criarlos sola —dijo con admiración—. ¿Cuánto hace que está divorciada?

—Cinco años. Nos llevamos bien. Es una gran persona, pero como marido y como padre no sirve. Él también es un niño. Me cansé de ser la única adulta. Es más como si fuese el tío simpático y alocado. No ha crecido y no creo que lo haga nunca. —Lo dijo con una sonrisa

Charles la miró intrigado. Era inteligente y simpática, y el trabajo que hacía le parecía extraordinario. Había disfrutado leyendo su libro.

—¿Dónde vive?

—Por todas partes. En Londres, en Nueva York, en Aspen, en Saint-Barthélemy. Acaba de comprarse una casa en Marrakech. Lleva una vida de cuento de hadas.

Charles asintió, pero se preguntaba con quién se habría casado Maxine, aunque no se atrevió a verbalizarlo. Le interesaba ella, no su ex marido.

Hablaron animadamente durante todo el almuerzo, hasta que Maxine dijo que tenía que volver con sus pacientes, y él que también debía irse. Le dijo a Maxine que había disfrutado y que le gustaría volver a verla. Maxine todavía no había decidido si se trataba de una cita o de cortesía profesional entre médicos. Pero él se lo aclaró invitándola a cenar. Al principio ella se asustó.

—Pues... yo... —balbuceó, ruborizándose—. Creía que solo era un almuerzo... por... por lo de los Wexler.

Él le sonrió. Parecía tan sorprendida que se preguntó si estaría saliendo con alguien y creía que él ya lo habría adivinado.

—¿Está saliendo con alguien? —preguntó discretamente.

Ella se puso todavía más nerviosa.

—¿Quiere decir salir con un hombre?

—Pues sí, salir. —Se echó a reír.

—No.

Hacía un año que no salía con nadie, y no se acostaba con un hombre desde hacía dos. Pensar en ello era francamente deprimente, así que en general intentaba no hacerlo. Hacía mucho tiempo que no conocía a nadie que le gustara, y a veces se preguntaba si sencillamente no lo deseaba. Después de separarse de Blake había salido con algunos hombres y se había cansado de las decepciones. Parecía más fácil olvidarse del asunto. Las citas a ciegas a las que había acudido, obligada por sus amigos, habían sido particularmente horribles, y las otras, con hombres que había conocido por casualidad, no habían sido mucho mejores.

—Creo que no salgo con hombres —dijo avergonzada—. Al menos últimamente. No me llevaba a ninguna parte.

Sabía que había gente que se había conocido a través de internet, pero no se podía imaginar haciéndolo ella, así que había dejado de intentarlo y de salir con hombres. No lo había planificado, las cosas habían ido así y estaba demasiado ocupada.

—¿Le apetecería salir a cenar? —preguntó él amablemente.

Costaba creer que una mujer de su edad y tan guapa no saliera con nadie. Se preguntó si estaría afectada por su matrimonio o por alguna relación posterior.

—Me parece bien —contestó como si se tratara de una reunión.

Él la miró incrédulo y divertido.

—Maxine, dejemos algo claro. Me da la sensación de que cree que la estoy invitando a un encuentro interdisciplinario o algo así. Me parece estupendo que ambos seamos médicos. Pero si le soy sincero, no me importaría si fuera gogó o peluquera. Me gusta. Creo que es una mujer hermosa. Es agradable hablar con usted y tiene sentido del humor, y no parece odiar a los hombres, lo que hoy en día ya es bastante. Su currículo avergonzaría a muchos hombres y mujeres. Pienso que es atractiva y sexy. La he invitado a comer porque deseaba conocerla, como mujer. Y la invito a cenar porque quiero conocerla mejor. Es una cita. Cenamos, charlamos y nos conocemos mejor. Salir. Algo me dice que no es una de sus prioridades. No me imagino por qué, y si existe alguna razón, debería decírmela.

Ella sonreía, todavía ruborizada, mientras él hablaba.

—Sí. Claro. Creo que he perdido la práctica.

—No entiendo cómo ha podido ocurrir, a menos que vaya por ahí con un burka. —Le parecía preciosa, y la mayoría de los hombres estarían de acuerdo con él. De algún modo se había apartado del mercado y había renunciado a salir—. Entonces, ¿qué día le apetece quedar?

—No lo sé. Estoy bastante libre. El miércoles de la semana que viene tengo una cena de la asociación nacional de psiquiatras, pero aparte de eso no tengo planes.

—¿Qué le parece el martes? La recojo a las siete, y vamos a algún sitio bonito.

A Charles le gustaban los buenos restaurante y los vinos caros. Era el tipo de velada de las que Maxine no disfrutaba desde hacía años, excepto con Blake y los niños, y esas veladas no resultaban muy adultas. Cuando quedaba con sus amigas casadas no iban a restaurantes, sino a cenar en la casa de alguno de los matrimonios. Y esto también lo hacía cada vez menos a menudo. Su vida social se había reducido por falta de atención e interés. Charles le acababa de recordar, sin querer, que había sido demasiado holgazana con su tiempo libre. Todavía estaba sorprendida con la invitación, pero aceptó quedar el martes. No se apuntó la cita en la agenda, convencida de que se acordaría. Le dio las gracias y se marcharon.

—¿Dónde vive, por cierto?

Maxine le dio su dirección y dijo que conocería a sus hijos cuando fuera a buscarla. Él le aseguró que le apetecía mucho. Mientras la acompañaba a la consulta, ella pensó que le gustaba caminar al lado de él. Había sido un almuerzo agradable. Le dio las gracias otra vez por la comida y entró en su consulta un poco aturdida. Tenía una cita. Una cita para cenar como Dios manda, con un médico de cuarenta y nueve años muy atractivo. Le había dicho su edad durante el almuerzo. No sabía qué pensar pero decidió que, al menos, su padre estaría contento. Se lo contaría la próxima vez que hablaran. O quizá después de la cena.

Y entonces dejó de pensar en Charles West de golpe. Josephine la esperaba en su consulta. Maxine se quitó el abrigo y se apresuró a empezar la sesión.

7

Maxine había pasado un fin de semana de locos. Jack tenía un partido de fútbol, y le había tocado a ella preparar los bocadillos para el equipo. Sam estaba invitado a dos fiestas de cumpleaños, y tuvo que acompañarlo y recogerlo, y Daphne había invitado a diez amigas a comer pizza. Era la primera vez que llevaba a sus amigas a casa después de la famosa noche de la cerveza, así que Maxine las vigiló de cerca, pero no sucedió nada raro. Zelda estaba otra vez en forma, pero tenía el fin de semana libre. Pensaba ir a una exposición de arte y había quedado con unas amigas.

Maxine trabajó en otro artículo en las horas libres que le quedaron por la noche. Además, dos de sus pacientes fueron hospitalizados durante el fin de semana: uno por sobredosis y el otro para mantenerlo vigilado por riesgo de suicidio.

El lunes debía visitar a seis chicos en dos hospitales distintos, y a un montón de pacientes en la consulta. Cuando volvió a casa, Zelda estaba fatal, con fiebre y gripe. El martes por la mañana estaba peor. Maxine le dijo que no se preocupara por nada y se quedara en la cama. Daphne podía recoger a Sam en la escuela, ya que Jack tenía entrenamiento de fútbol y otra madre lo acompañaría a casa. Se las arreglarían. Y lo habrían conseguido si los dioses no hubieran conspirado contra ella.

Maxine estuvo ocupada todo el día, sin un segundo de descanso. El martes era el día que recibía a los nuevos pacientes, y debía redactar sus historias clínicas. La primera visita era crucial con los adolescentes, por lo que necesitaba poner todos sus sentidos en ellas. A mediodía la llamaron de la escuela de Sam. Había vomitado dos veces en la última media hora, y Zelda no estaba en condiciones de ir a recogerlo. Tendría que ir ella. Disponía de una pausa de veinte minutos entre dos pacientes; tomó un taxi y recogió a Sam en la escuela. Tenía muy mala cara y vomitó encima de ella en el taxi. El conductor se puso furioso, pero Maxine no tenía nada con que limpiarlo, así que le dio una propina de veinte dólares. Llevó a Sam a casa, lo metió en la cama y le pidió a Zelda que le echara un vistazo de vez en cuando, a pesar de la fiebre. Era casi peor el remedio que la enfermedad, pero no tenía otra alternativa. Se duchó, se cambió y regresó a la consulta. Llegó diez minutos tarde para el siguiente paciente, y la madre de la chica le dejó claro que le parecía muy desconsiderado por su parte. Maxine le explicó que su hijo estaba enfermo y se disculpó como pudo.

Dos horas después, Zelda llamó para decir que Sam había vomitado otra vez y estaba a treinta y nueve. Maxine le pidió que le diera Tylenol y le recomendó que se tomara uno ella también. A las cinco se puso a llover. Su última paciente llegó con retraso, y reconoció que había fumado hierba aquella tarde, así que Maxine se quedó más tarde de la hora para hablarlo con ella. La chica había estado yendo a Fumadores de Marihuana Anónimos; aquello era una mala señal, y muy mala idea ya que tomaba medicación.

Acababa de marcharse la paciente cuando Jack llamó visiblemente alterado. La mujer que debía acompañarlo se había marchado y estaba solo en la calle, en una zona peligrosa del Upper West Side. Maxine habría matado a la madre que lo había dejado tirado. Su coche estaba en el taller, y tardó media hora en encontrar un taxi. Eran más de las seis cuando por fin encontró a Jack, temblando bajo la lluvia en una parada de autobús. Hasta las seis y cuarto no llegaron a casa, debido al tráfico. Los dos estaban empapados y muertos de frío, y Sam parecía encontrarse realmente mal y estaba llorando cuando Maxine entró en su habitación. Mientras cuidaba de él y de Zelda se sintió como si dirigiera un hospital. Mandó a Jack a la ducha porque estaba calado hasta los huesos y estornudaba.

—¿Cómo te encuentras? No estás enferma, ¿verdad? —dijo a Daphne mientras pasaba a su lado camino de la habitación de Sam.

—Estoy bien, pero mañana tengo que entregar un trabajo de ciencias. ¿Puedes ayudarme?

Maxine sabía que la verdadera pregunta era si su madre lo haría por ella.

—¿Por qué no lo hicimos el fin de semana? —preguntó Maxine con expresión agotada.

—Se me olvidó.

—Y yo me lo creo —murmuró Maxine.

En ese momento sonó el interfono. Era el portero; dijo que un tal doctor West la esperaba abajo. Maxine abrió mucho los ojos, presa del pánico. ¡Charles! Lo había olvidado. Era martes. Habían quedado para cenar, y él debía recogerla a las siete. Él había llegado puntual, la mitad de la casa estaba enferma, y Daphne tenía que entregar un trabajo de ciencias que Maxine debía ayudarla a hacer. Tendría que anularlo, pero era una grosería hacerlo en el último minuto. No podía ni plantearse salir, y todavía llevaba la ropa que se había puesto para la consulta. Zelda estaba demasiado enferma para dejarle a los niños. Era una pesadilla. Tres minutos después, cuando le abrió la puerta a Charles estaba aterrada. Él se quedó estupefacto al verla en pantalones y jersey, con los cabellos mojados y sin maquillaje.

—Lo siento mucho —dijo Maxine en cuanto lo vio—. He tenido un día de locos. Uno de mis hijos está enfermo, al otro lo han dejado tirado después del entrenamiento de fútbol, mi hija tiene que presentar un trabajo de ciencias mañana y la niñera tiene gripe. Estoy desquiciada, pero pasa por favor.

—Charles entró en el piso justo cuando Sam aparecía en el pasillo, con la cara verdosa—. Este es mi hijo Sam —explicó Maxine mientras Sam vomitaba otra vez y Charles lo miraba, atónito.

—Vaya por Dios —dijo el hombre, mirando a Maxine con expresión alarmada.

—Lo siento. ¿Por qué no pasas al salón y te sientas? Voy enseguida.

Metió a Sam en el baño, donde el niño volvió a vomitar, y regresó corriendo al pasillo a limpiar el desastre con una toalla. Luego metió al niño en la cama. Daphne entró en ese momento.

—¿Cuándo haremos el trabajo?

—Dios mío —exclamó Maxine, a punto de llorar presa de un ataque de histeria—. Olvídate del trabajo. Hay un hombre en el salón. Ve a hablar con él. Se llama Charles West.

—¿Quién es?

Daphne estaba perpleja; su madre parecía haber perdido la cabeza. Se lavaba las manos e intentaba peinarse a la vez. Estaba desbordada.

—Es un amigo. No, es un desconocido. No sé quién es. Voy a cenar con él.

—¿Ahora? —Daphne parecía horrorizada—. ¿Y mi trabajo? Es la mitad de la nota final del semestre.

—Entonces deberías haberlo pensado antes. No puedo hacer tu trabajo. Tengo una cita, tu hermano está vomitando, Zelda se está muriendo, y probablemente Jack va a contraer una neumonía por haberse pasado una hora bajo la lluvia en una parada de autobús.

—¿Tienes una cita? —Daphne la miró fijamente—. ¿Cuándo ha sido eso?

—No ha sido. Y a este paso seguramente no será nunca. ¿Quieres ir a hablar con él, por favor?

Mientras hablaba, Sam dijo que iba a vomitar otra vez, así que tuvo que llevarlo corriendo al cuarto de baño. Daphne se fue a conocer a Charles con expresión resignada. Antes de marcharse tuvo tiempo de añadir que, si suspendía, no sería culpa suya, ya que su madre no quería ayudarla con el trabajo.

—¿Acaso es culpa mía? —gritó Maxine desde el cuarto de baño.

—Me encuentro mejor —anunció Sam, pero no lo parecía. Maxine volvió a acostarlo, con toallas a los lados, se lavó las manos otra vez y se olvidó de su pelo. Estaba a punto de salir para ir a ver a Charles, cuando Sam le preguntó con mirada triste desde la cama—. ¿Cómo es que tienes una cita?

—La tengo y ya está. Me ha invitado a cenar.

—¿Es simpático? —Sam parecía preocupado.

Ni siquiera se acordaba de la última vez que su madre había salido. Ella tampoco.

—No lo sé todavía —dijo sinceramente—. No es para tanto, Sam. Solo es una cena. —El niño asintió—. Volveré enseguida —prometió para tranquilizarlo.

Era imposible que pudiera salir a cenar esa noche.

Por fin llegó al salón a tiempo de oír cómo Daphne le hablaba a Charles del yate, el avión, el ático en Nueva York y la casa de Aspen de su padre. No era exactamente lo que Maxine quería que le contara, pero estaba agradecida de que Daphne no hubiera comentado nada de Londres, Saint-Barthélemy, Marruecos y Venecia. Lanzó una mirada de advertencia a Daphne y le dio las gracias por hacer compañía a Charles. A continuación, Maxine se deshizo en disculpas por la aparición de Sam en el pasillo. Pero por lo que realmente deseaba disculparse era por la ostentación que había hecho Daphne de su padre. Al ver que su hija no se marchaba, le dijo que tenía que empezar su trabajo de ciencias. Aunque de mala gana, Daphne se marchó por fin. Maxine tenía la sensación de estar a punto de tener un ataque de histeria.

—Lo siento muchísimo. Normalmente mi casa no es esta locura. No sé qué ha pasado. Hoy todo ha salido al revés. Y perdona a Daphne.

—¿De qué tengo que perdonarla? Solo hablaba de su padre. Está muy orgullosa de él. —Maxine sospechaba que Daphne había intentado que Charles se sintiera incómodo, pero no quería decirlo. Había sido una grosería y su hija lo sabía—. No tenía ni idea de que estuvieras casada con Blake Williams —dijo, un poco intimidado.

—Sí —confirmó Maxine, deseando poder empezar la velada de nuevo, pero sin la escena inicial del *Exorcista*. También habría ayudado que se hubiera acordado de que había quedado con él para cenar. No lo había apuntado y se le había ido de la cabeza—. Estuve casada con él. ¿Te apetece beber algo?

Al decirlo se dio cuenta de que no tenía nada en casa aparte de un vino blanco barato que Zelda usaba para cocinar. Había tenido la intención de comprar un buen vino el fin de semana, pero lo había olvidado también.

—¿Vamos a salir a cenar? —preguntó Charles directamente. No lo creía probable, con un niño enfermo, otro con un trabajo pendiente y Maxine que parecía fuera de sí.

—¿Me odiarías si no fuéramos? —preguntó sinceramente—. No sé cómo ha podido ocurrir, pero lo he olvidado. He tenido un día de locos, y no sé por qué no lo apunté en la agenda. —Parecía a punto de llorar, y a Charles le dio pena. En otras circunstancias se habría puesto furioso, pero se sentía incapaz. A la pobre se la veía abrumada—. Será por esto que no salgo nunca. No se me da bien —concluyó, por decir algo.

—Tal vez sea porque no quieres salir —aventuró él.

A ella también se le había ocurrido, y sospechaba que Charles tenía razón. Parecía demasiado complicado organizarse. Entre su trabajo y sus hijos, su vida estaba llena. No había sitio para nadie más, ni tenía el tiempo y la energía que exigían las citas.

—Lo lamento, Charles. Normalmente no es así. Lo tengo todo bastante controlado.

—No es culpa tuya si tu hijo y la niñera están enfermos. ¿Quieres volver a intentarlo? ¿Qué te parece el viernes?

Maxine no se atrevía a decirle que Zelda tenía el viernes libre. Podía pedirle que trabajara en caso de que fuera necesario. Entre el empaste de la semana anterior y esta noche, Zelda le debía una, y era muy comprensiva con estas situaciones.

—Sería estupendo. ¿Quieres quedarte un rato? De todos modos tengo que cocinar para los niños.

Charles tenía una reserva para ellos en La Grenouille, pero no quería hacer que ella se sintiera mal, así que no lo mencionó. Estaba decepcionado, pero se dijo que ya era mayorcito y podía soportar que se anulara una cena.

—Me quedaré un rato. Ya tienes bastante trabajo. No es necesario que cocines para mí. ¿Quieres que examine a tu hijo y a la niñera? —ofreció amablemente.

Ella le sonrió agradecida.

—Sería todo un detalle. Solo es una gripe, pero es más tu campo que el mío. Si les da por suicidarse, me encargo yo.

Charles rió. A él sí le habían entrado ganas de suicidarse al ver el caos de aquella casa. No estaba acostumbrado a los niños y a la confusión que creaban. Llevaba una vida tranquila y ordenada, y a él le gustaba.

Maxine acompañó a Charles por el pasillo hasta su dormitorio, donde Sam estaba en la cama, mirando la tele. Tenía mejor color que por la tarde. Cuando entró su madre, levantó la cabeza. Le sorprendió ver a un hombre con ella.

—Sam, te presento a Charles. Es médico y va a echarte un vistazo.

Mientras sonreía a Sam, Charles se dio cuenta de que quería a sus hijos con locura. Habría sido imposible no darse cuenta.

—¿Ibas a salir con él? —preguntó Sam con desconfianza.

—Sí —admitió Maxine, un poco avergonzada—. Es el doctor West.

—Charles —corrigió él con una sonrisa simpática y se acercó a la cama—. Hola, Sam. Ya veo que no te encuentras muy bien. ¿Has vomitado todo el día?

—Seis veces —dijo Sam con orgullo—. He vomitado en el taxi volviendo de la escuela.

Charles miró a Maxine con una sonrisa de simpatía. Podía imaginarse la escena.

—No parece muy agradable. ¿Puedo tocarte la barriga?

Sam asintió y se levantó la camiseta del pijama. En ese momento entró su hermano.

—¿Has llamado a un médico? —preguntó Jack con cara de preocupación.

—Sale con él —le explicó Sam.

—¿Quién sale? —preguntó Jack, perplejo.

—El médico —explicó Sam a su hermano.

Maxine presentó a Jack y a Charles, que se volvió con una sonrisa.

—Tú debes de ser el jugador de fútbol. —Jack asintió, preguntándose de dónde habría salido ese misterioso médico, que también salía a cenar, y por qué no había oído hablar de él—. ¿En qué posición juegas? Yo jugaba al fútbol en la universidad. Se me daba mejor el baloncesto, pero el fútbol era más divertido.

—Es verdad. El año que viene quiero jugar a lacrosse —añadió Jack, bajo la mirada atenta de Maxine.

—El lacrosse es un deporte duro. Te lesionas más con el lacrosse que con el fútbol —dijo Charles, terminando de examinar a Sam. Al acabar, miró al niño con una sonrisa—. Creo que sobrevivirás, Sam. Estoy seguro de que mañana te encontrarás mejor.

—¿Crees que volveré a vomitar? —quiso saber Sam, preocupado.

—Espero que no. Pero esta noche tómatelo con calma. ¿Te apetecería una Coca-Cola?

Sam asintió, estudiando a Charles con interés. Maxine los

miraba a todos pensando lo poco acostumbrados que estaban a tener a un hombre en casa. Sin embargo, era agradable. Y Charles se mostraba simpático con los niños. Era evidente que Jack también lo estaba estudiando. Un minuto después, entró Daphne. Estaban todos en el dormitorio de su madre, que de repente parecía pequeño para tantas personas.

—¿Dónde tienes escondida a la niñera? —preguntó entonces Charles.

—Te acompaño —dijo Maxine, y ambos salieron de la habitación, mientras Sam reía y empezaba a decir algo, y Jack se llevaba un dedo a los labios para hacerle callar.

Maxine y Charles les oyeron reír y susurrar mientras se alejaban. Ella le miró con una sonrisa de disculpa.

—Esto es un poco raro para ellos.

—Me he dado cuenta. Son buenos chicos —dijo.

Cruzaron la cocina y tomaron el pasillo de atrás. Maxine llamó a la puerta de la habitación de Zelda, la abrió despacio y le preguntó si quería que Charles la examinara. Los presentó desde el umbral de la puerta. Zelda también parecía perpleja. No tenía ni idea de quién era el doctor West ni por qué estaba allí.

—No estoy tan enferma —dijo, avergonzada, creyendo que Maxine lo había llamado por ella—. Es solo una gripe.

—Ya estaba aquí, y acaba de visitar a Sam.

Zelda se preguntó si sería un pediatra nuevo que aún no conocía. No se le ocurrió que Maxine hubiera quedado para cenar con él. Charles le dijo más o menos lo mismo que a Sam.

Unos minutos después, Maxine y Charles estaban de pie en la cocina. Ella le sirvió una Coca-Cola, unas patatas fritas y un poco de guacamole que encontró en la nevera. Charles le dijo que se marcharía enseguida y la dejaría tranquila para que se ocupara de los niños. Ya estaba suficientemente atareada. Maxine se sentó y charlaron un rato. Sin duda Charles había tenido su bautismo de fuego: los había conocido a todos. Ver a Sam vomitando sin duda había sido una curiosa forma de que Charles conociera a sus hijos, aunque no era la que ella habría elegido. En opinión de Maxine, él había aprobado con nota. No estaba segura de cómo se sentía pero estaba claro que era un buen hombre. No era precisamente una primera cita normal. Ni mucho menos.

—Siento el lío de esta noche —se disculpó de nuevo.

—No pasa nada —dijo él con naturalidad, aunque por un minuto pensó con añoranza en la cena que habrían disfrutado en La Grenouille—. El viernes por la noche lo pasaremos muy bien. Supongo que hay que ser flexible cuando se tienen hijos.

—Normalmente no tengo tantos problemas. En general me organizo bastante bien. Pero hoy todo se ha desmadrado. Sobre todo porque Zellie también estaba enferma. Dependo mucho de ella.

Él asintió, porque era evidente que debía tener a alguien en quien confiar, y no era su ex marido. Después de lo que le había contado Daphne, entendía por qué. Había leído muchas cosas sobre Blake Williams. Era un miembro importante de la jet set, y no parecía un hombre muy casero. Maxine ya lo había dicho durante el almuerzo.

Charles fue a despedirse de los niños antes de marcharse y le deseó a Sam que se recuperara pronto.

—Gracias —dijo Sam, y se despidió con la mano.

Poco después Maxine despidió a Charles en la puerta.

—Te recogeré el viernes a las siete —prometió Charles. Ella le dio las gracias de nuevo por su amabilidad—. No te preocupes. Al menos he conocido a tus hijos.

La saludó con la mano desde el ascensor y un momento después ella se dejó caer en la cama al lado de Sam, suspirando. Sus otros dos hijos entraron en la habitación.

—¿Por qué no nos habías dicho que te habían invitado a cenar? —se quejó Jack.

—Lo había olvidado.

—¿Y quién es? —Daphne parecía desconfiada.

—Un médico que conocí —dijo Maxine, agotada. No quería justificarse con sus hijos. Ya había tenido bastante por una noche—. Por cierto —dijo a su hija—, no deberías alardear así de tu padre. No es de buena educación.

—¿Por qué no? —Daphne se puso inmediatamente a la defensiva.

—Porque no está bien hablar de su yate y su avión. Hace que la gente se sienta incómoda.

Era evidente que lo había hecho con esa intención. Daphne se encogió de hombros y salió del dormitorio.

—Es simpático —sentenció Sam.

—Sí, no está mal —dijo Jack, no del todo convencido.

No entendía por qué su madre necesitaba a un hombre. Se las arreglaban muy bien tal como estaban. No les extrañaba que su padre saliera con muchas chicas. Pero no estaban acostumbrados a ver a un hombre en la vida de su madre, y no les hacía ninguna gracia. Era estupendo tenerla para ellos solos. No veían ningún motivo para que esto cambiara, al menos en su opinión. Su madre recibió el mensaje con claridad.

Eran las ocho y nadie había cenado, así que Maxine fue a la cocina a ver qué podía preparar. Mientras sacaba de la nevera ensalada, fiambres y huevos, Zelda entró, con bata, y expresión intrigada.

—¿Quién era el hombre enmascarado? ¿El Zorro? —preguntó.

Maxine se rió

—Creo que la respuesta correcta es el Llanero Solitario. En realidad, es un médico que conocí. Había quedado con él, pero lo olvidé por completo. Cuando ha entrado, Sam ha vomitado en el pasillo. Ha sido una escena de lo más curiosa.

—¿Cree que volverá a verle? —preguntó Zelda con interés.

Le había caído simpático. Y era guapo.

Sabía que Maxine no había salido con un hombre desde hacía mucho tiempo, y este le parecía prometedor. Se le veía buena persona, era bien parecido, y que los dos fueran médicos era un buen comienzo para tener algo en común.

—Me ha invitado a cenar el viernes —dijo Maxine en respuesta a su pregunta—. Si se recupera de esta noche.

—Interesante —comentó Zelda.

Se sirvió un vaso de ginger ale y se volvió a la cama.

Maxine preparó pasta, fiambres, huevos revueltos y de postre tomaron brownies. Limpió la cocina y fue a ayudar a Daphne con el trabajo. No terminaron hasta medianoche. Había sido un día de locos y una noche que no acababa nunca. Cuando finalmente se acostó al lado de Sam, Maxine tuvo un minuto para pensar en Charles. No tenía ni idea de qué sucedería, ni de si volvería a verlo después del viernes, pero, en el fondo, la noche no había ido tan mal. Al menos, Charles no había huido despavorido. Algo es algo. Por el momento, era suficiente.

8

El viernes por la noche, cuando Charles se presentó a recogerla, todo fue a la perfección. La casa estaba vacía. Zelda tenía el día libre. Daphne pasaría la noche en casa de una amiga, lo mismo que Sam, que ya se había recuperado de la gripe, y Jack estaba en una fiesta de un amigo previa al Bar Mitzvah del día siguiente. Maxine había comprado whisky escocés, vodka, ginebra, champán y una botella de Pouilly-Fuissé. Estaba preparada para recibirle. Se había puesto un vestido negro corto, llevaba el cabello recogido en un moño, pendientes de diamantes y un collar de perlas, y en la casa reinaba el silencio.

Cuando le abrió la puerta a las siete en punto, Charles entró como si fuera a pisar un campo de minas. Echó un vistazo, escuchó el silencio absoluto y la miró con asombro.

—¿Qué has hecho con los niños? —preguntó nervioso.

Ella le sonrió.

—Los he dado en adopción, y he despedido a la niñera. Ha sido triste abandonarlos, pero existen prioridades en la vida. No quería estropear otra velada. Se han ido muy deprisa.

Él rió y la siguió a la cocina, donde ella le sirvió un escocés con soda y cogió un cuenco de frutos secos para llevar al salón. El silencio era casi escalofriante.

—Siento mucho lo del martes, Charles.

Había sido una escena digna de una película. O de la vida real. Pero quizá demasiado.

—Fue casi como una de las novatadas de la facultad.

Estar metido, borracho, en el portaequipajes de un coche habría sido más fácil y más divertido, pero estaba dispuesto a hacer otro intento. Maxine le gustaba mucho. Era una mujer seria e inteligente, con una trayectoria impresionante en el campo de la medicina, muy respetada y, además, preciosa. Era una combinación difícil de igualar. Lo único de ella que lo incomodaba un poco eran los hijos. No estaba acostumbrado a los niños, y no sentía la necesidad de incluirlos en su vida. Pero formaban parte del paquete. Al menos, esta vez los había mandado lejos y podrían disfrutar de una velada adulta, que eran las que a él le agradaban.

En La Grenouille habían tenido la amabilidad de reservarle otra mesa para esa noche a las ocho, sin tener en cuenta que hubiera anulado la del martes en el último momento. Iba a menudo a ese restaurante y lo consideraban un buen cliente. Maxine y Charles salieron del piso a las ocho menos cuarto, y llegaron al restaurante puntualmente. Les dieron una mesa excelente. Por el momento la noche estaba siendo perfecta, pero todavía era pronto. Después de la entrada que había hecho en su vida hacía tres días, nada lo habría asombrado. Aquel día sintió la tentación de salir corriendo. Pero ahora se alegraba de no haberlo hecho. Se sentía muy a gusto con Maxine y era una buena conversadora.

Durante la primera mitad de la cena, con vieiras y cangrejo, seguidos de faisán y Chateaubriand, hablaron de trabajo y de cuestiones médicas que les afectaban a ambos. A Charles le gustaron las ideas de Maxine, y le impresionaron sus logros. Estaban probando los soufflés cuando Charles mencionó a Blake.

—Me sorprende que tus hijos no sean más críticos con él, teniendo en cuenta que no se presenta cuando debe y que no está nunca.

Se daba cuenta de que aquello decía mucho de ella, porque era algo que podría haber usado contra su ex marido, como habrían hecho muchas mujeres, ya que apenas la ayudaba.

—En el fondo es un buen hombre —dijo Maxine—. De hecho, es estupendo. Y ellos lo saben. Aunque no es muy atento.

—Parece muy egoísta. Alguien que solo busca su placer —observó Charles.

Maxine tuvo que reconocer que tenía razón.

—Sería casi imposible que no lo fuera —dijo ella tranquilamente—, con el éxito que ha tenido. Pocas personas son capaces de resistirse y mantener la cabeza fría. Tiene muchos juguetes y le gusta divertirse. Blake no hace nada que no sea divertido, o de alto riesgo. Es su estilo y siempre lo ha sido. El otro camino que podría haber tomado sería dedicar el dinero a obras filantrópicas. Y lo hace, pero no participa en ellas personalmente. En resumen, considera que la vida es corta, que ha tenido suerte y que quiere pasarlo bien. Fue adoptado, y creo que, en cierto modo, a pesar de que sus padres adoptivos le quisieron mucho, siempre se ha sentido inseguro, con su vida y consigo mismo. Quiere aprovechar todo lo que pueda, antes de que se lo arrebaten o lo pierda. Es una patología difícil de superar: el miedo constante al abandono y a la pérdida, así que lo coge todo con ambas manos, pero al final pierde de todos modos. Como una especie de profecía que se cumple.

—Seguro que lamenta haberte perdido —dijo Charles cautelosamente.

—No lo creo. Somos buenos amigos. Le veo con los niños cuando viene a la ciudad. Sigo siendo parte de su vida, aunque de una forma diferente, como amiga y madre de sus hijos. Sabe que puede contar conmigo. Como siempre. Además, tiene muchas novias, que son mucho más jóvenes y divertidas que yo. Yo siempre fui demasiado seria para él.

Charles asintió. Le gustaba esto de ella, y estaba completamente de acuerdo. Pero encontraba un poco rara la relación que mantenía con su ex marido. Él casi nunca hablaba con su ex esposa. Sin hijos que los ataran, después del divorcio no había quedado más que una gran cantidad de hostilidad entre ellos. De hecho, no había nada. Era como si jamás hubieran estado casados.

—Cuando tienes hijos —prosiguió Maxine—, estás atado al otro para siempre. Y debo reconocer que, si no tuviéramos esto, le echaría de menos. Nos va bien a todos, sobre todo a los chicos. Sería triste que su padre y yo nos odiáramos.

Probablemente, pensaba Charles mientras la escuchaba, pero sería más fácil para el siguiente hombre o mujer que entrara en sus vidas. No era fácil ser el sucesor de Blake, para nadie, y a su manera, tampoco resultaba fácil estar a la altura de ella, aunque fuera tan modesta.

No había nada arrogante o pomposo en Maxine, a pesar de su brillante carrera psiquiátrica y de los libros que había escrito. Era muy discreta, y él la admiraba por ello. Él no lo era tanto y lo sabía. Charles West tenía una buena opinión de sí mismo, y estaba muy seguro de sus logros. No había dudado antes de intentar obligarla a hacer lo que él consideraba conveniente con el chico de los Wexler, y solo había dado marcha atrás cuando había descubierto quién era Maxine y lo experta que era en su campo. Solo entonces había aceptado que ella podía juzgar mejor la situación, sobre todo tras el tercer intento de suicidio de Jason, que había hecho que Charles se sintiera como un idiota. Normalmente detestaba tener que reconocer que estaba equivocado, pero en este caso no había tenido más remedio. Maxine tenía carácter, pero también podía ser amable y femenina. No necesitaba demostrar sus aptitudes, y lo hacía raramente, solo cuando la vida de un paciente estaba en peligro, pero nunca para alimentar su ego. En cierto modo a Charles le parecía la mujer perfecta; jamás había conocido a otra como ella.

—¿Qué piensan tus hijos de que salgas con hombres? —preguntó al terminar de cenar.

No se atrevía a preguntarle qué habían dicho de él, aunque le habría gustado saberlo. El martes se había dado cuenta claramente de que se habían sorprendido al verle. Era evidente que ella no les había prevenido, ya que había olvidado la cita por completo. Su aparición en escena había cogido a todos por sorpresa, incluida Maxine. Pero, al mismo tiempo, con todo lo ocurrido después, los niños también lo habían sorprendido enormemente. Al día siguiente se lo contó a un amigo, que se murió de risa con la descripción que le hizo Charles de la caótica escena y le aconsejó que se soltara un poco. También le aseguró que ella no encontraría a otro hombre tan maravilloso como él. Como norma, Charles prefería no salir con mujeres con hijos. Era difícil encontrar tiempo para estar juntos cuando estaban tan ocupadas con las vidas de los niños. Aunque, al menos, solían contar con un ex marido que se quedaba con los hijos la mitad del tiempo. Maxine no tenía a nadie con quien compartir la carga, excepto una niñera, que ya tenía sus propios problemas. La responsabilidad de Maxine era enorme, y estar con ella sería para él un desafío.

—Se quedaron muy sorprendidos —contestó Maxine con sinceridad—. Hacía mucho tiempo que no salía. Están acostumbrados a que su padre vea a mujeres, pero no creo que hayan pensado nunca que algún día pueda haber un hombre en mi vida.

Ella misma todavía no se había acostumbrado a la idea. Los hombres con los que había salido brevemente apenas le habían interesado, y le habían resultado tan poco atractivos que había abandonado.

Los médicos que conocía siempre le parecían pomposos, o no tenían nada en común con ella. Además, ellos se asustaban enseguida al ver lo ocupada que estaba con su consulta y su vida familiar. Los hombres no solían querer una mujer o una esposa que se fuera al hospital por una urgencia a las cuatro de la madrugada, y con cargas profesionales tan exigentes. A Blake tampoco le gustaba, pero la carrera médica de Maxine siempre había sido importante para ella, y sus hijos todavía más. La vida de Maxine estaba más que llena, y como había quedado demostrado la noche del martes, no se necesitaba mucho para que se desbordara. No había demasiado espacio, si es que lo había, para alguien más. Y Charles sospechaba que a los niños les gustaba que fuese así. Llevaban escrito en la cara que la querían para ellos solos, y que no era bien recibido en el grupo. No le necesitaban. E intuía que ella tampoco. No tenía el aspecto desesperado de muchas mujeres de su edad, que por encima de todo anhelaban conocer a un hombre. Ella, por el contrario, desprendía una sensación de felicidad, de plenitud, y de arreglárselas muy bien sola. Esto también le parecía atractivo. No deseaba ser el salvador de nadie, aunque quisiera formar parte de la vida de una mujer. Con Maxine no lo sería nunca; lo cual tenía a la vez ventajas e inconvenientes.

—¿Crees que aceptarían que tuvieras una relación con un hombre? —preguntó despreocupadamente, tanteando el terreno.

Maxine se lo pensó un momento.

—Es posible. Quizá sí. Dependería del hombre, y de lo bien que se adaptara a los niños. Estas cosas van en las dos direcciones, y exigen esfuerzo por ambas partes.

Charles asintió. Era una respuesta razonable.

—¿Y tú? ¿Crees que tú te acostumbrarías a tener otra vez un hombre en tu vida, Maxine? Pareces muy autosuficiente.

—Lo soy —dijo ella sinceramente, tomando un sorbo de una delicada infusión de menta, el final perfecto para una cena estupenda.

La comida había sido deliciosa, y los vinos que había elegido Charles, soberbios.

—Respondiendo a tu pregunta, no sé qué decir. Solo me acostumbraría si fuera el hombre correcto. Debería creer que puede funcionar. No quiero cometer otro error. Blake y yo éramos demasiado distintos. Cuando eres joven no lo notas tanto, pero llega cierto punto, cuando maduras y sabes quién eres, en que sí importa. A nuestra edad ya no puedes engañarte pensando que algo va a funcionar cuando está claro que no funciona. Es mucho más difícil que todo encaje, porque cada uno tiene su vida. Cuando eres joven todo hace gracia. Más tarde, es otro cantar. No es tan fácil encontrar una buena pareja, hay muy pocos candidatos, e incluso con los buenos, todos tienen su pasado. Tiene que valer mucho la pena para hacer el esfuerzo. Mis hijos me dan la excusa para no intentarlo. Me mantienen ocupada y me hacen feliz. El problema es que un día se harán mayores y me quedaré sola. Por ahora, sin embargo, no tengo que planteármelo.

Tenía razón. Para ella eran un amortiguador contra la soledad, y una excusa para que le diera pereza introducir a un hombre en su vida. En cierto modo, Charles sospechaba que también le daba miedo intentarlo de nuevo. Le daba la impresión de que Blake se había llevado una gran parte de ella, y aunque fueran «demasiado distintos», como afirmaba Maxine, le parecía que todavía le quería. Esto también podía ser un problema. ¿Quién podía competir con una leyenda que se había hecho millonario y poseía tanto encanto? Era un gran desafío, un desafío con el que pocos hombres se enfrentarían. Estaba claro que ninguno lo había hecho.

Pasaron a otros temas de conversación: el trabajo, la pasión de Maxine por los pacientes adolescentes suicidas, la compasión que sentía por los padres de los pacientes, su fascinación por los traumas causados por las catástrofes. En comparación, la consulta de Charles no era tan interesante. Él trataba resfriados comunes, una gran variedad de dolencias y situaciones más cotidianas, y de vez en cuando la tristeza de un paciente con cáncer al que derivaba inmediatamente a un especialista y lo perdía de vista. Su consulta no afrontaba crisis constantes como la de ella. Aunque de vez en cuando perdiera a un paciente, no era lo habitual.

Después de cenar la acompañó a su piso y tomaron una copa de brandy de su bar recién provisto. Ahora estaba preparada para recibir a un hombre, aunque no volviera a ver a este nunca más. Estaría preparada para la próxima vez, dentro de cinco o diez años. Zelda le había tomado el pelo. A causa de su cita tenía el bar abarrotado. Esto la inquietaba un poco con los niños en casa. Cerraría el armario con llave, para no tentar ni a sus hijos ni a los amigos de estos, después de lo ocurrido con Daphne.

Maxine dio las gracias a Charles por la deliciosa cena y la agradable velada. Tenía que reconocer que estaba bien ser una persona civilizada, arreglarse y pasar la noche hablando con un adulto. Era bastante más emocionante que ir al Kentucky Fried Chicken o al Burger King con media docena de críos, que era lo que hacía habitualmente. Viéndola tan elegante, Charles pensó que merecía ir a La Grenouille más a menudo, y esperaba tener ocasión de volver a invitarla. Era su restaurante favorito en la ciudad, aunque también le gustaba Le Cirque. Era muy aficionado a la buena comida francesa, y al ambiente que solía acompañarla. Le gustaban la pompa y la ceremonia mucho más que a ella, y las conversaciones entre adultos. Hablando con ella se preguntó si también sería divertido salir con los niños. Era posible, pero todavía no estaba convencido, aunque fueran unos chicos simpáticos. Prefería hablar con ella sin distracciones, o sin que Sam le vomitara sobre los pies. Antes de que él se marchara, se rieron con la anécdota y se quedaron charlando un rato en el pasillo, justo donde había sucedido.

—Me gustaría volver a verte, Maxine —dijo él.

Desde su punto de vista aquella velada había sido un éxito, y desde el de ella también, a pesar del desastroso comienzo. Esta noche había sido todo lo contrario. Perfecta de principio a fin.

—A mí también me gustaría —contestó sinceramente.

—Te llamaré —dijo, y no intentó besarla.

A ella la habría molestado que lo hiciera. No era el estilo de Charles. Él era un hombre que avanzaba lenta y calculadamente cuando le gustaba una mujer; creaba el ambiente adecuado para que sucediera algo más adelante, si ambos lo querían. No tenía prisa, y prefería que las mujeres progresaran a su ritmo. Debía ser una decisión mutua, y sabía que Maxine estaba todavía muy lejos de ese punto. Llevaba demasiado tiempo sin salir y nunca lo había deseado realmente. Ni siquiera pensaba en iniciar una relación. Debería llevarla hasta él poco a poco, si decidía que eso era lo que quería. Todavía no estaba del todo seguro. Era agradable estar con ella y hablar; el resto ya se vería. Sus hijos seguían siendo un gran impedimento para él.

Antes de cerrar la puerta, Maxine le dio las gracias otra vez. Para entonces Jack ya dormía en su habitación, después de la fiesta a la que había asistido, y Zelda descansaba en la suya. La casa estaba en silencio, mientras Maxine se desnudaba, se cepillaba los dientes y se acostaba, pensando en Charles. Había sido agradable, era innegable. Pero le seguía pareciendo raro salir con un hombre. No le desagradaba, pero era todo tan serio, tan educado. Como él. No se imaginaba saliendo un domingo por la tarde con él y con sus hijos, como hacía con Blake cuando estaba en la ciudad. Pero Blake era su padre, y no dedicaba su vida a la familia. Solo era un turista de paso, por muy encantador que fuera. Blake era un cometa en su cielo.

Charles era fiable y tenían muchas cosas en común. Pero no era ni alegre, ni gracioso ni divertido. Por un momento, echó de menos estas cosas en su vida, pero se dio cuenta de que no se puede tener todo. Siempre había dicho que si algún día volvía a salir en serio con un hombre, quería a uno que fuera estable y en el que pudiera confiar. Sin duda Charles era ese tipo de hombre. Después pensó en sí misma con una sonrisa, y se rió de lo que deseaba. Blake era un loco divertido. Charles era responsable y maduro. Era una pena que no hubiera ningún hombre en el planeta que pudiera ser ambos a la vez: una especie de Peter Pan maduro, con valores sólidos.

143

Sería pedir demasiado, y probablemente esa era la razón de que todavía estuviera sola, y de que quizá lo estuviera siempre. No podía vivir con un hombre como Blake, y no quería vivir con uno como Charles. Tal vez daba igual, porque nadie le estaba pidiendo que escogiera. Al fin y al cabo solo había sido una cena, buena comida y buenos vinos con un hombre inteligente. No se trataba de casarse.

9

Blake estaba en Londres, reunido con sus asesores de inversiones, debatiendo sobre tres empresas que tenía intención de adquirir. También tenía pensado reunirse con dos arquitectos: uno para hacer reformas en la casa de Londres, y el otro para remodelar y redecorar el palacio que acababa de comprar en Marruecos. Había un total de seis decoradores trabajando en ambos proyectos y se divertía como un loco. Era lo que le gustaba. Pensaba quedarse un mes en Londres, y llevarse a los niños a Aspen después de Navidad. Había invitado a Maxine a acompañarlos, pero ella había decidido no ir, porque creía que Blake necesitaba estar a solas con los niños. A él le parecía una tontería. Con ella siempre se divertían.

En general, Maxine solo pasaba algún día con él y los niños cuando Blake les prestaba su barco o una de sus casas. Era muy generoso y le gustaba saber que ella disfrutaba con sus hijos. También prestaba sus casas a amigos. Era imposible que pudiera ocuparlas todo el año. No entendía por qué Maxine le había montado un escándalo por haber ofrecido a Daphne que utilizara su ático con sus amigos. Era lo bastante mayor para no hacer ningún estropicio en el piso, y si lo hacía había empleados que se encargarían de limpiarlo. Creía que Maxine se ponía paranoica pensando que si estaban solos harían todo tipo de travesuras. Sabía que su hija era una buena chica; además, tenía trece años. ¿En qué líos podías meterte a los trece? Tras cinco llamadas para hablar de ello, se había rendido a los deseos de Maxine, pero seguía pensando que era una pena. El ático de Nueva York estaba casi siempre vacío. Pasaba mucho más tiempo en Londres, porque le resultaba más cerca de todos los sitios donde le gustaba pasar una temporada. Tenía pensado ir a Gstaad a esquiar unos días antes de volver a Nueva York, para entrenarse con vistas a Aspen. No esquiaba desde un breve viaje que había hecho en mayo a Sudamérica.

Habían invitado a Blake a un concierto de los Rolling Stones cuando regresara a Londres, tras visitar a sus hijos en Acción de Gracias. Era uno de sus grupos preferidos, y él y Mick Jagger eran viejos amigos. Le había presentado a muchas estrellas del rock, y a varias mujeres extraordinarias. El breve idilio de Blake con una de las mayores divas de rock había salido en los titulares de todo el mundo, hasta que ella se cansó y se casó con otro. Él no quería oír hablar de matrimonio y era sincero sobre este asunto. Nunca fingía que quería casarse o que al menos se lo plantearía. Ahora tenía demasiado dinero. El matrimonio era muy peligroso para él, a menos que se casara con una mujer que tuviera tanto dinero como él, y esas nunca eran las mujeres que le interesaban. Le gustaban jóvenes, llenas de vida y libres. Lo único que quería era divertirse. No hacía daño a nadie. Y cuando la aventura terminaba, ellas se marchaban con joyas, pieles, coches, regalos y los mejores recuerdos que tendrían en su vida. Entonces, él pasaba a la siguiente y empezaba de nuevo. Al volver a Londres, estaba libre. No tenía a nadie a quien llevar al concierto de los Rolling Stones, así que fue solo, y al terminar asistió a una fiesta fabulosa en Kensington Palace. Allí había mujeres de la familia real, modelos, actrices, mujeres de la alta sociedad, aristócratas y estrellas de rock. Era todo lo que le gustaba a Blake, era su mundo.

Aquella noche había hablado con media docena de mujeres y había conocido a algunos hombres interesantes; ya empezaba a pensar en marcharse cuando fue a pedir una bebida al bar y vio a una bonita pelirroja que le sonreía. Llevaba un diamante en la nariz e iba vestida con un sari, un bindi color rubí, los cabellos en punta y tatuajes en los brazos. Le miraba descaradamente. No parecía india, pero aquel bindi en la frente lo dejó perplejo, y el sari que llevaba era del color del cielo de verano, el mismo color que sus ojos. Nunca había visto a una india con tatuajes. Los que llevaba la chica eran flores que subían y bajaban por sus brazos, y tenía otro en el vientre liso y tirante que el sari dejaba al aire. Bebía champán y comía aceitunas de un cuenco de vidrio de la barra.

—Hola —dijo Blake, mirándola con sus deslumbrantes ojos azules.

La sonrisa de ella se iluminó más si cabe. Era la mujer más sexy que Blake había visto en su vida, y resultaba imposible adivinar su edad. Podía tener entre dieciocho y treinta años, aunque a él le daba lo mismo. Era una preciosidad.

—¿De dónde eres? —preguntó, esperando que dijera de Bombay o de Nueva Delhi, aunque su pelo rojo también estaba fuera de contexto.

Ella se rió, mostrando unos dientes perfectamente blancos que no acababan nunca. Era la mujer más sublime que había visto en su vida.

—De Knightsbridge —dijo la chica, riendo.

Su risa sonaba como campanillas a los oídos de Blake, delicadas y tiernas.

—¿A qué viene el bindi?

—Me gusta. Viví dos años en Jaipur. Me encantaron los saris y las joyas.

¿A quién no? Cinco minutos después de conocerla, Blake estaba loco por ella.

—¿Has estado en la India? —preguntó la chica.

—Varias veces —contestó él con naturalidad—. El año

pasado fui a un safari increíble y sacamos fotos de tigres. Fue mucho mejor de lo que había visto en Kenya.

Ella arqueó una ceja.

—Yo nací en Kenya. Antes mi familia vivía en Rodesia, pero después volvimos a casa. Aquí todo es bastante aburrido. Siempre que puedo, vuelvo allí.

Era británica y tenía el acento y la entonación de la clase alta, lo que hizo que Blake se preguntara quién sería ella, y quiénes debían de ser sus padres. Normalmente esto no le interesaba, pero en aquella mujer todo lo intrigaba, incluso los tatuajes.

—¿Y tú quién eres? —preguntó la chica.

Probablemente era la única mujer de la sala que no sabía quién era Blake, y eso también le gustó. Era agradable. Concluyó con acierto que se habían sentido mutuamente atraídos al instante. E intensamente.

—Blake Williams.

No le dio más información y ella siguió bebiendo champán. Blake bebía vodka con hielo. Era su bebida preferida en ese tipo de eventos. El champán le daba dolor de cabeza al día siguiente, y el vodka no.

—Americano —comentó ella—. ¿Casado? —preguntó con interés, y a él le pareció una pregunta extraña.

—No. ¿Por qué?

—No salgo con hombres casados. Ni siquiera hablo con ellos. Salí con un francés horrible que estaba casado y me mintió. Gato escaldado del agua fría huye, o algo así. Los americanos suelen ser más sinceros con esto. En cambio, los franceses no lo son. Siempre tienen una mujer y una amante en alguna parte, y las engañan a las dos. ¿Tú engañas? —preguntó como si fuera un deporte, como el golf o el tenis.

Él se echó a reír.

—En general, no. No, la verdad es que no. Creo que no lo he hecho nunca. No tengo por qué, no estoy casado, y si quiero acostarme con una mujer, rompo con la que estaba hasta entonces. Me parece más sencillo. No me gustan los dramas ni las complicaciones.

—A mí tampoco. A eso me refería sobre los americanos. Son simples y directos. Los europeos son mucho más complicados. Quieren que todo sea difícil. Mis padres llevan doce años intentando divorciarse. No dejan de volver y romper de nuevo. Es un lío para los demás. Yo nunca me he casado, ni tengo intención de hacerlo. Me parece un embrollo terrible.

Lo dijo con sencillez, como si hablara del tiempo o de un viaje, y a Blake le hizo gracia. Era una chica muy divertida, muy bonita; lo que los ingleses llaman una «hechicera». Era una especie de ninfa o hada con su sari, su bindi y sus tatuajes. Se fijó en que llevaba un brazalete enorme de esmeraldas, que pasaba inadvertido entre los tatuajes, y un anillo de rubíes enorme. Fuera quien fuese, tenía muchas joyas.

—Estoy de acuerdo contigo en que la gente arma mucho lío. Por mi parte, mantengo una buena amistad con mi ex mujer. Nos apreciamos incluso más que cuando estábamos casados.

Para él, era cierto, y estaba convencido de que Maxine pensaba lo mismo.

—¿Tienes hijos? —preguntó ella, ofreciéndole aceitunas. Blake se echó dos en la copa.

—Sí, tres. Una niña y dos niños. Trece, doce y seis años.

—¡Qué bonito! Yo no quiero tener hijos, pero creo que la gente que los tiene es muy valiente. A mí me da miedo. Tanta responsabilidad. Se ponen enfermos, tienes que procurar que estudien, que sean bien educados. Es más difícil que adiestrar a un caballo o a un perro, y ambas cosas se me dan fatal. Una vez tuve un perro que hacía sus necesidades por toda la casa. Seguro que sería peor con los niños.

Él no pudo evitar reír ante esa imagen. En ese momento pasó Mick Jagger y saludó a la chica, al igual que otros invitados. Todos parecían conocerla excepto Blake, que no entendía por qué no la había visto nunca antes. Pasaba mucho tiempo en Londres.

Le habló con entusiasmo de la casa de Marrakech y ella convino que parecía un proyecto fabuloso. La chica le explicó que había estado a punto de estudiar arquitectura, pero decidió no hacerlo porque no se le daban bien las matemáticas. Dijo que sacaba muy malas notas en el colegio.

Entonces aparecieron amigos de Blake que querían saludarlo, y también amigos de ella, y cuando se dio la vuelta buscándola, la chica había desaparecido. Blake se sintió frustrado y decepcionado. Le había gustado hablar con ella. Era excéntrica, inteligente, poco convencional, diferente y lo bastante guapa para seducirlo. Más tarde preguntó por ella a Mick Jagger, que se rió de Blake.

—¿No la conoces? —se sorprendió—. Es Arabella. Es vizcondesa. Se dice que su padre es el hombre más rico de la Cámara de los Lores.

—¿A qué se dedica?

Daba por sentado que no trabajaba, pero por otro lado algo que había dicho ella le había hecho pensar que tenía un empleo o una profesión.

—Es pintora. Pinta retratos. Es muy buena. La gente le paga una fortuna por un retrato. También les pinta sus caballos y perros. Está como una cabra, pero es muy simpática. Es el prototipo de inglesa excéntrica. Creo que estuvo comprometida con un francés muy guapo, un marqués o algo así. No sé qué ocurrió, pero no se casó con él. En lugar de eso se fue a la India, tuvo una aventura con un hindú muy importante y volvió con un montón de joyas maravillosas. Me parece increíble que no la conozcas. Tal vez estuviera en la India cuando tú estabas aquí. Es muy divertida —confirmó.

—Sí que lo es —coincidió Blake, bastante impresionado con lo que le había contado Jagger. Ahora la entendía mejor—. ¿Sabes dónde puedo encontrarla? No he conseguido pedirle el teléfono.

—Claro. Dile a tu secretaria que llame a la mía mañana. Tengo su teléfono. Como todo el mundo. Media Inglaterra se ha hecho retratar por ella. Siempre puedes utilizarlo como excusa.

Blake no creía necesitar ninguna, pero sin duda era una posibilidad. Se fue de la fiesta, fastidiado porque ella se hubiera marchado antes que él. Al día siguiente su secretaria le consiguió el teléfono. No fue difícil en absoluto.

Blake se quedó mirando el papel un minuto y después llamó. Contestó una mujer y él reconoció la voz de la noche anterior.

—¿Arabella? —dijo, intentando aparentar seguridad, pero sintiéndose raro por primera vez en mucho tiempo.

Parecía más un torbellino que una mujer, y era mucho más refinada que las chicas con las que salía normalmente.

—Sí, yo misma —dijo ella, con su acento británico aspirado.

Y se echó a reír incluso antes de saber quién era él. Eran las mismas campanillas de hadas que había oído la noche anterior. Desprendía magia.

—Soy Blake Williams. Nos conocimos anoche en Kensington Palace, en el bar. Te marchaste antes de que pudiera despedirme.

—Estabas ocupado y me fui. Eres muy amable por llamar.

Parecía sincera y contenta de hablar con él.

—De hecho, preferiría decirte hola en vez de adiós. ¿Estás libre para almorzar?

Fue directo al grano y a ella le hizo gracia.

—No, no lo estoy —dijo con pesar—. Estoy pintando un retrato, y mi modelo solo puede venir a mediodía. Es el primer ministro y tiene una agenda muy apretada. ¿Qué te parece mañana?

—Me gustaría mucho —dijo Blake, sintiéndose como si tuviera doce años. La chica tenía veintinueve años, y aunque él tenía cuarenta y seis, se sentía como un niño con ella—. ¿Te parece bien en el Santa Lucia a la una?

Había sido el restaurante preferido de la princesa Diana y el de todo el mundo desde entonces.

—Perfecto. Allí estaré —prometió Arabella—. Hasta mañana.

Colgó enseguida. No hubo ninguna conversación banal. Solo lo justo para quedar para almorzar. Blake se preguntó si se presentaría con el bindi y el sari. Se moría de ganas de verla. No estaba tan entusiasmado con una mujer desde hacía años.

Al día siguiente, Blake llegó al Santa Lucia puntualmente a la una, y se quedó en el bar esperándola. Arabella llegó veinte minutos tarde, con los cabellos rojizos en punta, una minifalda, botas de piel marrón de tacón alto y un abrigo enorme de lince. Parecía un personaje de una película, y no se veía el bindi por ninguna parte. Parecía milanesa o parisina, y sus ojos eran del azul intenso que él recordaba.

—Qué amable eres invitándome a almorzar —dijo como si fuera la primera vez que la invitaban, aunque era evidente que no era el caso.

Era muy glamurosa y, al mismo tiempo, poco pretenciosa. A Blake le encantó. Se sentía como un cachorrillo a sus pies, lo que era extraño en él, mientras el camarero les acompañaba a su mesa y se desvivía tanto con Arabella como con Blake.

La conversación fluyó con naturalidad durante la comida. Blake le preguntó por su trabajo y él le habló de su experiencia en el mundo de la alta tecnología puntocom, que ella encontró fascinante. Conversaron sobre arte, arquitectura, navegación, caballos, perros y sobre los hijos de Blake. Intercambiaron ideas sobre cualquier cosa que se pueda imaginar y salieron del restaurante a las cuatro. Blake dijo que le encantaría ver su obra, y ella le invitó a su estudio al día siguiente, después de su sesión con Tony Blair. Le dijo que aparte de eso tenía la semana bastante desocupada y que, por supuesto, el viernes se marchaba al campo. Todo el mundo que pretendía ser alguien en Inglaterra se marchaba al campo el fin de semana, a su casa o a la de algún otro. Cuando se separaron en la calle, Blake se moría de ganas de volver a verla. De repente estaba obsesionado con ella, así que aquella tarde le mandó flores con una nota ingeniosa. Ella le llamó en cuanto las recibió. Le había enviado orquídeas y rosas, mezcladas con lirios del valle. Había ido a la mejor floristería de Londres, y había mandado lo más exótico que había podido imaginar, porque le parecía lo más adecuado para ella. Blake creía que era la mujer más interesante que había conocido y le resultaba increíblemente sexy.

Al día siguiente fue a verla al estudio, inmediatamente después de que Tony Blair se marchara, y se quedó asombrado por el aspecto de Arabella. Era una mujer de múltiples rostros, exótica, glamurosa, infantil, una niña abandonada, ahora una reina de la belleza, ahora un elfo. Cuando le abrió la puerta del estudio llevaba unos vaqueros ajustados, unas deportivas Converse rojas altas, y una camiseta blanca, con un brazalete de rubíes enorme en un brazo, y de nuevo el bindi. Todo en ella era un poco exagerado, pero enormemente fascinante para él. Le mostró varios retratos a medias, y algunos antiguos que había hecho para sí misma. También había algunos hermosos retratos de caballos. El del primer ministro le pareció extraordinario. Estaba tan dotada como Mick Jagger le había dicho.

—Son fabulosos —dijo—, absolutamente maravillosos, Arabella.

Ella descorchó una botella de champán, para celebrar la primera visita de Blake al estudio, y dijo que esperaba que fuera la primera de muchas. Brindaron. Blake bebió dos copas a pesar de la aversión que sentía por el champán. Habría bebido incluso veneno con ella. A continuación propuso que fueran a su casa. Él también quería mostrarle sus tesoros. Tenía obras de arte muy importantes, y una casa absolutamente espectacular que adoraba y de la que estaba orgulloso. Encontraron un taxi fácilmente y, media hora después, estaban paseando por la casa de Blake, mientras ella profería exclamaciones de admiración por las obras de arte que veía. Blake descorchó otra botella de champán para ella, pero esta vez él bebió vodka. Subió el volumen del sistema de sonido y le enseñó la sala de proyecciones que había montado. Se lo mostró todo, y a las nueve estaban en su enorme cama, haciendo el amor desenfrenada y apasionadamente. Nunca había tenido una experiencia igual con una mujer, ni siquiera bajo el efecto de las drogas, con las que había experimentado un poco en cierta época, aunque nunca le gustaron. Arabella era como una droga para él, y se sentía como si hubiera viajado a la luna y hubiese regresado. Mientras estaban en la bañera después de hacer el amor, ella se puso encima de él y empezó de nuevo. Blake gimió de placer y se vació dentro de ella, por cuarta vez aquella noche. Oyó el sonido mágico de su risa. El duendecillo inverosímil que había descubierto en Kensington Palace lo había llevado al límite de la cordura. No sabía si lo que sentía era amor o locura, pero, fuera lo que fuese, no quería que acabara nunca.

10

El siguiente viernes por la noche, Charles y Maxine salieron de nuevo a cenar a La Grenouille como dos adultos. Ambos tomaron langosta y un risotto de trufa blanca tan exquisito que era casi un afrodisíaco. Una vez más, Maxine disfrutó de la comida, esta vez quizá incluso más. Le gustaba su conversación inteligente y madura, y Charles ya no le parecía tan serio como al principio. Por lo visto, también tenía sentido del humor, aunque un poco escondido. En él nada parecía fuera de control. Decía que prefería tener una vida planificada y bien organizada, moderada y previsible. Era el tipo de vida que Maxine había querido siempre, y que había sido imposible con Blake. Tampoco era totalmente factible para ella, con tres hijos, y los consiguientes factores imprevisibles, y su consulta, donde lo inesperado sucedía con regularidad. Pero sus personalidades se complementaban bien. Charles estaba mucho más cerca de lo que Maxine deseaba que Blake, y se dijo a sí misma que aunque Charles era menos espontáneo, en cierto modo también eso era tranquilizador. Sabía lo que podía esperar de él. Y era una buena persona, lo cual también la atraía.

Estaban volviendo a casa en taxi después de su segunda cena en La Grenouille. Charles le prometió que la próxima vez irían a Le Cirque y quizá otro día al Daniel o al Café

Boulud, sus locales favoritos, que quería compartir con ella, cuando sonó el móvil de Maxine. Ella dio por sentado que uno de sus hijos la necesitaba. Aquel fin de semana la sustituía Thelma Washington. Sin embargo, era su servicio de llamadas, que intentaba localizarla en nombre de la doctora Washington. Maxine sabía que eso significaba que a uno de sus pacientes le había ocurrido algo grave. Solo en ese caso la llamaría Thelma durante el fin de semana. Normalmente ella se encargaba de todo, excepto de las situaciones que sabía que Maxine preferiría manejar personalmente. El servicio le pasó a Thelma.

—Hola. ¿Qué ocurre? —dijo Maxine enseguida.

Charles pensó que hablaba con uno de sus hijos. Esperaba que no fuera una urgencia. Lo estaban pasando tan bien que no quería que nada estropeara la velada. Maxine escuchaba atentamente, con el ceño fruncido y los ojos cerrados; aquello le pareció un mal augurio.

—¿Cuántas unidades de sangre le habéis administrado? Hubo un breve silencio mientras escuchaba la respuesta.

—¿Puedes llamar a un cirujano cardiotorácico enseguida? Prueba con Jones... Mierda... bueno... voy enseguida.

Se volvió hacia Charles con expresión preocupada.

—Lo siento. Detesto hacerte esto, pero acaban de ingresar a una de mis pacientes en Urgencias. ¿Puedo pedirle al taxista que me lleve al Columbia Presbyterian? No tengo tiempo de volver a casa a cambiarme. Puedo dejarte en casa por el camino, si quieres.

No podía pensar en otra cosa que en las palabras de Thelma. Se trataba de una chica de quince años que llevaba visitando hacía tan solo unos meses. Había intentado suicidarse, y se hallaba al borde de la muerte. Maxine quería estar allí para tomar las decisiones que fueran necesarias. Charles se puso serio inmediatamente y dijo que por supuesto iría con ella en el taxi.

—Te acompaño. Puedo esperarte y darte apoyo moral.

Solo podía intentar imaginar lo duros que debían de ser esos casos, y la carrera de Maxine estaba llena de ellos. No se veía a sí mismo afrontándolos cada día, y la admiraba por ello. Médicamente, era mucho más interesante que lo que hacía él, aunque más angustioso y más importante en cierto modo.

—Puede que me lleve toda la noche. Al menos es lo que espero.

La única razón de que no fuese así sería porque su paciente muriera, que en aquel momento era una posibilidad muy real.

—No te preocupes. Si me canso de esperar me marcharé a casa. Yo también soy médico, y esta situación no es nueva para mí.

Maxine le sonrió. Le gustaba tener esto en común con él. Era un vínculo muy fuerte que tuvieran la misma profesión. Dieron la dirección del hospital al taxista, que giró hacia el norte, mientras Maxine le explicaba la situación a Charles. La chica se había cortado las venas y se había clavado un cuchillo de cocina en el corazón. Lo había hecho francamente bien y solo porque, por puro milagro, su madre la había encontrado lo bastante rápido todavía existía la posibilidad de salvarla. Los enfermeros habían llegado enseguida a la casa. Por el momento le habían administrado dos unidades de sangre, su corazón se había parado dos veces por el camino, pero lo habían reanimado otra vez. Su vida pendía de un hilo, pero estaba viva. Era su segundo intento.

—Santo Dios, no hacen las cosas a medias, ¿verdad? Siempre pensé que los chicos lo hacían para llamar la atención y sin mucha convicción.

No había falta de convicción en ese intento. Hablaron de ello por el camino y Maxine se puso en movimiento en cuanto entraron en el hospital. Llevaba un vestido negro de cóctel y tacones altos. Se quitó el abrigo negro de noche, se puso una bata blanca sobre el vestido, encontró a Thelma, y se reunió con el equipo de Urgencias. Examinó a su paciente, llamó personalmente al cirujano cardíaco y habló con el médico supervisor y el jefe de residentes. Ya le habían cosido las muñecas a su paciente y el cirujano cardíaco llegó quince minutos después. Se llevó a la chica al quirófano y Maxine fue a consolar a los padres. Mientras ella hacía esto, Charles y Thelma hablaban en el pasillo.

—Es fantástica —comentó Charles con admiración.

Era realmente eficiente cuando trabajaba. Media hora después se reunía con ellos en el pasillo. Thelma estaba totalmente de acuerdo con Charles, y le encantó que él se mostrara tan impresionado y respetuoso con el trabajo de Maxine.

—¿Cómo está? —preguntó Thelma a Maxine.

Se había quedado, más para hacer compañía a Charles que por otra cosa. Maxine estaba al mando ahora.

—Resistiendo. Esta vez se ha salvado por muy poco —dijo Maxine, rezando para no perderla.

Eloise, su paciente, estuvo en la mesa de operaciones durante cuatro horas; eran casi las cinco cuando Maxine supo algo concreto. Para su sorpresa, Charles todavía estaba con ella. Thelma se había marchado a casa hacía horas.

Apareció el cirujano en la sala de médicos con actitud victoriosa y sonrió a Charles y a Maxine.

—Juro que a veces hay milagros que no podemos explicar. Ha esquivado por los pelos varios órganos vitales. No se ha matado de casualidad. En los próximos días pueden pasar muchas cosas, pero creo que saldrá adelante.

Maxine soltó un suspiro de alivio y le echó los brazos al cuello a Charles. Él la abrazó y sonrió. Estaba agotado, pero médicamente había sido una de las noches más interesantes de su vida: había visto con lo que se enfrentaba Maxine y lo que hacía para resolverlo, y cómo se encargaba de todo.

Maxine fue a comunicarles la noticia a los padres de Eloise y, poco después de las seis, ella y Charles salieron del hospital. Maxine volvería al cabo de unas horas. Los próximos días serían difíciles, pero lo peor había pasado. Le habían hecho una transfusión de sangre a Eloise y le habían operado el corazón. Sus padres estaban junto a ella, aliviados, al igual que Maxine. Su optimismo todavía era moderado, pero le daba la sensación de que esta batalla la ganarían y que habían arrancado una victoria de las fauces de la muerte.

—No sé cómo decirte lo impresionado que estoy con lo que has hecho —dijo Charles cariñosamente.

Durante el trayecto de vuelta a casa la rodeó con un brazo y ella apoyó la cabeza contra él. Maxine todavía estaba sobreexcitada por el trabajo de la noche, pero también muy cansada. Ambos sabían que tardaría horas en reducir ese estado de excitación y para entonces ya debería estar de vuelta en el hospital, probablemente sin haber dormido nada. Pero estaba acostumbrada.

—Gracias —dijo, sonriéndole—. Gracias por quedarte conmigo. Ha sido agradable saber que estabas ahí. Normalmente estoy sola en noches como esta. Espero que esta vez ganemos. Me da la sensación de que sí.

—A mí también. Tu cardiólogo es excepcional. —Charles pensaba que ella también lo era.

El taxi se detuvo frente a la casa de Maxine; de repente, al bajar, ella se dio cuenta de cómo le dolía todo. Sentía las piernas de cemento y los tacones altos la estaban matando. Todavía llevaba la bata de laboratorio blanca sobre el vestido de noche y el abrigo negro doblado sobre el brazo. Aquella noche Charles se había puesto un traje negro clásico, una camisa blanca y una corbata azul marino. A Maxine le gustaba cómo vestía. Y todavía estaba casi impecable a pesar de la noche en blanco.

—Me siento como si me hubieran arrastrado por toda la ciudad —dijo.

Él se rió.

—No lo parece. Esta noche has estado absolutamente fantástica.

—Gracias, el mérito es del equipo. No es un trabajo de una sola persona. Y también depende de la suerte. Es imposible saber cómo acabará. Haces lo que puedes, y rezas porque salga bien. Es lo que hago yo.

Charles la miró con los ojos llenos de admiración y respeto. Eran las seis y media de la mañana, y de repente deseó entrar y acostarse con ella. Le habría gustado dormir abrazándola, después de la noche que habían pasado juntos. En cambio, se inclinó, de pie en la acera, y le rozó los labios con los suyos. Ninguno de los dos había pensado en cuándo se besarían, pero aquella noche había cambiado muchas cosas para ambos. En cierto modo, habían creado un vínculo. Volvió a besarla, esta vez con más intensidad, y ella le devolvió el beso y dejó que la rodeara con sus brazos y la atrajera hacia él.

—Te llamaré —susurró él.

Maxine asintió y entró en su casa.

Se sentó en la cocina un buen rato, pensando en todo lo ocurrido: en su paciente, en la larga noche y en el beso de Charles. Era difícil decir cuál de las tres cosas la había perturbado más. El intento de suicidio de su paciente sin duda, pero cuando Charles la besó se sintió como si un rayo la hubiera atravesado. También había sido agradable. Le había gustado que estuviera a su lado. En muchos sentidos, Charles parecía ser lo que ella había querido siempre. Pero ahora que lo tenía, le daba miedo lo que representaba y lo que haría ella. No estaba segura de que en su vida hubiera espacio para él y los niños. Eso la preocupaba.

Eran casi las nueve de la mañana cuando por fin se metió en la cama. Sus hijos todavía dormían, así que tenía la esperanza de poder dormir un poco antes de tener que ocuparse de ellos. Cuando por fin se levantó sobre las once, después de dos horas de sueño, no estaba preparada para el ataque de Daphne. Estaba tomando una taza de café en la cocina y Daphne la miraba furiosa. Maxine no tenía ni idea del motivo, pero estaba segura de que lo averiguaría pronto.

—¿Dónde estuviste anoche? —preguntó Daphne. Estaba pálida.

—En el hospital. ¿Por qué? —Maxine se quedó estupefacta. ¿A qué venía eso?

—¡No es verdad! ¡Estuviste con él!

Lo dijo como un amante celoso. No había furia como la de un hijo frente al nuevo novio de uno de los padres, aunque solo fuera la mera sospecha de su existencia.

—Fui a cenar con «él», como le llamas tú —contestó su madre con calma—. Cuando volvíamos recibí una llamada, una de mis pacientes me necesitaba y tuve que ir al hospital. Creo que logramos salvarla, si no se tuerce nada durante el día de hoy. —A menudo informaba a sus hijos de las urgencias que le habían ocupado la noche—. ¿Se puede saber qué pasa?

—No te creo. Creo que estuviste en su piso toda la noche, durmiendo con él.

Escupió las palabras contra su madre, rabiosa, mientras Maxine la miraba atónita. Estaba totalmente injustificado, pero aquello le hizo entrever la resistencia contra Charles que podía encontrar por parte de sus hijos. O al menos por parte de Daphne.

—Eso puede pasar algún día, con él o con otro. Y si algo llega a ser tan serio en mi vida, ya hablaremos. Pero te aseguro, Daphne, que anoche estuve trabajando. Y me parece que te estás pasando de la raya.

Se volvió hacia ella, también estaba enfadada, y Daphne pareció ablandarse un instante, pero volvió a hablar.

—¿Por qué debería creerte? —preguntó mientras Sam entraba en la cocina y miraba a su hermana con preocupación.

Le dio la sensación de que estaba siendo mala con su madre, y no se equivocaba.

—Porque no te he mentido nunca —dijo Maxine severamente— y no tengo intención de empezar ahora. No me hacen ninguna gracia tus acusaciones. Son groseras, falsas e innecesarias. Así que cállate y compórtate.

Maxine salió de la cocina sin decir una palabra más a ninguno de sus dos hijos.

—¿Ves lo que has conseguido? —protestó Sam—. Has hecho enfadar a mamá. Seguro que está cansada después de pasarse levantada toda la noche, y ahora estará de mal humor todo el día. ¡Muchas gracias!

—¡No te enteras de nada! —exclamó Daphne y salió echando pestes de la cocina.

Sam meneó la cabeza y se preparó unos cereales. El día no empezaba bien, eso estaba claro.

Maxine volvió al hospital a mediodía, donde se alegró de ver que Eloise evolucionaba bien. Había recuperado la consciencia, así que Max pudo hablar con ella, a pesar de que la chica no quiso decirle por qué había intentado quitarse la vida. La doctora recomendó una hospitalización larga para ella, y sus padres estuvieron de acuerdo. No querían arriesgarse a que la situación se repitiera, costara lo que costase.

A las dos, Maxine estaba otra vez con sus hijos. Daphne había salido con unas amigas, supuestamente a hacer compras de Navidad, pero su madre estaba segura de que solo intentaba evitarla, lo que en parte le convenía. Todavía estaba enfadada por las acusaciones de Daphne de la mañana. Como siempre, Sam estuvo encantador e intentó compensarla. Fueron juntos a ver el partido de fútbol de Jack. El equipo de Jack ganó y lo pasaron en grande. Al volver al piso a las cinco, estaban de excelente humor. Daphne ya había vuelto a casa y estaba muy dócil.

Cuando Charles la llamó a las seis, le dijo que acababa de levantarse; se quedó admirado al saber que ella llevaba todo el día arriba y abajo.

—Estoy acostumbrada —comentó Maxine riendo—. No hay reposo para los valientes. Al menos cuando tienen hijos.

—No sé cómo te las arreglas. Yo me siento como si me hubiera atropellado un autobús. Soy un blandengue. ¿Cómo está tu paciente? —Hablaba en un tono adormilado y sexy.

—Increíblemente bien. Es la ventaja de la juventud. En

general tenemos muchas posibilidades de salvarlos, aunque no siempre.

—Me alegro de que vaya a ponerse bien. —Ahora él tenía un interés personal en su recuperación—. ¿Qué haces esta noche?

—Vamos al cine a las ocho, y antes seguramente iremos a tomar una pizza o a un chino. —Entonces tuvo una idea. Supuso que Charles estaría demasiado cansado para ir con ellos, y ella tampoco estaba demasiado animada, pero los domingos siempre tenían cena familiar, una comida un poco más festiva que el resto de la semana—. ¿Qué te parece cenar con nosotros mañana?

—¿Contigo y con los niños? —Parecía dubitativo, y menos entusiasmado de lo que ella esperaba.

Para él era una idea nueva.

—Sí, de eso se trata. Podemos pedir comida china, o lo que a ti te guste.

—Me encanta la comida china. Pero no querría entrometerme en una cena familiar.

—Creo que podremos soportarlo. ¿Podrás tú?

Maxine sonreía al decirlo y él no encontró una buena excusa para negarse.

—De acuerdo —dijo, en un tono como si hubiera aceptado hacer puenting en el Empire State Building.

En cierto modo, así se sentía él. Maxine le agradeció que estuviera dispuesto a realizar ese esfuerzo. Era evidente que estaba muerto de miedo.

—Entoces, quedamos mañana a las seis —concluyó, mientras Daphne, que acababa de entrar, la miraba furiosa.

—¿Acabas de invitarlo a cenar? —preguntó Daphne cuando su madre colgó.

—Sí.

No tenía ninguna intención de pedir permiso. Sus hijos invitaban a sus amigos continuamente, y Maxine los recibía con los brazos abiertos. Ella también tenía derecho a traer amigos, aunque ejerciera poco ese privilegio.

—En ese caso mañana no cenaré con vosotros —gruñó Daphne.

—Sí, comerás con nosotros —dijo Maxine con tranquilidad y le recordó que sus amigos eran bien recibidos en casa—. No sé por qué organizas tanto jaleo con esto, Daphne. Es un hombre muy simpático. No pienso escaparme con él. Y tú ya estás acostumbrada a las novias de tu padre.

—¿Es tu novio? —Daphne parecía horrorizada.

Maxine meneó la cabeza.

—No, no es mi novio, pero tampoco tendría nada de chocante si ocurriera algún día. Es más raro que no haya salido con nadie en tantos años. No hace falta que te lo tomes tan en serio. —Pero quizá era normal. Era evidente que su hija se sentía amenazada por Charles y por la idea de que su madre tuviera a un hombre cerca. A Jack tampoco le hacía ninguna gracia—. No va a pasar nada, Daff. Pero, por Dios, anímate. No hagas una montaña de esto. Viene un amigo a cenar. Si algún día es algo más que eso, os lo diré. Por el momento, solo es una cena. ¿Entendido?

Al decirlo se acordó del beso de aquella mañana. Daphne no se equivocaba tanto. Era más que una cena. La chica no dijo nada; se limitó a salir de la habitación de su madre en silencio.

Cuando Charles apareció al día siguiente, Daphne estaba en su habitación, y Maxine tuvo que persuadirla, suplicarle y amenazarla para que saliera a cenar. Fue a la cocina, pero dejó claro con su lenguaje corporal y su actitud que estaba allí contra su voluntad. Ignoró a Charles por completo y miró a su madre enfurruñada. Cuando llegó la comida china a las siete, Daphne se negó a comer. Sam y Jack no se hicieron de rogar. Charles felicitó a Jack por el partido ganado el día anterior y le pidió detalles.

Después de esto, Sam y Charles entablaron una conversación. Daphne miraba a sus dos hermanos como si fueran traidores, y a los veinte minutos se encerró en su habitación. Charles se lo comentó a Maxine mientras ella recogía la cocina, y guardaba las sobras. La cena había sido agradable y Charles había salido airoso. Era evidente que hablar con los niños le exigía un esfuerzo, pero lo intentaba. Para él, todo aquello era nuevo.

—Daphne me odia —dijo él, con expresión preocupada, comiendo otra galleta de la fortuna que había quedado sobre la mesa.

—No te odia. Es solo que no te conoce. Está asustada. Nunca había salido con nadie y no había traído a ningún hombre a cenar. Le da miedo lo que esto puede representar.

—¿Te lo ha dicho?

Parecía intrigado y Maxine se echó a reír.

—No, pero soy madre y psiquiatra de adolescentes. Se siente amenazada.

—¿He dicho algo que la haya angustiado? —preguntó Charles con inquietud.

—No, lo has hecho muy bien. —Maxine le sonrió—. Simplemente ha decidido enrocarse. Personalmente no soporto a las adolescentes —admitió Maxine con total tranquilidad. Esta vez él rió, pensando en lo que hacía ella para ganarse la vida—. De hecho, las de quince son las peores. Pero empieza a los trece. Con las hormonas y todo eso. Deberían encerrarlas hasta los dieciséis o diecisiete.

—Muy bonito para una mujer que dedica la vida a ocuparse de ellas.

—Precisamente por eso sé de lo que hablo. A esa edad todas torturan a sus madres. Sus padres son los héroes.

—Me he dado cuenta —dijo Charles, abatido. Daphne se había jactado del suyo el primer día que se habían visto—. ¿Lo he hecho mejor con los chicos?

—Fenomenal —repitió ella, y le miró a los ojos sonriendo cariñosamente—. Gracias por hacer todo esto. Sé que no es lo tuyo.

—No, pero tú sí lo eres —dijo él amablemente—. Lo hago por ti.

—Lo sé —repuso ella en voz baja y, antes de que fueran conscientes de ello, se estaban besando en la cocina.

De repente entró Sam.

—¡Eh! —exclamó en cuanto los vio. Ellos se separaron de golpe, sintiéndose culpables. Maxine abrió la nevera e intentó parecer ocupada—. Daff te matará si te ve besándolo —advirtió el niño a su madre, y ella y Charles se echaron a reír.

—No volverá a suceder. Lo prometo. Lo siento, Sam —dijo Maxine.

Sam se encogió de hombros, cogió dos galletas y salió de la cocina.

—Qué simpático es —comentó Charles cariñosamente.

—Para ellos es bueno que vengas, y para Daphne también —dijo Maxine—. Es mucho más realista que tenerme para ellos en exclusiva.

—No sabía que estaba aquí en misión educativa —se quejó Charles con un gemido, y ella se rió otra vez.

Se sentaron en el salón y hablaron un rato. Charles se marchó sobre las diez. A pesar de la hostilidad de Daphne durante la cena, había sido una velada agradable. Charles se sentía como si hubiera bajado por las cataratas del Niágara metido en un tonel, y Maxine parecía contenta cuando entró en su habitación y encontró a Sam en la cama, medio dormido.

—¿Te casarás con él, mami? —susurró, incapaz de mantener los ojos abiertos.

—No, no me casaré. Es un amigo.

—Entonces, ¿por qué lo has besado?

—Porque me gusta. Pero eso no significa que vaya a casarme con él.

—¿Como papá y las chicas que salen con él?

—Sí, algo así. No es para tanto.

—Él también lo dice siempre.

Sam, aliviado, se durmió enseguida. La entrada en escena

de Charles sin duda los había alterado un poco a todos, pero ella seguía pensando que era para bien. Para Maxine era divertido tener un hombre con quien salir. No era un delito, ¿no? Los niños tendrían que acostumbrarse. Al fin y al cabo, Blake salía con chicas. ¿Por qué no podía hacerlo ella?

11

Los días que pasó Blake en Londres con Arabella antes de Navidad fueron mágicos. Nunca en toda su vida había sido tan feliz ni había estado tan cautivado por alguien. Ella incluso le había hecho un pequeño retrato, desnudo. Adoraba todos los momentos que había pasado con ella. La llevó a Saint Moritz a pasar el fin de semana y esquiaron juntos. Fueron a París tres días a hacer compras de Navidad y se hospedaron en el Ritz. Incluso viajaron a Venecia y se instalaron en el palazzo que Blake tenía allí. Fueron los momentos más románticos que él había compartido con una mujer. Y por supuesto, la invitó a ir a Aspen en Navidad a pasar las vacaciones con él y sus hijos. Celebrarían juntos la víspera de Navidad en Londres. Ella quería que conociera a su familia, aunque él deseaba estar con ella a solas y aprovechar cada momento. No solía gustarle conocer a las familias de sus novias. Cuando lo hacía, ellas empezaban a albergar ciertas esperanzas y todo se torcía. En el caso de Arabella, la quería para él solo, y ella estaba más que dispuesta. Poco después de conocerse, ella se había instalado en la casa de Blake en Londres. Y ya habían salido fotografiados varias veces juntos en la prensa del corazón.

Daphne los había visto en la revista *People* y se lo había enseñado a su madre con expresión de desaprobación.

—Parece que papá se ha enamorado otra vez.

—Déjale en paz, Daff. Ya sabes que nunca va en serio. Solo se divierte.

Últimamente, Daphne se mostraba intransigente con sus padres, tanto con Blake como con Maxine.

—Dijo que esta vez vendría solo en las vacaciones. —Esto era lo que Daphne quería realmente: estar a solas con él, ser la única mujer de su vida. Conociendo a Blake, Maxine sabía que era muy difícil que esto sucediera; además, le parecía que aquella nueva mujer era muy hermosa. Ella se sentía feliz con Charles, y lo que hiciera Blake no la afectaba. Nunca la había afectado—. Espero que no se presente con ella —insistió Daphne, y Maxine dijo que probablemente lo haría.

Era mejor que su hija estuviera avisada y fuera haciéndose a la idea.

Arabella ya había aceptado la invitación de Blake para ir a Aspen. No había estado nunca, y le encantaba la idea de pasar las vacaciones con los adorables hijos de su novio. Había visto fotografías y Blake le había hablado mucho de ellos. Le acompañó a comprar regalos para Daphne, y juntos eligieron un brazalete de diamantes que Arabella aseguró que sería perfecto para ella. Dijo que era digno de una princesa. Blake volvió a la tienda y compró un regalo que era digno de una vizcondesa, un brazalete de zafiros espectacular. Cuando se lo regaló, Arabella se emocionó. Celebraron juntos la Nochebuena y al día siguiente volaron a Nueva York en el avión de Blake. Llegaron al piso de Nueva York la tarde del día de Navidad, y Blake llamó a Maxine enseguida. Ella y los niños acababan de regresar de celebrar la Navidad en casa de los abuelos, y los chicos estaban a punto para salir al día siguiente. Maxine llevaba dos días preparando las maletas.

—Sé que has estado ocupado —comentó tomándole el pelo—. Daffy y yo te hemos visto en *People*.

No le dijo que Daphne no estaba contenta.

—Espera a conocerla. Es fantástica.

—No puedo esperar... —dijo Maxine riendo.

Normalmente, las mujeres no le duraban lo suficiente a Blake para que ella llegara a conocerlas. Y con esta solo llevaba unas pocas semanas. Conocía a Blake, y no le creyó cuando él dijo que con esta era distinto. Siempre decía lo mismo. No se lo podía imaginar yendo en serio con nadie. Aunque esta mujer superara la media de edad habitual, solo tenía veintinueve años. Para Maxine era una niña. Entonces le dio su noticia.

—Estoy saliendo con alguien.

—Vaya, qué novedad. ¿Quién es el afortunado?

—Un médico internista. Le conocí a través de un paciente.

—Parece perfecto. ¿Es simpático?

—Para mí, sí.

No se puso poética, lo cual era muy propio de ella. Maxine era muy reservada.

—¿Qué les parece a los chicos? —Blake sentía curiosidad.

—Ah... —Maxine suspiró—. Esa es otra historia. Daphne le odia apasionadamente, Jack no está contento y a Sam creo que le da igual.

—¿Por qué le odia Daphne?

—Porque es un hombre. Los chicos creen que yo debería tener suficiente con ellos, y tienen razón. Pero está bien para variar. Es agradable hablar con una persona adulta entre tantos pacientes y actividades para los niños.

—A mí me parece estupendo.

Maxine creyó que debía advertirlo sobre la actitud de su hija.

—También está en pie de guerra contigo.

—¿Ah, sí? —Parecía sorprendido—. ¿Y eso por qué?

Era tan ingenuo que no podía imaginarlo.

—Por tu nueva novia. Últimamente está en plan posesivo con los dos. Dice que les prometiste ir solo con ellos a Aspen. ¿Lo prometiste?

Blake dudó.

—Pues... no... la verdad es que no. Y he invitado a Arabella a que venga con nosotros.

—Me lo imaginaba. Le dije a Daffy que probablemente iría. Prepárate para una pequeña tormenta. Que no te pille desprevenido.

—Bien. Hablaré con Arabella. Se muere de ganas de conocerlos.

—Los chicos se portarán bien. Están acostumbrados a tus mujeres. Solo dile que no se tome demasiado a pecho la actitud de Daphne. Tiene trece años y es una edad difícil.

—Ya veo —dijo Blake, pero estaba convencido de que Arabella podía ganarse a cualquiera, Daphne incluida. No le parecía nada serio—. Los recogeré mañana a las ocho y media.

—Estarán preparados —prometió ella—. Espero que todo vaya bien.

Daphne no había cedido con Charles todavía, pero solo lo había visto brevemente y él se había mantenido alejado durante las vacaciones. No le gustaba la Navidad y no tenía familia propia, así que se había ido a su casa de Vermont. Maxine se reuniría allí con él en cuanto dejara a los niños con Blake. Iría en coche al día siguiente y estaba un poco nerviosa. Sería como una luna de miel para ellos. Hacía mucho tiempo que Maxine no se acostaba con nadie, pero llevaban saliendo seis semanas y no podía seguir retrasándolo. Acostarse con él le parecía un gran paso.

Blake recogió a los chicos por la mañana tal como había prometido, y Maxine no bajó a saludarlo. Dijo a los niños que le dieran recuerdos. No le parecía justo entrometerse entre él y Arabella. Sam se pegó a su madre un momento, y ella le dijo que podía llamarla al móvil en cualquier momento; luego recordó a los dos mayores que lo vigilaran y le permitieran dormir con ellos por la noche. Daphne estaba de mal humor desde que su madre le dijo que Blake llevaría a Arabella. «Lo había prometido...», gimió, hecha un mar de lágrimas, la noche anterior, mientras Maxine le aseguraba que eso no significaba que no la quisiera o que no deseara estar con ella. Le gustaba tener a alguna mujer cerca, eso era todo. Ambas sabían que, fuera quien fuese Arabella, no duraría mucho. Sus mujeres nunca duraban. ¿Por qué debería ser ella la excepción a la regla? Daphne abrazó a su madre y corrió al ascensor donde esperaban Jack y Sam.

Una calma sepulcral invadió el piso después de su partida. Maxine y Zelda recogieron la casa y la niñera cambió las sábanas antes de marcharse a una matinal de teatro. A continuación, Maxine llamó a Charles a Vermont. Estaba ansioso por verla. Ella también deseaba verle pero los planes que habían hecho la ponían nerviosa. Se sentía de nuevo virgen ante la perspectiva de acostarse con él. Charles ya se había disculpado por su «cabaña en las montañas», como la llamaba él, consciente del lujo que había vivido con Blake. Sabía que su casa en Vermont era espartana y muy sencilla. Estaba cerca de una estación de esquí, y él estaba deseando esquiar con ella, pero le dejó claro que no se parecía en nada a Saint Moritz o a Aspen, o a ninguno de los lugares que ella conocía tan bien.

—No te preocupes tanto, Charles —le tranquilizó Maxine—. Si eso fuera importante para mí, seguiría casada con Blake. Recuerda que le dejé. Solo quiero estar contigo. No me importa lo sencilla que sea la cabaña. Voy por ti, no por la casa. —Y lo decía en serio.

Charles se sentía muy aliviado de poder estar con ella a solas para variar. A él seguía causándole ansiedad estar con los niños. Había comprado cedés para todos en Navidad, de grupos musicales que había propuesto su madre, y algunos DVD para Sam. No tenía ni idea de qué les gustaba, y elegir regalos para ellos le había puesto nervioso. Había comprado un pañuelo clásico de Chanel para Maxine, que le había parecido bonito, y que a ella le había encantado. Se lo había dado la última vez que habían cenado antes de que él se marchara a Vermont, cuando aún faltaban cuatro días para Navidad.

Prefería irse de la ciudad antes de que la gente se dedicara de lleno a celebrar las fiestas. No eran para él, aunque a Maxine le pareciera una lástima. Pero para ella resultaba más fácil así, por los niños. Daphne se lo habría tomado muy mal si Charles hubiera participado en su Navidad y hubiera querido estar con ellos, así que finalmente todo salió bien.

Maxine le había regalado una corbata de Hermès y un pañuelo de bolsillo a juego. Él se los puso para salir a cenar aquella noche. Era una relación cómoda para ambos, no demasiado seria, con mucho espacio para que los dos siguieran dedicándose a sus carreras y a sus vidas. Maxine no sabía hasta qué punto cambiaría su vida si se acostaba con él. No podía imaginárselo quedándose a dormir en la casa, con los niños, pero Charles ya le había asegurado que no lo haría. Le daba demasiado miedo que Daphne lo matara mientras dormía. Además, no le parecía adecuado dormir con ella con los chicos en la casa. Maxine estaba de acuerdo.

Salió de la ciudad a mediodía con la intención de no volver hasta el uno de enero. Esperaba llegar a Vermont a las seis de la tarde. Charles la llamó dos veces por el camino, para asegurarse de que estaba bien. Al norte de Boston estaba nevando, pero las carreteras se mantenían despejadas. Se encontraba en New Hampshire, donde la nevada era aún más copiosa, cuando tuvo noticias de los niños. Daphne la llamó en cuanto aterrizaron en Aspen, y parecía desquiciada.

—¡La odio, mamá! —susurró. Maxine escuchó y puso cara de exasperación—. ¡Es horrible!

—¿Horrible en qué?

Maxine intentó mantenerse objetiva, aunque debía admitir que algunas de las mujeres de Blake eran bastante especiales. En los últimos cinco años, Maxine había aprendido a tomárselo con filosofía. De todos modos, nunca duraban, así que no merecía la pena enfadarse, a menos que hicieran algo peligroso para sus hijos. Aun así, ya eran demasiado mayores, no eran unos bebés.

—¡Tiene los brazos tatuados!

Maxine sonrió solo de pensarlo.

—La última, además de los brazos, tenía tatuadas las piernas, y no te molestaba. ¿Es simpática?

Quizá estaba siendo desagradable con los niños. Maxine esperaba que no, pero no creía que Blake dejara que eso pasara. Adoraba a sus hijos, por mucho que le gustaran las mujeres.

—No lo sé. No hablaré con ella —dijo Daphne orgullosamente.

—No seas grosera, Daff. No me gusta, y lo único que conseguirás es que tu padre se enfade. ¿Se porta bien con los chicos?

—Le ha hecho un montón de retratos estúpidos a Sam. Es pintora o yo qué sé. Y lleva una cosa ridícula entre los ojos.

—¿Qué cosa?

—Como las mujeres indias. ¡Es una pretenciosa!

Maxine se la imaginó con una flecha pegada en la frente con una ventosa.

—¿Te refieres a un bindi? Vamos, Daff, no seas mala con ella. Es un poco rara, de acuerdo. Pero dale una oportunidad.

—La odio.

Maxine sabía que Daphne también odiaba a Charles.

Últimamente odiaba a mucha gente; a los padres de Maxine también. Eran cosas de la edad.

—Probablemente no volverás a verla después de estas vacaciones, así que no malgastes energías. Ya sabes lo que ocurre siempre.

—Esta es diferente —dijo Daphne, y parecía deprimida—. Creo que papá está enamorado de ella.

—Lo dudo mucho. Tu padre solo hace unas semanas que la conoce.

—Ya sabes cómo es. Se pone como loco con todas al principio.

—Sí, y después todo se convierte en humo y se olvida de ellas. Tú tranquila.

Pero, después de colgar, se preguntó si Daphne tendría razón y esta sería la excepción. Todo era posible. No se imaginaba a Blake casándose de nuevo y viviendo con la misma mujer mucho tiempo, pero nunca se sabía. Tal vez algún día lo haría. Maxine se preguntó cómo se sentiría cuando eso ocurriera. Tal vez no muy bien. Al igual que sus hijos, le gustaba la situación tal como estaba. Los cambios nunca eran fáciles, pero tal vez algún día tendría que afrontarlos. En la vida de Blake, y en la suya. Charles era eso. Un cambio. Ella también estaba asustada.

El viaje fue más largo de lo que esperaba por culpa de la nieve, así que llegó a casa de Charles a las ocho. Era una casita pulcra de Nueva Inglaterra con el tejado a dos aguas y una verja rústica alrededor. Parecía sacada de una postal. Charles salió a recibirla en cuanto oyó el coche, y le cogió las maletas. Tenía un porche delantero con un columpio y dos mecedoras; dentro había un gran dormitorio, un salón con chimenea y una alfombra a sus pies, y una cocina rústica y acogedora. La decepcionó ver que no había sitio para sus hijos, si llegaban a ese punto. Ni siquiera una habitación de invitados donde pudieran dormir los tres en una cama. Era una casa pensada para un soltero, o una pareja, a lo sumo, y nada más, porque así era como vivía él. Y así era como le gustaba. Lo había dejado claro.

La casa era acogedora y estaba caldeada cuando ella entró. Dejaron las maletas en el dormitorio y Charles le mostró el armario donde podía colgar sus cosas. Era una sensación curiosa estar a solas con él. Le abrumaba un poco que hubiera solo una habitación, porque todavía no se había acostado con él. Pero era demasiado tarde, ya estaba allí. De repente le pareció muy valiente haber llegado tan lejos y se sentía tímida mientras él le mostraba dónde estaba todo. Toallas, sábanas, lavadora, baño... solo uno. Todo en la cocina estaba inmaculado y pulcro. Tenía pollo frío y sopa para ella, pero después de tantas horas conduciendo estaba demasiado cansada para comer. Se sentía a gusto sentada junto al fuego con él y tomando una taza de té.

—¿Los niños han llegado bien? —preguntó educadamente.

—Están estupendamente. Daphne me ha llamado en cuanto han llegado a Aspen. Está un poco molesta porque su padre ha llevado a su novia. Le había prometido que esta vez no lo haría, pero acaba de conocer a una mujer, así que la ha llevado. Al principio siempre se entusiasma mucho.

—Parece un tipo muy ocupado —dijo Charles, en tono desaprobador.

Cuando se mencionaba a Blake, siempre se sentía incómodo.

—Los niños se adaptarán. Siempre lo hacen.

—No estoy seguro de que Daphne se adapte a mí.

Todavía estaba preocupado por ello, y no estaba acostumbrado a la furia descontrolada de las adolescentes. Maxine parecía mucho menos impresionada.

—Se adaptará. Solo necesita más tiempo.

Se sentaron y charlaron junto al fuego un buen rato. El paisaje era de una belleza impactante, así que salieron al porche y contemplaron la nevada reciente que lo cubría todo a su alrededor. Charles la abrazó y la besó en la magia del momento. Justo entonces, sonó el móvil de Maxine. Era Sam, que llamaba para darle las buenas noches. Maxine le mandó un beso, se despidió y se volvió hacia Charles, que parecía desconcertado.

—Ni siquiera aquí te dejan en paz —comentó secamente—. ¿Nunca tienes tiempo libre?

—No lo quiero —dijo ella con calma—. Son mis hijos. Son todo lo que tengo. Son mi vida.

Era precisamente lo que a él le daba miedo, y el motivo de que los niños lo asustaran tanto. No se imaginaba cómo podía apartarlos de ella.

—Necesitas algo más en tu vida que ellos —dijo.

Parecía que se presentara voluntario, y Maxine se conmovió. La besó de nuevo y esta vez no llamó nadie, ni hubo interrupciones. Ella le siguió dentro y entraron en el baño por turno preparándose para acostarse. Maxine se reía mientras se metía en la cama, porque era un poco incómodo y también gracioso. Se había puesto un camisón largo de cachemir con una bata a juego y calcetines. No era precisamente romántico, pero no se podía imaginar llevando otra cosa. Él llevaba un pijama de rayas. Por un momento, Maxine se vio como sus padres, en aquella gran cama, el uno al lado del otro.

—Esto es un poco raro —reconoció en un cuchicheo.

Él la besó y ya no hubo nada raro. Las manos de él se deslizaron bajo el camisón y poco a poco le quitaron la ropa entre las sábanas y la tiraron al suelo.

Hacía tanto tiempo que Maxine no se acostaba con nadie que temía sentirse asustada y fuera de lugar. En cambio, él se comportaba como un amante cariñoso y considerado, y todo parecía lo más natural del mundo. Después se abrazaron con fuerza y él le dijo que era maravillosa y que la quería. A ella la impactó oír aquellas palabras. Se preguntó si se había sentido obligado a decirlas porque se habían acostado, pero él le aseguró que se había enamorado de ella desde el día que se conocieron. Ella le dijo con toda la delicadeza que pudo que necesitaba más tiempo para saber si sentía lo mismo. Le gustaban muchas cosas de él, y esperaba sentir algo más a medida que lo fuera conociendo. Se sentía a salvo con él, lo que era importante para ella. Cuchicheó en la oscuridad que confiaba en él. Él le hizo el amor otra vez. Después, feliz, cómoda, relajada y totalmente en paz, Maxine se durmió entre sus brazos.

12

A la mañana siguiente, Maxine y Charles se abrigaron bien y fueron a pasear por la nieve. Él le preparó el desayuno: panqueques con jarabe de arce de Vermont, con tiras crujientes de beicon. Maxine le miró con ternura y él la besó por encima de la mesa. Era lo que Charles soñaba desde que se conocieron. En la vida de Maxine era difícil incluir momentos como ese. Sus hijos ya la habían llamado dos veces antes de desayunar. Daphne había declarado la guerra abiertamente al nuevo amor de su padre. Charles escuchó la conversación telefónica con el ceño fruncido. Maxine se quedó de piedra con lo que Charles le dijo al colgar.

—Sé que te parecerá una locura, Maxine, pero ¿no son demasiado mayores para vivir en casa?

—¿Estás pensando que deberían alistarse en los marines o presentar una solicitud para la universidad? Caramba, Jack y Daphne solo tienen doce y trece años.

—A su edad yo estaba en un internado. Fue la mejor experiencia de mi vida. Me encantaba y me preparó para el futuro.

Solo de oírlo, Maxine se quedó horrorizada.

—Jamás —dijo con firmeza—. Jamás les haría algo así a mis hijos. Prácticamente, ya han perdido a Blake. Yo no los abandonaré también. ¿Para qué? ¿Para tener más vida social?

¿A quién le importa? Es en estos años cuando los hijos necesitan más a sus padres, deben aprender sus valores, bombardearlos con sus problemas y aprender cómo afrontar cuestiones como el sexo y las drogas. No quiero que un profesor de internado enseñe estas cosas a mis hijos. Quiero que las aprendan de mí. —Estaba estupefacta.

—Pero ¿y tú qué? ¿Estás dispuesta a aparcar tu vida hasta que vayan a la universidad? Esto es lo que sucederá si los tienes siempre cerca.

—Es a lo que me comprometí cuando los tuve —dijo ella suavemente—. Para eso están los padres. Veo cada día en mi consulta la consecuencia de que los padres no estén suficientemente atentos a sus hijos. Incluso cuando lo están, las cosas pueden torcerse. Si te rindes y los metes en un internado a esta edad, estás jugando con fuego.

—Yo salí bien —dijo él a la defensiva.

—Sí, pero decidiste no tener hijos —dijo ella sin tapujos—. Esto también indica algo. Quizá sí echabas algo de menos en tu infancia. Fíjate en los ingleses, ellos mandan a sus hijos a un internado a los seis o a los ocho años, y muchos de ellos se echan a perder por esto; al menos, así lo reconocen cuando son mayores. A esta edad no puedes alejar a un niño de sus padres y esperar que no haya consecuencias. Más adelante, esas personas tienen problemas de apego. Tampoco me fiaría de dejar a unos adolescentes solos en una escuela. Quiero estar cerca para ver qué hacen, y que compartan mis valores.

—A mí me parece un sacrificio enorme —dijo Charles severamente.

—No lo es —contestó Maxine, preguntándose si lo conocía realmente.

Sin duda a Charles le faltaba algo cuando se trataba de niños, y era una pena, en opinión de Maxine. Tal vez era esa pieza la que hacía que ahora ella dudara de él. Quería amarlo, pero necesitaba saber que él también podía querer a sus hijos, y sin duda no presionarla para que los mandara a un internado. Solo de pensarlo, se estremeció. Él se dio cuenta y recogió velas. No quería que se enfadara, por mucho que le pareciera una idea interesante y deseara que ella la aceptara. Pero no lo haría; había quedado claro.

Aquella tarde fueron a esquiar a Sugarbush, y deslizarse por las pistas con él fue fácil y divertido. Maxine nunca había esquiado tan bien como Blake, pero era buena; además ella y Charles tenían el mismo nivel así que coincidían en las mismas pistas. Después ambos se quedaron relajados y felices, y ella olvidó la pequeña discusión de la mañana por el internado. Tenía derecho a defender sus puntos de vista, siempre que no pretendiera imponerlos. Aquella noche, Maxine no supo nada de sus hijos y Charles se sintió aliviado. Era agradable estar con ella sin que los interrumpieran. La llevó a cenar fuera y, cuando volvieron, hicieron el amor frente al fuego. Maxine estaba atónita por lo cómoda y tranquila que se encontraba con él. Era como si hubieran dormido juntos toda la vida, acurrucados en la cama. Fuera nevaba y Maxine se sentía como si el tiempo se hubiera detenido y estuvieran solos en un mundo mágico.

En casa de Blake, en Aspen, el ambiente era menos pacífico que en Vermont. El estéreo estaba a todo volumen, Jack y Sam jugaban con la Nintendo, las visitas de amigos se sucedían y Daphne estaba decidida a amargarle la vida a Arabella. Hacía comentarios groseros y secos, y observaciones malintencionadas sobre la ropa de Arabella. Cada vez que cocinaba ella, Daphne se negaba a comer. Le preguntó si se había sometido a la prueba del sida antes de hacerse los tatuajes. Arabella no tenía ni idea de cómo tratarla, pero le dijo a Blake que resistiría. Él insistió en que eran buenos chicos.

Quería que los niños estuvieran contentos. Pero Daphne hacía todo lo posible para que nadie lo estuviera, e intentaba poner a los chicos contra Arabella, aunque por el momento no había funcionado. Les parecía simpática, aunque les diera un poco de grima su pelo y sus tatuajes.

Jack prácticamente no hacía caso a Arabella, y Sam era educado con ella. Le preguntó por el bindi, y su padre le contó que Arabella lo llevaba desde que había vivido en la India; luego añadió que le parecía muy bonito. Sam le dio la razón en esto. Daphne se encogió de hombros y le dijo a Arabella que habían visto entrar y salir tantas mujeres en la vida de su padre que ya no se tomaban la molestia de conocerlas. Le aseguró que su padre la dejaría al cabo de pocas semanas. Fue el único comentario que realmente crispó a Arabella. Blake la encontró en el cuarto de baño llorando.

—Cariño... cielo... *Bella*... ¿qué te pasa? —Lloraba como si se le hubiera roto el corazón, y si algo no podía soportar Blake era ver llorar a una mujer, y menos si era la que amaba—. ¿Qué ha pasado?

Arabella quería decirle que la culpable era la bruja de su hija, pero se dominó, por amor a él. Estaba sinceramente enamorada, y él también de ella.

Por fin Arabella repitió el comentario de Daphne que la había hecho llorar.

—Me he asustado y, de repente, he pensado que me dejarías en cuanto volviéramos a Londres.

Miró a Blake con sus ojos enormes y se echó a llorar otra vez mientras él la rodeaba con sus brazos.

—Nadie va a dejar a nadie —la tranquilizó Blake—. Estoy loco por ti. No me iré a ninguna parte y, si puedo evitarlo, tú tampoco. En mucho tiempo. No me gusta reconocerlo, pero mi hija está celosa de ti.

Más tarde habló de ello con Daphne y le preguntó por qué se portaba tan mal con Arabella. No era justo y nunca se lo había hecho a ninguna de sus novias anteriores.

—¿Qué sucede, Daff? He tenido muchas mujeres y, seamos sinceros, algunas eran bastante tontas.

Daphne se echó a reír ante tanta sinceridad. Algunas eran realmente cortas, hermosas pero tontas, y Daphne nunca les había hecho la vida imposible. Ni siquiera se había burlado de ellas.

—Arabella es diferente —dijo Daphne, de mala gana.

—Sí, es más lista y más simpática que cualquiera de las otras, y tiene una edad más cercana a la mía. ¿Cuál es el problema?

Estaba enfadado con ella y se notaba. Le estaba amargando la vida a Arabella sin ningún motivo.

—Precisamente por eso, papá —contestó Daphne—. Es mejor que cualquiera de las otras... por eso la odio...

—Explícamelo. —Blake no entendía absolutamente nada.

Daphne habló en voz baja; de repente, parecía una niña otra vez.

—Me da miedo que no desaparezca.

—¿Por qué? ¿Qué más te da, si no es mala contigo?

—¿Y si te casas con ella?

Daphne parecía ponerse enferma solo de pensarlo. Su padre se quedó atónito.

—¿Casarme con ella? ¿Para qué iba a casarme con ella?

—No lo sé. Es lo que hace la gente.

—Yo no. Ya lo he hecho. Estuve casado con tu madre. Tengo tres hijos maravillosos. No necesito volver a casarme. Arabella y yo solo lo estamos pasando bien. Nada más. No te lo tomes tan en serio... Nosotros no lo hacemos, así que no lo hagas tú tampoco.

—Dice que te quiere, papá. —Daphne lo miraba con sus grandes ojos—. Y te he oído decirle que también la querías. Las personas que se quieren se casan, y yo no deseo que te cases con nadie que no sea mamá.

—Te aseguro que eso no va a pasar —afirmó él, convencido—. Tu madre y yo no queremos estar casados, pero nos apreciamos de todos modos. Y hay suficiente sitio para una mujer en mi vida, con la que no pretendo casarme, y para todos vosotros. No debes preocuparte por eso. Tienes mi palabra, Daff. No volverás a verme casado. Con nadie. ¿Estás mejor?

—Sí. Un poco. —No estaba muy segura—. ¿Y si cambias de opinión?

Tenía que reconocer que Arabella era muy guapa, lista y divertida. En muchos sentidos, parecía perfecta para él y eso era lo que aterrorizaba a Daphne.

—Si cambio de opinión, hablaré contigo primero. Te doy permiso para hacer lo que te parezca oportuno, y para convencerme de lo contrario. ¿Trato hecho? Pero ahora no debes ser mala con Arabella. No es justo. Es nuestra invitada y lo está pasando realmente mal.

—Lo sé —dijo Daphne con una sonrisa victoriosa.

No se había esforzado tanto porque sí.

—Entonces ya está bien. Puedes ser amable con ella. Es una buena chica. Y tú también.

—¿Tengo que hacerlo, papá?

—Sí, tienes que hacerlo —dijo él con firmeza.

Se estaba temiendo que a partir de ahora Daphne hiciera lo mismo con todas sus mujeres. También había hecho algunos comentarios mezquinos sobre Charles. Parecía que quisiera que sus padres permanecieran solos, y eso no era muy realista. Blake estaba contento de que por fin Maxine hubiera conocido a un hombre. Merecía un poco de consuelo y compañía en la vida. No se lo echaba en cara. Pero, evidentemente, Daphne lo hacía, y estaba dispuesta a poner todas las trabas posibles. No le gustaba que su hija se comportara de ese modo. Se había convertido en una bruja de la noche a la mañana, y empezaba a preguntarse si Maxine tendría razón cuando lo atribuía a su edad. No le apetecía nada la perspectiva de tener que soportar esa conducta cada vez que la llevara de vacaciones. Él siempre invitaba a una mujer y no se le pasaba por la cabeza que no pudiera hacerlo.

—Quiero que a partir de ahora hagas un esfuerzo con ella. Por mí —la conminó.

Daphne aceptó sin mucho entusiasmo.

Los resultados de esta conversación no fueron evidentes la primera noche, pero dos días después, la situación había mejorado ligeramente. Daphne respondía cuando Arabella le dirigía la palabra, y dejó de hacer comentarios maliciosos sobre su pelo y sus tatuajes. Algo era algo. Arabella hacía días que no lloraba por culpa de Daphne. El viaje había acabado por ser angustioso para él. Antes, unas vacaciones con sus hijos nunca lo habían sido, y empezó a lamentar haber llevado a Arabella, más por ella que por sus hijos.

Una tarde que estaba esquiando tranquilamente con Arabella tuvo que reconocer que era agradable estar sin los niños un rato. Se pararon varias veces, para recuperar el aliento en las pistas más difíciles, y él aprovechó para besarla. Aquella tarde volvieron a la casa para hacer el amor. Arabella le confesó que se moría de ganas de regresar a Londres, aunque se alegrara de haber conocido a sus hijos. Pero se le estaba haciendo largo y tenía la sensación de que Blake estaba organizando cosas para ellos constantemente. También era evidente que ella y Daphne nunca se harían amigas. Lo máximo que podía esperar era una tregua precaria, que era lo que tenían por ahora. Aunque la mejora en el comportamiento de Daphne era enorme en comparación con los primeros días, Blake no envidiaba a su ex mujer si aquello era lo que tenía que soportar cada vez que se presentaba su novio. No entendía cómo ese hombre podía aguantarlo. Sospechaba que Arabella no habría resistido mucho tiempo, si Daphne no hubiera rectificado.

Por primera vez, fue un alivio devolver sus hijos a Maxine en Nueva York. Ella acababa de llegar de Vermont cuando Blake se los dejó en el piso. Arabella le esperaba en el ático, y por la noche se marchaban a Londres.

Con un grito de alegría, Sam echó los brazos al cuello de su madre en cuanto la vio y casi la tiró al suelo. Jack y Daphne también parecían contentos de estar en casa.

—¿Cómo ha ido? —preguntó Maxine a Blake, en un tono muy relajado.

Veía en sus ojos que había sido cualquier cosa menos perfecto, y que esperaba a que Daphne saliera de la habitación para contestar.

—No tan bien como siempre, la verdad —confesó con una sonrisa triste—. Vigila a Daff, Max, o te quedarás para vestir santos.

Maxine rió divertida. Era la menor de sus preocupaciones; lo había pasado de maravilla con Charles en Vermont. Había vuelto relajada y feliz, y se sentía más cerca de él de lo que se había sentido de nadie en años. En muchos aspectos se parecían; ambos eran médicos meticulosos, pulcros y organizados. Sin nadie más alrededor, era perfecto. El problema sería ver cómo evolucionaba la situación ahora que estaban todos en casa otra vez.

—¿Ha aflojado un poco? —preguntó Maxine, refiriéndose a su hija.

Blake negó con la cabeza.

—La verdad es que no. Dejó de hacer los comentarios mezquinos que hacía al principio, pero se las arreglaba para amargarle la vida a Arabella de formas más sutiles. No entiendo cómo se ha quedado, la pobre.

—Imagino que no tiene hijos. Eso siempre ayuda —dijo Maxine, meneando la cabeza.

—Probablemente se hará una ligadura de trompas después de esto. No me extrañaría. Y me parecería estupendo —dijo con una risotada.

Maxine gruñó, comprensiva.

—Pobrecilla... No sé qué vamos a hacer. En las niñas de trece años es muy habitual este tipo de comportamiento. Y la cosa va a empeorar.

—Llámame cuando acabe la universidad —bromeó Blake, preparándose para marcharse.

Pasó por todas las habitaciones para besar a los niños y

despedirse de ellos, y después se quedó un minuto en la puerta con Maxine.

—Cuídate, Max. Espero que ese tipo sea bueno para ti. Si no lo es, dile que tendrá que vérselas conmigo.

—Dile lo mismo a Arabella —dijo Maxine. Le abrazó, lamentando que Daphne le hubiera estropeado las vacaciones—. ¿Adónde vas ahora?

—A Londres durante algunas semanas, y luego a Marrakech. Quiero ponerme a trabajar en la casa. Bueno, no es una casa, es más bien un palacio. Tienes que ir a verlo algún día.

Maxine no tenía ni idea de cuándo podría ser.

—A finales de enero probablemente estaré en Saint-Barthélemy. Saldré a navegar un poco con el barco.

Maxine conocía la canción. Probablemente, los niños no le verían durante mucho tiempo. Estaban acostumbrados, pero a ella la entristecía un poco. Necesitaban estar con Blake más a menudo.

—Ya te llamaré.

A veces la llamaba y a veces no, pero normalmente ella sabía dónde encontrarle si lo necesitaba.

—Cuídate mucho —dijo, abrazándole en el ascensor.

—Tú también —respondió él, abrazándola con fuerza antes de marcharse.

Maxine siempre tenía una sensación extraña cuando se despedía de él. Le hacía pensar cómo habría sido la vida si hubieran seguido casados. Él habría estado ausente constantemente, tal como hacía ahora. Para ella, no era suficiente tener un marido solo sobre el papel. Lo que necesitaba era lo que por fin había encontrado: un hombre como Charles, que estaría a su lado. Era la personificación de la responsabilidad.

13

Cuando Blake y Arabella llegaron a Londres, ambos tenían mucho que hacer. Él tenía reuniones y dos casas en obras, y ella el encargo de un retrato. Pasaron dos semanas antes de que pudieran salir de la ciudad. Cuando lo hicieron, a Blake le apetecía mucho. En Londres hacía un frío glacial y estaba cansado del invierno. En Aspen y en Nueva York hacía frío, aunque al menos en Aspen podía esquiar. Estaba deseando ir a Marruecos. Arabella no había estado nunca y quería que descubriera el país con él. El día que se marcharon ella estaba tan emocionada como él. Se alojarían en La Mamounia. Blake se llevaba a su arquitecto, que ya tenía los planos de la casa; era fabulosa. El proyecto duraría al menos un año, pero eso no le molestaba en absoluto. Lo mejor de todo era la planificación, y la emoción de ver cómo tomaba forma. Con el sentido artístico de Arabella, sería divertido compartir el proyecto con ella. Charlaron sin parar durante todo el viaje. En cuanto aterrizaron, la belleza del lugar dejó a Arabella sin habla. Llegaron al atardecer, con un brillo suave sobre las montañas del Atlas.

Un coche los esperaba para llevarlos al hotel y Arabella se quedó deslumbrada al contemplar la ciudad. El impresionante minarete de la Koutoubia fue la primera vista de Marrakech que le llamó la atención; luego cruzaron la plaza central de Jemma el Fna, al atardecer. Parecía el decorado de una película. Ni siquiera en sus viajes por la India había visto algo tan exótico. Había encantadores de serpientes, bailarines, acróbatas, vendedores ambulantes que servían bebidas, mulas guiadas por sus dueños, hombres con chilaba por todas partes. Era una escena digna de *Las mil y una noches*. Blake le estaba diciendo que quería llevarla a los zocos, sobre todo al Zoco de Zarbia, de la Medina, en la ciudad amurallada, y a los jardines de la Menara, que según él era el lugar más romántico del mundo. El ambiente era embriagador y Arabella bajó la ventanilla de cristal ahumado para ver mejor. El aroma de las especias, las flores, las personas y los animales se mezclaba creando la impresión de un aura propia. El tráfico era una locura. Había motos y motocicletas esquivando los coches, de forma muy caótica y desorganizada; las bocinas sonaban y las personas gritaban, y los músicos callejeros se añadían a la cacofonía de sonidos. Arabella miró a Blake con una sonrisa amplia y feliz y los ojos brillantes. Era incluso mejor que en la India, porque esta vez estaba con él.

—¡Esto me encanta! —exclamó animadamente.

Él le sonrió satisfecho. Estaba impaciente por mostrarle su palacio. Creía que Marrakech era el lugar más romántico en el que había estado, y Arabella estaba de acuerdo con él. A pesar de sus viajes por la India, esto le gustaba más. Arabella cobraba vida en los lugares exóticos de una forma que Blake no había imaginado.

Atravesaron una calle bordeada de palmeras gigantes antes de llegar al hotel La Mamounia, pintado de color melocotón. Arabella había oído hablar de él muchas veces, y siempre había querido ir. Hacerlo con él era un sueño. Les recibieron unos hombres con trajes marroquíes blancos y cinturones rojos. Arabella advirtió la madera tallada y los dibujos de los mosaicos en la parte exterior del hotel. El director salió a saludarlos. Blake se había alojado allí varias veces desde que había adquirido el antiguo palacio. Esta vez había reservado una de las tres lujosas villas privadas del hotel, que pensaba ocupar hasta que terminara la reforma y la decoración de su casa.

Para que Arabella lo viera, entraron en el vestíbulo principal donde se detuvieron sobre el suelo de mármol blanco bordeado de negro, bajo una enorme araña muy elaborada. Para entrar habían cruzado una puerta de vidrieras de colores, en rojo, amarillo y azul. Miembros del personal con bombachos blancos, chaleco gris y tarbush rojo rodearon a Arabella y Blake y los saludaron. Había cinco restaurantes de lujo y cinco bares para los huéspedes. Baños turcos e infinidad de posibilidades de entretenimiento. Cuando el director los acompañó a la villa privada de Blake ya los esperaban varios criados. La villa tenía tres dormitorios, un salón, un comedor, una pequeña cocina para su uso personal y otra más grande aparte, para que un chef les preparara las comidas si no querían cenar en la ciudad o en uno de los restaurantes del hotel. Tenían una entrada privada, jardín y jacuzzi, para que no tuvieran que ver a nadie durante su estancia si no lo deseaban. Pero Arabella estaba ansiosa por ver la ciudad con él, así que Blake había pedido al chófer que esperara. Él y Arabella querían salir a explorar la ciudad después de comer algo en el jardín. El simple hecho de estar allí era mágico y exótico.

Se ducharon, se cambiaron y tomaron una comida ligera en la mesa del jardín. Después salieron cogidos de la mano. Pasearon por la gran plaza, manteniéndose a distancia de los encantadores de serpientes, y dieron una vuelta por las murallas de la ciudad con un carruaje. Era tal como Arabella esperaba que fuera. Después de tomar un baño en el jacuzzi de su jardín privado y respirar la intensa fragancia de las flores, se retiraron a su dormitorio e hicieron el amor durante horas. Era casi de día cuando se durmieron el uno en brazos del otro.

A la mañana siguiente, el personal de la villa les tenía preparado un copioso desayuno. Blake mostró a Arabella los planos para el palacio que estaba reformando, y después de desayunar fueron a verlo. Era más impresionante de lo que ella esperaba. Tenía torreones y arcos, y un amplio patio interior con bellos mosaicos antiguos en las paredes. Las habitaciones de la casa eran enormes. Se trataba realmente un palacio, y los ojos de Blake brillaban mientras paseaba por él con el arquitecto y Arabella. Ella hizo algunas buenas propuestas para los colores de las paredes y la decoración. De repente, mientras lo recorrían, Blake supo que quería compartirlo con ella. La abrazó en el balcón con vistas a las montañas del Atlas y la besó con la pasión que había caracterizado su relación desde el principio.

—Quiero que este sea nuestro nido de amor. Será perfecto para nosotros. Podrías pintar aquí.

Se veía a sí mismo pasando largos meses allí cuando estuviera terminado. Era una ciudad pequeña y perfecta, con restaurantes, bazares con mercancías exóticas y la belleza de la naturaleza alrededor. También tenía una vida social muy animada. Arabella tenía varios amigos franceses que se habían mudado a Marrakech, y ella y Blake cenaron con ellos antes de marcharse. Fue un viaje indescriptible.

Dejaron al arquitecto en Londres y se fueron a las Azores, y de allí a Saint-Barthélemy. A Arabella también le gustó aquella casa, y una semana después Blake la llevó a navegar. Era el velero más grande que ella había visto en su vida. Con él fueron a las Granadinas, al norte de Venezuela. Arabella tuvo que reorganizar todas sus sesiones de pintura para viajar con él, pero valía la pena. Pasaban horas tumbados desnudos en cubierta, mientras el barco surcaba las aguas verdes transparentes. Corría el mes de febrero, y para ambos la vida era perfecta. Nevaba por todo el mundo, pero para ellos era siempre verano. Mejor aún, era el verano de su amor.

Maxine andaba bajo la nieve camino de su consulta; estaba más ocupada que nunca. Tenía varios pacientes nuevos, y una serie de tiroteos por todo el país la estaban obligando a viajar a diversas ciudades para asesorar a equipos de psiquiatras y autoridades sobre cómo tratar con los niños que se habían visto implicados.

En su vida personal, le iba bien con Charles. El invierno avanzaba e incluso Daphne se iba adaptando. Ella y Charles nunca serían grandes amigos, pero había dejado de hacer comentarios groseros sobre él; de vez en cuando, incluso bajaba un poco la guardia cuando él estaba delante y se reía un poco. Charles estaba haciendo un esfuerzo sobrehumano con ellos. Le resultaba más fácil con Jack y Sam, a los que había llevado a varios partidos de baloncesto. Daphne estaba demasiado ocupada con su vida social para acompañarlos, aunque también estuviera invitada.

Maxine se tomaba muchas molestias para que sus hijos no se enteraran de que Charles y ella se acostaban. Él no se quedaba nunca en el piso, excepto cuando los niños dormían en casa de amigos. Y ella intentaba pasar un par de noches con él en su piso, pero siempre volvía antes de que los chicos se levantaran para ir a la escuela. Eso les dejaba unas noches muy cortas y pocas horas de sueño para ella, pero consideraba importante hacerlo así. De vez en cuando se marchaban un fin de semana. Era lo máximo que podían hacer.

El día de San Valentín llevaban dos meses y medio juntos, y Charles había hecho una reserva en La Grenouille. Era su restaurante preferido para cenar. Lo denominaba «su cafetería» y le gustaba ir con ella al menos una vez a la semana. También se había convertido en un invitado habitual en sus cenas familiares de domingo, e incluso había cocinado para ellos alguna vez.

Maxine se conmovió al recibir en la consulta una docena de rosas rojas de él para San Valentín. La tarjeta decía sencillamente: «Te quiero. C.». Era un hombre encantador. Su secretaria se las llevó con una amplia sonrisa. También le caía bien Charles. Maxine se compró un vestido rojo para la ocasión. Cuando Charles la recogió le dijo que estaba fantástica. Sam hizo una mueca cuando la besó, pero también se estaban acostumbrando a eso.

Fue una velada perfecta y Charles subió después al piso con ella. Se sirvió una copa de brandy y se sentaron en el salón, como hacían a menudo, para hablar de cosas de su vida. Charles estaba fascinado con el trabajo de ella y con que, tras los últimos tiroteos en algunas escuelas, la hubieran citado para hablar de nuevo en el Congreso. Esta vez él quería asistir. Le dijo que estaba orgulloso de ella, y le cogió la mano. Los niños estaban durmiendo.

—Te quiero, Maxine —dijo cariñosamente.

Ella le sonrió. Ella también se había enamorado de él y lo aceptaba, sobre todo al ver que Charles hacía tantos esfuerzos para llevarse bien con los niños.

—Yo también te quiero, Charles. Gracias por este precioso día de San Valentín.

Hacía años que no disfrutaba de uno así. Su relación funcionaba perfectamente para ella. Ni demasiado, ni demasiado poco, no monopolizaba su tiempo, pero podía contar con verlo varias veces a la semana. Seguía teniendo mucho tiempo para su trabajo y sus hijos. Era exactamente lo que quería.

—Estos últimos dos meses han sido maravillosos —dijo él con calma—, los mejores de mi vida, creo.

Tenía más en común con ella que con la que había sido su esposa durante veintiún años. Se había dado cuenta de que Maxine era la mujer que había esperado toda su vida. En las últimas dos semanas había tomado una decisión, y pensaba comunicársela esa noche.

—Para mí también han sido estupendos —dijo Maxine, inclinándose para besarlo.

Habían dejado las luces del salón apagadas, porque era más relajante y romántico. Maxine sintió el sabor del brandy en los labios de él.

—Quiero pasar más tiempo contigo, Maxine. Ambos necesitamos dormir más —dijo en broma—. No puedes seguir levantándote a las cuatro cuando pasamos la noche juntos.

Aquella noche habían decidido no hacer el amor porque Maxine tenía pacientes a primera hora al día siguiente y él también. Escuchándole, Maxine temió que le propusiera ir a vivir con ella. Sabía perfectamente que eso traumatizaría a sus hijos. Por fin se habían acostumbrado a verla salir con él. Vivir juntos sería demasiado, y no era su estilo. Le gustaba tener su piso y que él tuviera el suyo.

—Creo que de momento nos va bien así —dijo suavemente.

Pero él negó con la cabeza.

—No para mí. A la larga no. No creo que a ninguno de los dos nos baste salir y nada más, Maxine. Creo que somos bastante mayores para saber qué queremos y cuándo. —Maxine abrió mucho los ojos, desconcertada. No sabía qué decir, ni qué quería decirle él—. Lo supe inmediatamente. Somos como dos gotas de agua... gemelos... ambos somos médicos. Tenemos la misma opinión sobre muchas cosas. Me encanta estar contigo. Me estoy acostumbrando a tus hijos... Maxine... ¿quieres casarte conmigo? —Maxine jadeó sobresaltada y se quedó en silencio un largo minuto mientras él esperaba, observándola a la tenue luz que entraba por las ventanas. Veía el miedo en su mirada—. Todo saldrá bien. Lo prometo. Sé que saldrá bien.

Pero Maxine no estaba tan segura. El matrimonio era para siempre. Con Blake también lo había creído y no había durado. ¿Cómo podía estar segura de que con Charles duraría?

—¿Ahora? Es demasiado pronto, Charles... solo llevamos juntos dos meses.

—Dos meses y medio —corrigió él—. Ambos sabemos que esto funciona.

Ella también lo creía, pero aunque fuera así, era demasiado pronto para sus hijos. De eso estaba segura. No podía decirles que se casaba con Charles. Todavía no. Se pondrían hechos una furia.

—Creo que los niños necesitan más tiempo —dijo cariñosamente—. Y nosotros también. Para siempre es mucho tiempo, y ninguno de los dos quiere cometer un error. Ya lo hemos hecho antes.

—Pero tampoco queremos esperar toda la vida. Quiero vivir contigo —dijo él—, como marido. —Era lo que deseaban muchas mujeres, un hombre que quisiera casarse al cabo de unos meses y que hablaba en serio. Sabía que Charles no bromeaba. Pero ella debía pensar del mismo modo y todavía no había llegado a ese punto—. ¿Qué quieres hacer?

Maxine pensaba aceleradamente. Le sorprendía darse cuenta de que no quería rechazarlo, aunque no estuviera dispuesta a casarse con él todavía. Tenía que estar segura.

—Quisiera esperar y decírselo a los niños en junio. Entonces hará seis meses que nos conocemos. Es más adecuado. Habrán acabado el curso y, si la noticia los perturba, tendrían todo el verano para adaptarse. Ahora es demasiado pronto para decírselo.

Él parecía algo decepcionado, pero era consciente de que ella no le había rechazado y eso le complacía inmensamente. Era lo que más temía.

—¿Y cuándo nos casaríamos?

Contuvo el aliento, esperando su respuesta.

—¿En agosto? Así tendrían dos meses para hacerse a la idea. Es suficiente para que se acostumbren y no tanto para que le den demasiadas vueltas. Y para nosotros también es un buen momento, antes de que empiece el curso.

—¿En tu vida todo gira en torno a los niños, Maxine? ¿No hay nada solo para ti, o para nosotros?

—Creo que no —respondió ella, en tono de disculpa—. Para mí es importante que acepten la situación, de lo contrario nos amargarán la vida.

Sobre todo a él, si se ponían en contra. Maxine temía que

lo hicieran incluso en junio. Sabía que no saltarían de alegría con la noticia. Apenas acababan de aceptarlo, y no se les había pasado por la cabeza que su madre pudiera volver a casarse. Habían dejado de preocuparse por ello casi desde el principio, cuando les aseguró que no lo haría; era lo que ella creía entonces. Ahora iba a ponerlo todo patas arriba con esa noticia.

—Quiero que mis hijos también se alegren.

—Se alegrarán cuando se hagan a la idea —dijo Charles con firmeza—. Creo que puedo esperar hasta agosto, y a decírselo en junio. Me habría gustado comunicárselo a todos ahora. —Le sonrió—. Es muy emocionante. Pero estoy dispuesto a esperar.

La atrajo hacia él y sintió que le latía el corazón aceleradamente. Ella estaba aturdida y atemorizada, pero al mismo tiempo entusiasmada. Le amaba, pero era muy diferente de lo que había tenido con Blake. De todos modos, ella y Charles eran mayores y esto tenía más sentido. Charles era el tipo de hombre responsable y serio que siempre había deseado, no un cabeza loca como Blake, con el que, por muy encantador que fuera, no podías contar nunca. Charles no era un golfo, era un hombre. Y eso estaba bien aunque fuera sorprendente. La petición la había pillado por sorpresa.

A Maxine le parecía que corrían demasiado, pero estaba de acuerdo con él. A su edad, sabían qué podía funcionar y qué querían. ¿Para qué perder más tiempo?

—Te quiero —susurró, y él la besó.

—Yo también te quiero —dijo él después—. ¿Dónde quieres casarte?

—¿Qué te parece mi casa de Southampton? —La idea se le había ocurrido de repente—. Es lo bastante grande para que nos instalemos todos, y podemos alquilar una carpa para el jardín.

La lista de invitados podía ser muy larga.

—Me parece perfecto. —Habían ido un par de fines de semana y el sitio le encantaba. De repente se mostró inquieto—. ¿También tenemos que llevarnos a los niños de luna de miel?

Ella rió y negó con la cabeza.

—No, claro que no. —Se le ocurrió una idea—. A lo mejor Blake nos dejaría su velero. Sería perfecto para una luna de miel.

Charles frunció el ceño.

—No quiero pasar mi luna de miel en el velero de tu ex marido —dijo con firmeza—, por muy grande que sea. Cuando nos casemos serás mi esposa, no la suya.

Charles había estado celoso de Blake desde el principio y Maxine dio marcha atrás inmediatamente.

—Lo siento. Qué estupidez.

—Quizá Venecia... —propuso él.

Siempre le había gustado. Esta vez Maxine no sugirió que pidieran prestado el palazzo a Blake. Era evidente que Charles había olvidado que tenía uno.

—O a París. Debe de ser romántico.

Era una de las pocas ciudades donde Blake no tenía casa.

—Ya lo decidiremos. Tenemos hasta junio para hacer planes.

Quería comprarle el anillo de compromiso, y deseaba que ella le ayudara a elegirlo. Pero no podría ponérselo hasta junio, ya que no iba a decírselo a los niños hasta entonces. Lo lamentaba. Aunque agosto llegaría sin que se dieran cuenta. En seis meses, Maxine sería la señora West. Le sonaba de maravilla. Y a ella también. Maxine West.

Se sentaron y cuchichearon haciendo planes. Acordaron que él vendería su piso y se mudaría con ella. El de él era pequeño y la familia de ella era numerosa. Era la mejor solución. Después de tanto hablar, Maxine deseó hacer el amor, pero no podían. Sam estaba en su cama, durmiendo profundamente. Quedaron que Maxine iría al piso de Charles al día siguiente, «para cerrar el trato», en palabras de él. Ahora les costaría esperar para poder pasar las noches juntos y levantarse por la mañana bajo el mismo techo. De este modo, ella tendría a todos sus seres queridos en un mismo sitio. A Maxine le parecía maravilloso.

Se besaron un buen rato antes de que Charles se marchara. Estuvo tierno, cariñoso y encantador. Al entrar en el ascensor, le susurró:

—Buenas noches, señora West.

Ella le sonrió y susurró:

—Te quiero.

Mientras cerraba la puerta y se dirigía a su dormitorio, la cabeza le daba vueltas. No era en absoluto lo que había esperado pero, ahora que lo habían decidido, a ella también le parecía un plan estupendo. Solo deseaba que los niños se tomaran bien la noticia. Afortunadamente, Charles había aceptado esperar. La idea le hacía ilusión. Era el tipo de hombre con el que debería haberse casado de entrada. Pero, de haberlo hecho, no tendría los maravillosos hijos que tenía. Así que, al fin y al cabo, todo había salido bien. Y ahora tenía a Charles. Era lo único que importaba.

14

Aunque Charles y Maxine no contaran sus planes a los niños y prefirieran guardárselos para ellos por el momento, el mero hecho de tenerlos cambió sutilmente su relación. De repente, Charles tenía una actitud más autoritaria cuando estaba con Maxine o los niños, y Daphne lo captó inmediatamente.

—¿Quién se cree que es? —se quejó un día que Charles le había dicho a Jack que se quitara las zapatillas de deporte y se cambiara la camisa para salir a cenar.

Maxine también lo había notado, pero le gustaba que Charles intentara amoldarse y encontrar su lugar en la familia, aunque no acertara siempre. Sabía que su intención era buena. Ser el padrastro de tres niños suponía un gran paso para él.

—No lo hace con mala intención —dijo Maxine, excusándolo con más prontitud de la que su hija estaba dispuesta a aceptar.

—No es verdad. Es un mandón. Papá nunca diría esas cosas. Le daría igual lo que lleva Jack para cenar, o si se acuesta con las zapatillas de deporte.

—Pues a mí no me parece tan mal —dijo Maxine—. Tal vez necesitamos un poco más de orden.

Charles era muy organizado y le gustaba que todo estuviera pulcro y en su sitio. Era una de las cosas que tenían en común. Blake era el polo opuesto.

—¿Esta casa es un campo de concentración nazi o qué? —estalló Daphne, y salió airadamente.

Maxine se alegró de haber retrasado el anuncio del compromiso y el matrimonio hasta el verano. Los niños todavía no estaban preparados para saberlo. Esperaba que en los próximos meses lo aceptaran cada día un poco más.

Marzo fue un mes muy atareado para Maxine. Asistió a dos conferencias en extremos opuestos del país: una en San Diego sobre los efectos de los sucesos traumáticos de ámbito nacional sobre niños menores de doce años, donde era la oradora principal, y otro sobre el suicidio en los adolescentes, en la ciudad de Washington, donde Maxine formó parte del grupo que inauguró la conferencia y además dio una charla en solitario el segundo día del evento. Después tuvo que volver a Nueva York a toda prisa para la semana de vacaciones de primavera de los niños. Tenía la esperanza de convencer a Blake para que se llevara a sus hijos, pero le dijo que estaba en Marruecos, trabajando en la casa y demasiado ocupado con la obra y los planos para tomarse unos días libres. Para los niños fue una decepción y para ella una carga suplementaria tomarse una semana libre para estar con ellos. Thelma se ocupaba de sus pacientes en estos casos.

Maxine se llevó a los chicos a esquiar a New Hampshire durante la semana de vacaciones. Por desgracia, Charles no podía dejar el trabajo. Estaba muy ocupado con su consulta, así que Maxine se fue con sus hijos y un amigo de cada uno de ellos, y lo pasaron en grande. Cuando le explicó a Charles sus planes, él le confesó que le aliviaba enormemente no poder acompañarlos. Seis niños era demasiado para sus nervios. Tres ya le parecían mucho. Seis era una locura. Maxine lo pasó bien y le llamó varias veces desde New Hampshire para ponerlo al corriente. El día después de regresar, tenía que marcharse a la conferencia de Washington. Charles fue a visitarla una noche, y finalmente pudieron irse a la cama a medianoche. Había sido una semana de locos.

A él le irritaba un poco que Maxine estuviera tan ocupada, pero se suponía que lo comprendía. Tenía una consulta muy solicitada y tres hijos, que educaba sola, sin la ayuda ni el apoyo de Blake. Normalmente ni siquiera podía localizarle, así que ni lo intentaba y tomaba las decisiones sin contar con él.

Blake estaba absorto en su última aventura inmobiliaria y su vida de «diversión», mientras ella trabajaba sin parar y cuidaba a sus hijos. La única persona que la ayudaba era Zelda, nadie más. Maxine le estaría eternamente agradecida y se sentía en deuda con ella. Ni Charles ni Blake tenían la menor idea de todo lo que se necesitaba para que su vida transcurriera sin sobresaltos y sus hijos estuvieran bien atendidos y contentos. La propuesta de Charles de que se tomara un mes libre para relajarse y planificar la boda la hizo reír. ¿Qué? ¿Cómo? ¿Cuándo? Imposible. Estaba abrumada de trabajo y Blake era otra vez el hombre invisible para sus hijos. Había estado encantador con ellos en Aspen, pero no tenía planeado verlos hasta julio o agosto. Tendrían que esperar mucho tiempo y, hasta entonces, todo recaería sobre los hombros de Maxine.

Al llegar la primavera y el calor, empezó a visitar a más y más chicos en crisis. Sus pacientes enfermos siempre respondían mal a la primavera y el otoño. En primavera, las personas que sufrían decaimiento invernal se sentían mejor. El tiempo era más cálido y brillaba el sol, las flores se abrían, había alegría en el ambiente, pero los verdaderamente enfermos se sentían más desesperanzados que nunca. Se sentían como piedras en la playa cuando la marea bajaba, atrapados en su oscuridad, miseria y desesperación. Era un momento peligroso para los chicos suicidas.

A pesar de todos sus esfuerzos, le causó una gran tristeza que dos de sus pacientes se suicidaran en marzo y un tercero en abril. Fueron unos días terribles para ella. Thelma también perdió a uno de sus pacientes, un chico de dieciocho años con el que hacía cuatro que trabajaba. Estaba apenada por la familia y le echaba de menos. Septiembre también era un mes peligroso y estadísticamente relevante en los suicidios de chicos adolescentes.

Thelma y Maxine almorzaron juntas para consolarse por la pérdida de sus respectivos pacientes. Maxine aprovechó para confesarle su compromiso secreto. La noticia las animó a ambas: era como un destello de esperanza en su mundo.

—¡Vaya! Menudo notición —exclamó Thelma, encantada por su amiga. Era un tema de conversación mucho más alegre que el que había motivado el almuerzo—. ¿Cómo crees que reaccionarán tus hijos?

Maxine le había dicho que no pensaban anunciarlo hasta junio y que la boda se celebraría en agosto.

—Espero que para entonces estén preparados para escuchar la noticia. Solo faltan dos meses para junio, y por lo que parece se van adaptando a Charles, poco a poco. El problema es que les gustaban las cosas tal como estaban, tenerme para ellos solos, sin compartirme con un hombre, sin interferencias.

Maxine parecía preocupada y Thelma sonrió.

—Eso significa que son chicos normales y bien adaptados. Es más agradable para ellos tenerte sin un hombre con quien competir por tu atención.

—Creo que Charles nos hará bien a toda la familia. Es el tipo de hombre que siempre hemos necesitado —dijo Maxine, en tono esperanzado.

—Esto lo hará más difícil para ellos —comentó Thelma sabiamente—. Si fuera un idiota podrían despreciarlo, y tú también. En cambio, es un candidato aceptable y un ciudadano responsable. Para ellos, esto le convierte en el enemigo público número uno, al menos por el momento. Abróchate el cinturón, Max, algo me dice que vas a tropezar con turbulencias cuando se lo digas. Pero lo superarán. Yo me alegro mucho por ti —dijo Thelma con una sonrisa.

—Gracias, yo también. —Maxine le sonrió, todavía nerviosa por la reacción de sus hijos—. Creo que tienes razón con lo de las turbulencias. La verdad es que no me apetecen mucho, así que lo retrasaremos hasta el último momento.

Pero junio estaba a la vuelta de la esquina, solo faltaban dos meses. Y a Maxine empezaba a preocuparle tener que dar la gran noticia. Por el momento, hacía que sus planes de boda fueran un poco tensos y agridulces. Y un poco irreales, hasta que hablara con sus hijos.

En abril, ella y Charles fueron a Cartier y eligieron un anillo. Se lo arreglaron a su medida y Charles se lo dio formalmente durante la cena, pero ambos sabían que todavía no podría lucirlo. Lo guardó en un cajón cerrado con llave de su escritorio de casa, pero cada noche lo sacaba para admirarlo y probárselo. Le encantaba. Era precioso y la piedra brillaba de una forma increíble. Estaba deseando ponérselo. Comprar el anillo hizo que sus planes parecieran más reales. Ya había reservado la fecha con un restaurador de Southampton para agosto. Solo faltaban cuatro meses para la boda. Quería empezar a buscar el vestido. También quería decírselo a Blake, y a sus padres, pero no hasta que lo supieran los niños. Sentía que se lo debía.

Ella, Charles y los niños pasaron el fin de semana de Pascua en Southampton, y se divirtieron mucho. Maxine y Charles cuchicheaban por las noches sobre sus planes de boda y se reían como dos chiquillos; también daban paseos románticos por la playa cogidos de la mano mientras Daphne ponía cara de desesperación. En mayo Maxine tuvo una conversación seria e inesperada con Zellie. Había tenido un mal día. Una amiga suya había muerto en un accidente y por primera vez habló con tristeza de lo mucho que lamentaba no haber tenido hijos. Maxine se mostró comprensiva y supuso que se le pasaría. Solo había sido un mal día.

—Nunca es tarde —dijo Maxine, para animarla—. Podrías conocer a un hombre y tener un hijo. —Empezaba a ser apremiante, pero todavía era posible para ella—. Las mujeres cada día tienen hijos más tarde, con un poco de ayuda.

Ella y Charles también habían hablado de ello. A Maxine le habría gustado, pero Charles creía que tres era suficiente. Se sentía mayor para tener hijos propios, pero a Maxine no le parecía tan mal la idea. Le habría gustado tener otro hijo, aunque solo si a él le hacía ilusión. Sin embargo, no parecía entusiasmado en absoluto.

—Creo que preferiría adoptar —dijo Zelda, con su habitual sentido práctico—. He cuidado de los hijos de los demás toda mi vida. No es un problema para mí. Les quiero como si fueran míos. —Sonrió y Maxine la abrazó. Sabía que era verdad—. Tal vez debería empezar a pensar en la adopción —añadió Zelda vagamente.

Maxine asintió. Era la clase de cosas que la gente dice para sentirse mejor, pero no siempre necesariamente en serio. Maxine estaba bastante segura de que Zelda se olvidaría del asunto.

La niñera tampoco sabía nada de la inminente boda de Maxine. La pareja tenía pensado contárselo a los niños cuando terminaran la escuela, tres semanas más tarde. Maxine sentía un gran temor, pero también estaba entusiasmada. Ya era hora de que supieran la gran noticia. Zelda no volvió a mencionar la adopción y Maxine se olvidó de ello. Dio por supuesto que Zelda lo había descartado.

Era el último día de colegio, a principios de junio, cuando Maxine recibió una llamada de la escuela. Estaba segura de que sería una llamada de rutina. Los niños estarían en casa al cabo de una hora y ella estaba visitando pacientes en la consulta. La llamaban por Sam. Un coche lo había atropellado cuando cruzaba la calle para subir al coche de la madre del compañero que lo acompañaba a casa. Lo habían llevado al New York Hospital en ambulancia. Una de las maestras había ido con él.

—Oh, Dios mío, ¿está bien?

¿Cómo podía estar bien si se lo habían llevado en ambulancia? Maxine estaba aterrorizada.

—Creen que tiene una pierna rota, doctora Williams... lo

siento, ha sido un último día de curso caótico. También tiene un golpe en la cabeza, pero estaba consciente cuando se lo han llevado. Es un niño muy valiente.

¿Valiente? Cabrones. ¿Cómo podían haber dejado que le pasara algo así a su hijo? Cuando colgó, Maxine estaba temblando. Salió corriendo de la consulta. Estaba visitando a un chico de diecisiete años, que era su paciente desde hacía dos, y había contestado la llamada en la mesa de recepción. Le explicó a su paciente lo ocurrido y le dijo que lo sentía mucho. Se disculpó por tener que acabar la sesión y pidió a su secretaria que anulara todas las visitas de la tarde. Cogió el bolso y pensó que tal vez debería llamar a Blake, aunque no había mucho que él pudiera hacer. Aun así, Sam también era su hijo. Llamó a su casa en Londres, y el mayordomo le dijo que estaba en Marruecos, probablemente en su villa de La Mamounia. Cuando llamó al hotel de Marrakech anotaron el mensaje pero se negaron a confirmar si estaba alojado allí. Su móvil tenía puesto el contestador. Estaba frenética, así que llamó a Charles. Él le dijo que se encontrarían en urgencias. Después, salió disparada por la puerta.

Fue fácil encontrar a Sam en urgencias. Tenía un brazo y una pierna rotos, dos costillas fracturadas y una conmoción; parecía en estado de shock. Ni siquiera lloraba. Charles se portó magníficamente. Entró en el quirófano con él para que le recolocaran el brazo y la pierna. Con las costillas no podían hacer otra cosa que vendarlo y por suerte la conmoción era ligera. Maxine estaba fuera de sí mientras esperaba. Aquella misma tarde le permitieron llevárselo a casa. Charles seguía a su lado y Sam les cogía una mano a cada uno. A Maxine le rompía el corazón verlo en ese estado. Le acostaron y le dieron unos calmantes para mantenerlo aturdido. Jack y Daphne se pusieron muy nerviosos al verlo. Pero se encontraba bien, estaba vivo y el daño podía repararse. Llamó la madre que tenía que acompañarlo en coche y se disculpó de todas las formas posibles, diciendo que no habían visto venir el coche. El conductor también estaba hundido, aunque no tanto como Maxine. De todos modos, le había quitado un peso de encima comprobar que no era demasiado grave.

Aquella noche, Charles se quedó a dormir en el sofá, para relevar a Maxine velando a Sam. Ambos anularon sus visitas del día siguiente y Zelda entraba a menudo para ver cómo estaba el pequeño. A medianoche, Maxine fue a la cocina a prepararse una taza de té. Era su turno para velar a Sam y se encontró con Daphne, que la perforó con la mirada.

—¿Por qué se ha quedado a dormir? —preguntó, refiriéndose a Charles.

—Porque se preocupa por nosotros. —Maxine estaba cansada y no tenía humor para aguantar los comentarios de Daphne—. Se ha portado muy bien con Sam en el hospital. Ha entrado en el quirófano con él.

—¿Has llamado a papá? —preguntó Daphne con toda la intención.

Fue demasiado para Maxine.

—Sí, le he llamado. Está en Marruecos, maldita sea, y no hay forma de localizarlo. No me ha devuelto las llamadas. No es ninguna novedad. ¿Responde esto a tu pregunta?

Daphne puso cara de ofendida y se marchó enfadada. Todavía quería que su padre fuera alguien que no era, y que no sería nunca. Como todos. Jack también quería que su padre fuera un héroe, pero no lo era. Solo era un hombre. Y todos, incluida Maxine, querían que fuera responsable y que estuviera en algún lugar donde pudieran localizarlo. Pero nunca lo estaba. Y esta vez no era distinto. Precisamente por eso estaban divorciados.

Maxine tardó cinco días en localizarlo en Marruecos. Blake dijo que había habido un terremoto muy fuerte. De repente Maxine recordó vagamente haber oído hablar de ello. Pero en la última semana solo había pensado en Sam. El niño lo había pasado mal con las costillas fracturadas y había tenido dolor de cabeza varios días debido a la conmoción. El brazo y la pierna eran lo de menos porque estaban enyesados. Blake se mostró preocupado al enterarse.

—Sería de mucha ayuda que alguna vez estuvieras en un sitio donde pudiera llamarte, para variar. Esto es ridículo, Blake. Si sucede algo, nunca puedo encontrarte.

Lo decía en serio y estaba muy enfadada con él.

—Lo siento mucho, Max. Las líneas telefónicas estaban averiadas. Mi móvil y mi correo electrónico no han funcionado hasta hoy. Ha sido un terremoto horrible, y ha muerto mucha gente en los pueblos, cerca de aquí. He intentado ayudar organizando la llegada de suministros por aire.

—¿Desde cuándo te dedicas a hacer buenas obras?

Estaba furiosa con él. Charles había estado a su lado. Como siempre, Blake no.

—Necesitaban ayuda. Hay gente vagando por la calle sin comida, y cadáveres por todas partes. Oye, ¿quieres que vaya?

—No hace falta. Sam está bien —dijo Maxine, calmándose un poco—. Pero me he llevado un buen susto. Y sobre todo él. Ahora duerme, pero deberías llamarle dentro de unas horas.

—Lo siento, Max —repitió él y parecía sincero—. Ya tienes bastante trabajo para ocuparte también de esto.

—Estoy bien. Charles me ha ayudado.

—Me alegro —dijo Blake con calma, y a Maxine le pareció que también estaba cansado. Quizá era cierto que estaba haciendo algo útil en Marruecos, aunque costara creerlo—. Llamaré a Sam más tarde. Dale un beso de mi parte.

—Lo haré.

Efectivamente llamó a Sam unas horas después. Al niño le encantó hablar con su padre y le contó el accidente con pelos y señales. Le dijo que Charles había entrado con él en el quirófano y le había cogido la mano. Le contó que mamá estaba muy nerviosa y que el médico no la había dejado entrar, lo cual era verdad. Había estado a punto de desmayarse de preocupación por su hijo. Charles había sido el héroe del día. Blake prometió ir a visitar a su hijo pronto. Para entonces,

Maxine había leído la noticia del terremoto en Marruecos. Había sido muy fuerte; dos pueblos quedaron literalmente arrasados y habían muerto todos sus habitantes. En las ciudades también se habían producido daños importantes. Blake decía la verdad. Pero seguía enfadada por no haber podido hablar con él. Era típico de Blake. No cambiaría nunca. Sería un golfo hasta el fin de sus días. O cuando menos un irresponsable. Gracias a Dios que tenía a Charles.

A finales de semana seguía durmiendo en el sofá y había estado con ellos todas las noches después del trabajo. Se había portado muy bien con Sam. Decidieron que era un buen momento para comunicar sus planes a los chicos. Había llegado la hora. Era junio y la escuela había terminado.

Maxine los reunió a todos en la cocina el sábado por la mañana. Charles también estaba, aunque ella no estuviera del todo convencida de que fuera una buena idea. Pero él quería estar presente cuando se lo dijera a los niños y Maxine sentía que se lo debía. Se había desvivido por Sam y ahora no podía dejarlo de lado. Sus hijos podrían desahogarse con ella más tarde, si tenían algo que objetar.

Al principio habló de vaguedades, comentando lo bien que se había portado Charles con ellos los últimos meses. Mientras hablaba miraba a sus hijos, como si intentara convencerlos al mismo tiempo. Seguía temiendo su reacción a la noticia. Hasta que no quedó nada más por decir.

—Así que Charles y yo hemos decidido que nos casaremos en agosto.

Se hizo un silencio sepulcral en la habitación y no hubo ninguna reacción. Los niños se quedaron mirando fijamente a su madre. Parecían estatuas.

—Quiero a vuestra madre, y a vosotros también —añadió Charles, un poco más tenso de lo que le habría gustado.

Nunca había tenido que hacer algo así y le parecía que formaban un grupo intimidador. Zelda escuchaba, en segundo plano.

—¿Estás de broma? —Daphne fue la primera en reaccionar. Maxine le contestó con seriedad.

—No. No bromeamos.

—Si casi no lo conoces... —Hablaba con su madre sin hacer caso de Charles.

—Llevamos siete meses saliendo y a nuestra edad sabemos cuándo ha llegado el momento.

Estaba citando a Charles. Daphne se levantó de la mesa de la cocina y salió sin decir una palabra más. Un minuto después oyeron que daba un portazo en su habitación.

—¿Lo sabe papá? —preguntó Jack.

—Todavía no —contestó su madre—. Quería que lo supierais vosotros primero. Después se lo diré a papá y a los abuelos. Pero quería que fuerais los primeros en enteraros.

—Ah —dijo Jack, y también desapareció.

No dio un portazo, su puerta se cerró con normalidad. El corazón de Maxine se encogió. Estaba siendo más difícil de lo que había previsto.

—Creo que estará bien —dijo Sam bajito, mirándolos a los dos—. Fuiste muy bueno conmigo en el hospital, Charles. Gracias. —Estaba siendo educado, y parecía menos angustiado que sus hermanos, pero tampoco estaba encantado. Podía adivinar que ya no volvería a dormir con su madre. Charles ocuparía su lugar. Era angustioso para todos, porque a su modo de ver estaban perfectamente bien antes de que Charles apareciera—. ¿Puedo ir a ver la tele en tu habitación ahora? —preguntó.

Ninguno había pedido detalles de la boda, ni siquiera la fecha exacta. No querían saberlo. Poco después, Sam se marchó apoyado en sus muletas, que manejaba a la perfección. Charles y Maxine se quedaron solos en la cocina y Zelda habló desde el umbral.

—Mi enhorabuena —dijo amablemente—. Se acostumbrarán. Ha sido una sorpresa. Ya empezaba a sospechar que ustedes se traían algo así entre manos.

Sonreía, pero también estaba un poco triste. Era un gran cambio para todos, pues estaban acostumbrados a ese estado de cosas y les gustaba.

—Para ti no cambiará nada, Zelda —aseguró Maxine—. Te necesitaremos tanto como antes. Quizá más.

Maxine sonrió.

—Gracias. No sabría qué hacer con mi vida si no me necesitaran.

Charles la miró sonriendo. Le parecía una buena mujer, aunque no le entusiasmara la idea de tropezarse con ella por la noche en pijama, cuando se hubiera mudado. Empezaría una nueva vida, con una esposa, tres hijos y una niñera interina. Su intimidad era cosa del pasado. Pero seguía pensando que era lo correcto.

—Los niños se acostumbrarán —insistió Zelda—. Solo necesitan más tiempo.

Maxine asintió.

—Podría haber sido peor —dijo Max, animosamente.

—No sé cómo —contestó Charles, que parecía hundido—. Tenía la esperanza de que al menos uno de ellos se alegrara. Daphne quizá no, pero al menos uno de los chicos.

—A nadie le gustan los cambios —recordó Maxine—. Y este es un gran cambio para ellos. Y para nosotros.

Se echó hacia delante para besarlo y él sonrió tristemente. Zelda salió de la cocina para dejarlos solos.

—Te quiero —dijo Charles—. Lamento que tus hijos estén disgustados.

—Lo superarán. Un día nos reiremos de esto, como de nuestra primera cita.

—Puede que fuera un presagio —dijo él, con inquietud.

—No... todo irá bien. Ya lo verás —le aseguró Maxine, y volvió a besarlo.

Charles la abrazó y deseó que tuviera razón. Le entristecía que los niños no se alegraran por ellos.

15

Tras el impacto de la novedad de la boda de su madre, los niños se quedaron en sus habitaciones varias horas, y Charles decidió volver a su casa. Hacía días que no dormía allí y pensó que sería un buen momento para dejar a Maxine a solas con sus hijos. Se marchó, todavía triste, aunque Maxine le hubiera asegurado otra vez que todo se arreglaría. Él no estaba tan seguro. No se echaba atrás, pero tenía miedo. Lo mismo que los niños.

Después de que Charles se marchara, Maxine se desplomó en una silla de la mesa de la cocina con una taza de té; se sintió aliviada al ver entrar a Zelda.

—Al menos hay alguien en esta casa que todavía me habla —dijo mientras le servía también a ella una taza de té.

—Esto está demasiado tranquilo —comentó Zelda, sentándose frente a Maxine—. Las aguas tardarán en volver a su cauce.

—Lo sé. No me gusta disgustarlos, pero creo que es por su bien.

Charles había demostrado de nuevo su compromiso con el accidente de Sam. Era todo lo que esperaba que fuera, y el tipo de hombre que hacía años que necesitaba.

—Se acostumbrarán —la tranquilizó Zelda—. Para él tampoco es fácil —dijo, refiriéndose a Charles—. Se nota que no ha tratado a muchos niños.

Maxine asintió. No se podía tener todo. Y si él hubiera tenido hijos propios, tal vez tampoco les habría hecho gracia. Así era más fácil.

Aquella noche, Maxine preparó la cena para sus hijos, pero todos revolvieron la comida con desgana en los platos. Nadie tenía hambre, ni siquiera Maxine. Le entristeció ver la cara de los niños. Daphne estaba como si hubiera muerto alguien.

—¿Cómo puedes hacer esto, mamá? Es asqueroso.

Era una mezquindad y Sam intervino.

—No, no es verdad. Ha sido bueno conmigo. Y lo sería contigo, si no fueras tan mala con él. —Lo que decía el niño era cierto y Maxine estaba de acuerdo con él aunque no lo dijera—. Lo que pasa es que no está acostumbrado a estar con niños.

Todos sabían que aquello era cierto.

—Cuando me llevó al partido de baloncesto intentó convencerme de que debería ir a un internado —dijo Jack con expresión preocupada—. ¿Vas a mandarnos fuera, mamá?

—Ni hablar. Charles fue a un internado y le encantó, así que piensa que todos deberían ir. Pero yo no os mandaría nunca.

—Es lo que dices ahora —comentó Daphne—. Pero cuando te cases con él, te obligará.

—No va a «obligarme» a mandaros fuera. Sois mis hijos, no los suyos.

—No se comporta como si fuera así. Cree que el mundo le pertenece —dijo Daphne, mirando furiosamente a su madre.

—No es verdad. —Maxine le defendió, pero se alegraba de que sus hijos se desahogaran. Al menos las cartas estaban sobre la mesa—. Está acostumbrado a hacer su vida, pero no va a dirigir la vuestra. No lo hará, ni yo lo permitiría.

—Odia a papá —dijo Jack con naturalidad.

—Eso tampoco es cierto. Tal vez esté celoso de él, pero no le odia.

—¿Qué crees que dirá papá? —preguntó Daphne con interés—. Seguro que se pondrá triste si te casas, mamá.

—No lo creo. Tiene millones de novias. ¿Todavía está con Arabella?

No sabía nada de ella últimamente.

—Sí —dijo Daphne, con una mirada fúnebre—. Solo faltaría que se casara con ella. Espero que no lo haga.

Todos hablaban como si hubiera sucedido una catástrofe. Sin duda no habían sido buenas noticias para ellos. Maxine ya se lo esperaba pero aun así, le estaba resultando difícil. Solo Sam parecía tomárselo bien, aunque a él le gustaba más Charles que a los demás.

Charles la llamó después de cenar para saber cómo iba todo. La echaba de menos, pero había sido un alivio volver a su casa. La última semana había sido difícil para todos. Primero el accidente de Sam, y ahora esto. Maxine se sentía atrapada en medio.

—Están bien. Solo necesitan tiempo para acostumbrarse a la idea —dijo con sensatez.

—¿Cuánto? ¿Veinte años? —Estaba muy angustiado.

—No, son críos. Aguanta unas semanas más. Bailarán en nuestra boda como todos los demás.

—¿Se lo has dicho a Blake?

—No. Le llamaré más tarde. Primero quería que lo supieran los niños. Y mañana se lo diré a mis padres. ¡Estarán encantados!

Charles les había conocido y se habían caído muy bien. A él le complacía la idea de casarse con la hija de un médico.

Los niños estuvieron mustios el resto de la noche. Se quedaron en su habitación viendo películas. Sam dormía otra vez en la habitación de Maxine. Echada en la cama, pensó que la idea de que Charles estuviera viviendo allí dentro de dos meses se le hacía rara. Era difícil imaginarse compartiendo la vida con alguien después de tantos años. Además Sam tenía razón, no podría seguir durmiendo en su cama. Maxine lo echaría de menos. Por mucho que amara a Charles, la buena noticia tenía una parte negativa para todos, incluso para ella. La vida era así. Cambiabas unas cosas por otras. Pero era difícil convencer a los niños de ello. A veces, incluso le resultaba difícil convencerse a sí misma.

Llamó a Blake pasada la medianoche; ya era por la mañana para él. Parecía ocupado y distraído, y Maxine oía máquinas y gritos de fondo. Fue una conversación complicada.

—¿Dónde estás? ¿Qué haces? —preguntó a gritos.

—Estoy en la calle, intentando ayudar a despejar un poco todo esto. Hemos traído unos bulldozer por vía aérea para este trabajo. Todavía encuentran gente bajo las ruinas. Max, hay niños vagando por la calle sin un lugar adonde ir. Familias enteras desaparecidas y niños que buscan a sus padres. Hay gente herida tirada por todas partes, porque los hospitales están a rebosar. No te lo puedes imaginar.

—Sí puedo —dijo Maxine con tristeza—. Por mi trabajo, he estado en escenarios de desastres naturales. No hay nada peor.

—¿Por qué no vienes a echar una mano? Necesitan gente que los ayude a decidir qué hacer con los niños y cómo enfocar la situación después. En realidad, tú eres justo lo que necesitan. ¿Te lo pensarás? —preguntó en un tono ensimismado.

Su casa se mantenía en pie, así que podría haberse marchado, pero le gustaba tanto el país y la gente que quería hacer algo por ayudarlos.

—Lo haría, si alguien me contrata. No puedo ir allí por las buenas y empezar a decirle a la gente lo que debe hacer.

—Yo podría contratarte. —Estaba dispuesto a hacer lo que fuera necesario.

—No digas tonterías. Para ti lo haría gratis. Pero debería saber qué tipo de asesoramiento necesitan de mí. Lo que yo hago es muy concreto. Lo mío es tratar traumas infantiles, inmediatamente y a largo plazo. Ya me dirás si puedo hacer algo.

—Lo haré. ¿Cómo está Sam?

—Bien. Se las arregla muy bien con las muletas. —Entonces se acordó de por qué le había llamado. La había distraído con el desastre del terremoto y el horror de los niños huérfanos vagando por las calles—. Tengo algo que decirte —anunció solemnemente.

—¿Sobre el accidente de Sam?

Parecía preocupado. Maxine nunca le había oído hablar en ese tono. Por una vez en su vida, pensaba en alguien más que en sí mismo.

—No. Se trata de mí. Me caso. Con Charles West. Nos casaremos en agosto.

Él calló un minuto.

—¿Los niños lo han aceptado bien? —No esperaba que lo hicieran.

—No. —Fue sincera con él—. Les gustan las cosas tal como están. No quieren que cambie nada.

—Es comprensible. Tampoco les gustaría si me casara yo. Espero que sea el hombre indicado para ti, Max —dijo Blake, más en serio de lo que había hablado en años.

—Lo es.

—Entonces, felicidades. —Se rió y volvía a parecer él mismo—. Creo que no me lo esperaba tan pronto. Pero será bueno para ti y para los niños. Aunque todavía no lo sepan. Oye, te llamaré en cuanto pueda. Tengo que irme. Aquí hay demasiado que hacer. Cuídate mucho y da un beso a los chicos de mi parte... Oye, Max, felicidades otra vez...

Un segundo después había colgado. Ella también colgó y se fue a la cama. Se quedó pensando en Blake, en la destrucción dejada por el terremoto en Marruecos y en todo lo que estaba haciendo para ayudar a los huérfanos y a los heridos; despejar los escombros y facilitar la llegada de medicinas y alimentos. Por una vez, estaba haciendo algo más que donar dinero a beneficencia, se había arremangado para trabajar con sus propias manos. No se parecía en nada al Blake que ella conocía, y se preguntó si estaría madurando. En realidad, ya era hora de que lo hiciera.

Maxine llamó a sus padres por la mañana, y por fin alguien se ilusionó con la noticia. Su padre dijo que estaba encantado y que Charles le caía bien, que era el tipo de hombre que había esperado que su hija encontrara algún día. También le gustaba que fuera médico. Le dijo que felicitara a Charles y le deseó a ella lo mejor, como dictaba la tradición. A continuación, su madre se puso al teléfono para pedirle detalles de la boda.

—¿Los niños están ilusionados? —preguntó.

Maxine sonrió y meneó la cabeza. Sus padres no se enteraban de nada.

—No mucho, mamá. Para ellos es un gran cambio.

—Es un hombre estupendo. Estoy segura de que a la larga se alegrarán de que te cases con él.

—Eso espero —dijo Maxine, menos segura que su madre.

—Tenéis que venir los dos a cenar un día de estos.

—Nos encantará —aceptó Maxine.

Quería que Charles conociera mejor a sus padres, y más teniendo en cuenta que él no tenía familia propia.

Era agradable que sus padres se alegraran por ellos, y que les dieran su aprobación. Para Maxine significaba mucho, y esperaba que también para Charles. Compensaría la falta de entusiasmo de los niños.

Aquella noche, Charles cenó con ella y los chicos; fue una comida silenciosa. No hubo arrebatos fuera de lugar y nadie dijo nada grosero, pero tampoco estaban contentos. Simplemente aguantaron hasta el final y luego se fueron a sus habitaciones. Charles no deseaba que las cosas transcurrieran así.

Maxine le habló de la conversación que había tenido con sus padres y Charles se mostró complacido.

—Al menos le gusto a alguien de esta familia —dijo, con alivio—. Quizá podríamos invitarlos a La Grenouille.

—Primero quieren que vayamos a su casa, y creo que es lo más conveniente.

Quería que Charles se acostumbrara a sus tradiciones y se integrara en la familia.

Después de cenar, Maxine tuvo una idea. Abrió el cajón del escritorio y sacó el anillo que llevaba meses esperando lucir. Le pidió a Charles que le pusiera la sortija en el dedo, y él se emocionó. Por fin parecía real. Estaban prometidos, por muy disgustados que estuvieran los niños. Era maravilloso y Charles la besó mientras ambos admiraban el anillo. Brillaba tanto como sus esperanzas en el matrimonio y en el amor que se profesaban, que no había disminuido en aquellos últimos días difíciles. Nada había cambiado. Era uno de esos baches que sabían que debían superar. Maxine lo había previsto mejor que él. Charles estaba encantado de que a Maxine todavía le gustara el anillo y aún le quisiera a él. Se casarían al cabo de nueve semanas.

—Ahora debemos empezar a organizar la boda —dijo Maxine, emocionada y sintiéndose joven de nuevo.

Era agradable no tener que seguir guardando el secreto.

—Oh, Dios mío —exclamó Charles, tomándole el pelo—. ¿Va a ser una gran boda?

Ya había encargado las invitaciones. Iban a mandarlas tres semanas más tarde, pero todavía tenían que confirmar la lista. Maxine dijo que podían hacer la lista de bodas en Tiffany.

—¿Se hace eso en segundas nupcias? —preguntó él, sorprendido—. ¿No somos demasiado mayores?

—Ni mucho menos —insistió ella animadamente—. Y yo todavía no he elegido el vestido.

También tenía que encontrar uno para Daphne. Maxine se temía que la amenazara con negarse a asistir a la boda, así que no debería presionarla.

Aquella noche acabaron de hacer la lista y decidieron invitar a doscientas personas a la boda; pero probablemente, al final, asistirían unas ciento cincuenta, una cifra que a los dos les parecía conveniente. Maxine dijo que tenía que invitar a Blake. A Charles no le hizo gracia.

—No puedes invitar a tu ex marido a la boda. ¿Y si yo invito a mi ex esposa?

—Como quieras. Si es lo que deseas, me parece bien. Para mí, Blake es de la familia, y los niños se disgustarán si no viene.

Charles gimió con amargura.

—Esa no es mi definición de familia numerosa.

Para entonces, ya sabía que había ido a parar a un grupo un tanto peculiar. No había nada corriente o «normal» en ellos, y todavía le resultaba más raro casarse con la ex esposa de Blake Williams. Ese pequeño detalle ya los dejaba fuera de la norma.

—Ya veo que en esto no nos pondremos de acuerdo. Pero ¿quién soy yo para decirte lo que debes hacer? Solo soy un mandado.

Bromeaba a medias, porque todavía no era capaz de entender que su futura esposa le estuviera diciendo que su ex marido se ofendería si no le invitaba a su boda. Sin embargo, si no quería una batalla campal, y unos hijastros que le odiaran más de lo que ya lo odiaban, no tenía más remedio que claudicar.

—No te acompañará al altar, ¿verdad? —preguntó Charles, con preocupación.

—Claro que no, tonto. Me acompañará mi padre.

Charles pareció aliviado. Aunque él no lo reconociera, Maxine sabía que sentía cierta aversión por Blake. Para cualquier hombre era una mala pasada que te compararan con él. Si el dinero era la medida del éxito que utilizaba la mayoría de la gente, Blake estaba en lo más alto. Pero eso no cambiaba que fuera un irresponsable, que lo hubiera sido siempre y que nunca estuviera disponible para sus hijos. Blake era divertido, y Maxine siempre le querría. Pero, sin ninguna duda, Charles era el hombre con quien quería casarse.

Aquella noche, Charles la besó antes de marcharse. Habían decidido prácticamente todos los detalles y cuando Maxine hizo brillar el anillo, ambos rieron de alegría.

—Buenas noches, señora West —susurró él.

Al oírlo, Maxine se dio cuenta de que probablemente tendría que conservar el apellido «Williams» para el trabajo. El cambio sería demasiado complicado para sus pacientes, y para todas las cuestiones profesionales, así que aunque fuera la señora West en sociedad, seguiría siendo la doctora Williams; llevaría el apellido de Blake para siempre. Había cosas que simplemente no podían cambiarse.

16

Blake llamó a Maxine a la consulta un día que ya estaba siendo bastante frenético para ella. Había recibido a tres nuevos pacientes y acababa de discutir con el restaurador de Southampton sobre el precio de la carpa para la boda. La cantidad que pedía era exagerada, pero estaba claro que la necesitaban. Los padres de Maxine se habían ofrecido a pagar la boda, pero, a su edad, ella no se sentía capaz de permitir que cargaran con los gastos. Por otro lado, tampoco quería que el restaurador la timara. Las carpas eran caras, sobre todo las que tenían los laterales transparentes, como la que ella quería. Las opacas eran demasiado claustrofóbicas. Todavía estaba irritada cuando respondió a la llamada de Blake.

—Hola —dijo bruscamente—. ¿Qué hay?

—Perdona, Max. ¿Es un mal momento? Te llamo más tarde si lo prefieres.

Maxine miró el reloj y vio que ya era tarde para Blake. No sabía si volvía a estar en Londres o seguía en Marruecos, pero de todos modos seguro que era tarde, y se le notaba en la voz que estaba cansado.

—No, no te preocupes. Perdona. Tengo unos minutos antes de que llegue otro paciente. ¿Va todo bien?

—A mí sí. Pero a nadie más. Sigo en Imlil, a unas tres horas de Marrakech. Es increíble, no hay casi nada, pero tienen una torre de telefonía móvil, así que he podido llamarte. He estado trabajando con los niños, Max. Lo que les ha ocurrido es horrible. Todavía están sacando personas de debajo de los escombros, donde han pasado días enterrados con sus familiares muertos. Otros vagan por las calles con expresión aturdida. Aquí, en los pueblos, la gente vive en la miseria, y un desastre como este los borra del mapa. Se ha calculado que han desaparecido más de veinte mil personas.

—Lo sé —dijo Maxine, tristemente—, he visto la noticia en *The Times* y en la CNN.

A Maxine le soprendió el hecho de que no hubiera podido localizarle cuando su hijo estaba herido, y sin embargo ahora estuviera intentando remediar los males del mundo. Aunque sin duda era mejor que mariposear de fiesta en fiesta con su avión. Debido al trabajo de Max, las catástrofes no le eran desconocidas, pero era la primera vez que Blake parecía preocupado por algo que no le afectaba directamente. Aunque en esta ocasión, él lo estaba viviendo en persona. Maxine había estado en situaciones así, en desastres naturales donde iba a proporcionar asesoramiento, tanto en el país como en el extranjero.

—Necesito tu ayuda —dijo. Estaba exhausto; apenas había dormido en diez días—. Estoy intentando organizar la asistencia a los niños. He conocido a personas muy interesantes y poderosas desde que compré la casa. Los organismos gubernamentales están tan abrumados que el sector privado está intentando intervenir. He asumido la dirección de un gran proyecto para los niños, pero me hace falta consejo sobre la atención que requieren, a largo plazo y ahora mismo. Es lo tuyo. Necesito tu experiencia, Max.

Realmente se le oía cansado, preocupado y triste.

Maxine soltó un largo suspiro. Era un encargo de envergadura.

—Me encantaría ayudar —insinuó. Le impresionaba la magnitud de lo que Blake estaba haciendo, pero debía ser realista—. No creo que pueda asesorarte por teléfono —dijo con pesar—. No sé qué han preparado los organismos gubernamentales, y estas cosas hay que verlas en persona. Con un desastre así la teoría no sirve. Debes estar allí, como tú, para evaluar la situación y actuar en consecuencia.

—Lo sé —respondió Blake—. Por eso te llamo. No sabía qué más podía hacer. —Dudó un instante—. ¿Podrías venir, Max? Estos niños te necesitan, y yo también.

Maxine se quedó atónita. Aunque ya lo había mencionado en su anterior conversación, no pensó que fuera en serio, ni que fuera a pedírselo de verdad. Tenía la agenda apretada todo el mes. Como siempre, en julio se marcharía de vacaciones con los niños y, con la boda prevista para agosto, su vida era un torbellino.

—Caramba, Blake, me gustaría, pero no veo cómo. Tengo montones de pacientes y algunos están muy delicados.

—Pensaba mandarte mi avión. Aunque solo te quedaras veinticuatro horas, sería de gran ayuda. Necesito que lo vean tus ojos, en lugar de los míos. Dispongo del dinero para ponerle remedio pero no tengo ni idea de por dónde empezar, y solo confío en ti. Tienes que decirme qué debo hacer aquí. Yo solo estoy dando palos de ciego.

Le estaba haciendo una petición asombrosa, pero no veía la manera de poder aceptar. Por otro lado, nunca le había pedido nada, y se notaba que había puesto todo su corazón en el empeño. Estaba dispuesto a hacer todo lo posible para ayudar, con esfuerzo y con dinero. Además, era el tipo de trabajo que más compensaba a Maxine. Sin duda le destrozaría el corazón y sería doloroso ver el desastre en persona, pero era lo que más le gustaba, y una oportunidad de ser útil. Estaba orgullosa de él por lo que hacía, y solo escucharle hablar hacía que se le saltaran las lágrimas. Quería contárselo a sus hijos, para que estuvieran orgullosos de su padre.

—Ojalá pudiera —dijo lentamente—, pero no sé cómo hacerlo.

Le habría encantado ir a Marruecos, para ayudar y aseso

rarlo. Admiraba sus buenas intenciones y el esfuerzo que hacía. Se daba cuenta de que aquello era algo muy diferente para él y quería ayudarle. Sin embargo, no sabía cómo.

—¿Y si anularas las visitas del viernes? Te mandaría el avión el jueves para que viajaras de noche. Así tendrías un fin de semana de tres días. El domingo por la noche regresarías, y estarías en tu consulta el lunes.

Se notaba que había pasado horas reflexionando sobre esta solución. Se hizo un silencio al otro lado del teléfono.

—No estoy de guardia este fin de semana —dijo Maxine sopesando la situación.

Thelma se encargaba de sus pacientes. Podía pedirle un día más como un favor. Pero Maxine era consciente de que, con todas las cosas que tenía entre manos, ir a Marruecos para solo tres días era una locura.

—No sé a quién más pedírselo. Las vidas de estos niños estarán condenadas si nadie toma las medidas necesarias inmediatamente. De todos modos, muchos de ellos ya no lo superarán.

Los había que estaban heridos, mutilados y ciegos, con daños cerebrales y miembros amputados cuando los sacaban de la casa o la escuela que se había derrumbado sobre ellos. Muchos de ellos se habían quedado huérfanos. Había visto, con lágrimas en los ojos, cómo rescataban a un recién nacido, todavía vivo, arrancándolo de los escombros.

—Déjame un par de horas para pensarlo —dijo Maxine cautelosamente mientras sonaba el intercomunicador para anunciarle que había llegado el siguiente paciente—. Tengo que pensarlo.

Era martes. Si decidía ir dispondría de dos días para organizarlo todo. Pero los desastres naturales no avisaban, ni te daban tiempo para hacer planes. Otras veces se había marchado con solo unas horas para prepararse. Tenía ganas de ayudar a Blake, o al menos proporcionarle buenos consejos. Conocía una excelente asociación de psiquiatras de París especializados en esta clase de catástrofes. Pero también la estimulaba la idea de colaborar. Hacía tiempo que no participaba en una misión de este tipo.

—¿Cuándo puedo llamarte?

—Cuando quieras. No me he acostado en toda la semana. Prueba en el móvil inglés y en la BlackBerry. Los dos funcionan aquí, o al menos casi siempre... Oye, Max... gracias... te quiero. Gracias por escucharme y tomártelo en serio. Ahora entiendo tu trabajo. Eres una mujer increíble.

Después de todo lo que había visto sentía todavía más respeto por ella. Se sentía como si hubiera madurado de la noche a la mañana, y ella también lo notaba. Maxine sabía que era sincero, y que una nueva faceta de Blake estaba surgiendo por fin.

—Lo mismo te digo —correspondió amablemente. Tenía los ojos llenos de lágrimas otra vez—. Te llamaré en cuanto pueda. No sé si podré ir, pero si no puedo, te buscaré a alguien de primera línea que te ayude.

—Te quiero a ti —insistió Blake—. Te lo suplico, Max...

—Lo intentaré —prometió.

Colgó el teléfono y abrió la puerta a su paciente.

Tuvo que esforzarse para regresar al presente y escuchar con atención lo que decía la niña de doce años. Esta paciente se automutilaba y tenía ambos brazos marcados. La escuela se la había mandado a Maxine, porque era una de las víctimas del 11-S. Su padre era uno de los bomberos que habían muerto, y ella formaba parte del estudio que Maxine estaba elaborando para el ayuntamiento. La sesión duró más de lo habitual y, al acabar, Maxine se fue a casa a toda prisa.

Sus hijos estaban en la cocina con Zelda cuando ella llegó. Les contó lo que su padre estaba haciendo en Marruecos y a todos se les iluminaron los ojos al oírlo. Después les comentó que le había pedido que fuera a ayudarle. Les entusiasmó la idea y dijeron que esperaban que lo hiciera.

—No sé cómo podría ir —se lamentó, en tono preocupado y distraído, y salió de la cocina para llamar a Thelma.

El viernes no podía sustituir a Maxine porque daba una clase en la facultad de medicina de la Universidad de Nueva York, pero dijo que tenía una socia que podía hacerlo, si al final ella decidía irse. En cuanto al fin de semana, le tocaba estar de guardia de todos modos.

Maxine realizó otras llamadas, comprobó en el ordenador las visitas que tenía el viernes y a las ocho había tomado una decisión. Ni siquiera paró para cenar. Era lo menos que podía hacer y Blake se lo ponía fácil mandándole el avión. La vida era así. Siempre le había gustado una frase del Talmud en la que pensaba a menudo: «Salvar una vida es salvar el mundo entero». Se daba cuenta de que seguramente Blake también lo había entendido por fin. Le había costado una barbaridad, pero a los cuarenta y seis años se estaba convirtiendo en un ser humano de verdad.

Esperó a medianoche para llamarle. Entonces era primera hora de la mañana para él. Tuvo que intentarlo varias veces en los dos móviles, pero finalmente le localizó. Parecía más agotado que el día anterior. Le contó que había estado levantado toda la noche otra vez. Era normal en aquellas situaciones y Maxine lo sabía. Todos debían hacerlo. Si ella iba, tampoco podría perder el poco tiempo del que disponía. No había oportunidad para comer o dormir. Era lo que estaba viviendo Blake ahora.

Fue directa al grano.

—Iré.

Él se echó a llorar al oírlo. Eran lágrimas de alivio, de agotamiento, de terror y de agradecimiento. Nunca había sentido o experimentado algo así.

—Puedo ir el jueves por la noche —continuó.

—Gracias a Dios... Max, no sé cómo darte las gracias. Eres una mujer fantástica. Te quiero... te lo agradezco de corazón.

Maxine le enumeró los informes que necesitaría consultar al llegar y lo que quería ver. Él debía encontrar la manera de que pudiera reunirse con agentes del gobierno, entrar en hospitales y conocer a cuantos más niños mejor, en los lugares donde los tuvieran reunidos. Quería aprovechar cada minuto de su estancia, y Blake también. Le prometió que se encargaría de todo y le dio las gracias una docena de veces más antes de colgar.

—Estoy orgullosa de ti, mamá —dijo Daphne con un hilo de voz cuando su madre colgó.

Estaba en la puerta, escuchando lo que decía su madre, y tenía lágrimas en los ojos.

—Gracias, cariño. —Maxine se levantó y la abrazó—. También estoy orgullosa de tu padre. No tiene ninguna experiencia con este tipo de situaciones, pero hace lo que puede.

Daphne tuvo uno de esos momentos de lucidez en que vio claramente que sus padres eran buenas personas; se sintió conmovida, de la misma manera que la llamada de Blake había conmovido a Maxine. Hablaron un rato mientras Max hacía rápidamente una lista de lo que precisaría para el viaje. Mandó un correo a Thelma confirmando que se marchaba y que necesitaba que su socia la sustituyera el viernes en la consulta.

Entonces Maxine se acordó de que tenía que llamar a Charles. Habían pensado pasar el fin de semana en Southampton y ver al restaurador y al florista. Podía hacerlo sin ella, o dejarlo para el siguiente fin de semana. No era grave, porque todavía faltaban dos meses para la boda. Se dio cuenta de que era demasiado tarde para llamarle. Se fue a la cama y se quedó despierta durante horas, pensando en lo que deseaba hacer en cuanto llegara a Marruecos. De repente, aquel también era su proyecto, y estaba agradecida a Blake por dejarla participar. Tuvo la sensación de que la alarma del despertador sonaba cinco minutos después de haberse dormido. Desayunó y llamó a Charles inmediatamente. Todavía no había salido para ir a la consulta, y ella también debía estar en la suya al cabo de veinte minutos. No había escuela, así que los niños dormían. Zellie se afanaba en la cocina, preparándose para el zafarrancho que empezaría en breve.

—Hola, Max —dijo Charles, encantado de oír su voz—. ¿Va todo bien? —Por experiencia sabía que las llamadas a horas insólitas no siempre significaban buenas noticias. El reciente accidente de Sam se lo había demostrado. La vida era distinta cuando se tenían hijos—. ¿Sam está bien?

—Sí, perfectamente. Quería hablar contigo. Este fin de semana tengo que irme. —Habló con prisas y con más brusquedad de la que pretendía, pero no quería llegar tarde a la consulta, y sabía que él tampoco. Ambos eran escrupulosamente puntuales—. Tendré que anular la reunión con el restaurador y el florista en Southampton, a menos que quieras hacerlo sin mí. Podríamos ir el próximo fin de semana. Me marcho fuera.

Se dio cuenta de que saltaba de una cosa a otra de forma poco coherente.

—¿Sucede algo? —Maxine daba conferencias continuamente, pero no en fin de semana, ya que intentaba dedicarlos siempre a su familia—. ¿Qué ocurre? —Parecía perplejo.

—Me voy a Marruecos a ver a Blake —dijo por las buenas.

—¿Qué te vas adónde? ¿Qué quieres decir?

Estaba estupefacto, y aquello no le hacía ninguna gracia. Maxine se apresuró a explicárselo.

—No es eso. Él estaba allí cuando se produjo el terremoto. Ha intentado organizar operaciones de rescate y conseguir recursos para los niños. Por lo que parece el desastre ha sido enorme y no tiene ni idea de cómo hacerlo. Es la primera vez que se involucra en un trabajo de ayuda humanitaria. Quiere que vaya, que vea a algunos niños, me reúna con algunas agencias internacionales y gubernamentales y le asesore un poco.

Lo dijo como si Blake le hubiera pedido que fuera a comprarle una lechuga al supermercado. Charles seguía estupefacto.

—¿Lo haces por él? ¿Por qué?

—Por él no. Pero es la primera vez en cuarenta y seis años que da señales de ser un adulto. Estoy orgullosa de él. Lo menos que puedo hacer es darle consejos y echarle una mano.

—Esto es una estupidez, Max —exclamó Charles, echando humo—. Ya tienen a la Cruz Roja. No te necesitan.

—No es lo mismo —se apresuró a replicar ella—. Yo no busco supervivientes, ni conduzco ambulancias, ni curo heridos. Yo aconsejo a las autoridades sobre cómo tratar los traumas infantiles. Esto es exactamente lo que necesitan. Solo estaré tres días. Me mandará su avión.

—¿Vas a quedarte con él? —preguntó Charles, con desconfianza.

Se comportaba como si Maxine hubiera dicho que se iba de crucero con su ex marido. En realidad lo había hecho en más de una ocasión con los niños, pero Blake era inofensivo. Tenían hijos en común, y para ella aquello lo justificaba casi todo. En todo caso, esto era distinto, tanto si Charles lo entendía como si no. Se trataba únicamente de trabajo. Nada más.

—Supongo que no me quedaré en ninguna parte, si se parece a otros terremotos que he visto. Estaré acampada en un camión, y dormiré de pie. Probablemente, una vez allí, ni siquiera veré mucho a Blake.

Le parecía absurdo que Charles se sintiera celoso por algo tan evidente e inofensivo como aquello.

—Creo que no deberías ir —dijo él con firmeza.

Estaba furioso.

—Esta no es la cuestión y lamento que te lo tomes así —replicó Maxine fríamente—. No debes preocuparte por nada, Charles —añadió intentando ser amable y comprensiva.

Estaba celoso, y tenía su encanto, pero aquella era la especialidad de Maxine y el tipo de trabajo que se dedicaba a realizar en todo el mundo.

—Te quiero. Pero me apetece ir y echar una mano. Solo es una coincidencia que la persona que me lo ha pedido sea Blake. Podría haberme llamado cualquiera de los organismos que trabajan sobre el terreno.

—Pero no lo han hecho. Te lo ha pedido él. Y no entiendo

por qué vas. Por el amor de Dios, cuando su hijo estuvo en el hospital tardaste una semana en localizarle.

—Porque estaba en Marruecos y había habido un terremoto —exclamó ella con exasperación.

Aquella discusión le parecía cada vez más estúpida.

—Sí, claro, ¿y dónde ha estado el resto de la vida de sus hijos? En fiestas, en yates y persiguiendo mujeres. Tú misma me has dicho que nunca puedes localizarle, y no hace falta que haya habido un terremoto. Es un imbécil, Max. Y tú recorrerás medio mundo para hacerle quedar bien mientras rescata a un puñado de supervivientes del terremoto. No me vengas con cuentos. Que se apañe. No quiero que vayas.

—Por favor, no te pongas así —insistió Maxine con los dientes apretados—. No me estoy escapando para pasar un fin de semana de lujuria con mi ex marido. Voy a asesorarle para que inicie un programa para miles de niños que han quedado huérfanos, están heridos y quedarán traumatizados el resto de su vida si alguien no interviene cuanto antes. Puede que no sirva para mucho, dependerá de cómo lo apliquen y de los fondos de que dispongan, pero algo se puede hacer. Y ese es mi único interés, no Blake; solo ayudar a los niños, a cuantos más mejor.

Fue muy clara, pero él no se lo tragaba. Ni por un segundo.

—No sabía que me casaba con la madre Teresa de Calcuta —espetó, más enfadado todavía que antes.

Maxine se sintió frustrada y disgustada. Lo último que deseaba era pelearse con Charles. Era absurdo y solo haría que complicarle la vida. Se había comprometido con Blake, y pensaba ir. Era lo que deseaba hacer, tanto si le gustaba a Charles como si no. No era de su propiedad, y debía respetar su trabajo, incluso su relación con Blake, tal como era. Charles era el hombre que amaba su futuro. Blake era el pasado y el padre de sus hijos.

—Te casas con una psiquiatra especializada en el suicidio en adolescentes, con una subespecialidad en traumas infantiles y adolescentes. Creo que está bastante claro. El terremoto en Marruecos entra dentro de mis competencias. Lo único que te preocupa es Blake. ¿Podemos comportarnos como personas adultas? Yo no te montaría una escena si lo hicieras tú. ¿Por qué no puedes ser razonable?

—Porque no entiendo la relación que mantienes con él; creo que es enfermiza. No habéis cortado el vínculo y, aunque seas psiquiatra, doctora Williams, creo que tu vínculo con tu ex marido es retorcido. Es mi opinión.

—Gracias por tu opinión, Charles. La tendré en cuenta cuando llegue el momento. Ahora llego tarde a la consulta y después me iré a Marruecos tres días. Me he comprometido y me apetece. Te agradecería que fueras más maduro con esto y confiaras en mí en lo que concierne a Blake. No pienso tener relaciones sexuales con él entre los escombros.

Había levantado la voz, lo mismo que él. Se estaban peleando. Por Blake. ¡Qué locura!

—No me importa lo que hagas con él, Maxine. Pero debo decirte algo: no toleraré este tipo de cosas una vez casados. Si quieres correr tras los terremotos, los tsunamis o lo que sea por todo el mundo, adelante. Pero no lo harás con tu ex marido; no lo aceptaré. Creo que solo es una excusa para hacerte ir a su lado y poder estar contigo. No creo que tenga nada que ver con los huérfanos de Marruecos ni nada por el estilo. Este tipo no es suficiente ser humano para que le importe nadie aparte de él mismo; tú misma me lo has dicho. Esto es una excusa y tú lo sabes.

—Charles, te equivocas —replicó Maxine con calma—. Es la primera vez que le veo hacer algo así, pero debo respetarlo. Y me gustaría ayudarle si puedo. Pero no te equivoques, no le estoy ayudando a él. Lo hago por esos niños. Por favor, intenta entenderlo.

Él no contestó. Se quedaron en silencio, furiosos. A Maxine le molestaba que él sintiera tanta hostilidad hacia Blake. Si no lo superaba, la situación sería difícil para ella y para los niños en el futuro. Esperaba que lo entendiera pronto. Mientras tanto, pensaba ir a Marruecos. Era una mujer de palabra. Con un poco de suerte, Charles se calmaría. Colgaron sin haber solucionado nada.

Angustiada por la discusión, Maxine se quedó un momento contemplando el teléfono. Se sobresaltó al oír una voz detrás de ella. En el calor de la pelea con Charles, no había oído entrar a Daphne.

—Es un imbécil —dijo la niña, con una voz de ultratumba—. No puedo creer que vayas a casarte con él, mamá. Y odia a papá.

Maxine no estaba de acuerdo, pero entendía que su hija lo viera de ese modo.

—No comprende la relación que tengo con vuestro padre. Él nunca habla con su ex esposa. No tienen hijos.

Pero con Blake había algo más que eso. A su manera, seguían queriéndose, aunque el amor se hubiera transformado en un vínculo familiar que ella no quería perder. No deseaba pelearse con Charles por ello. Quería que lo entendiera, pero él era incapaz.

—¿Vas a ir a Marruecos o no? —preguntó Daphne, con preocupación.

Creía que su madre debía ir a ayudar a su padre y a todos esos niños.

—Sí. Espero que Charles se calme con este asunto.

—¿A quién le importa? —soltó Daphne, llenando un cuenco con cereales, mientras Zellie empezaba a preparar panqueques.

—A mí —contestó Maxine sinceramente—. Le quiero.

Esperaba que algún día sus hijos también le quisieran. Era comprensible que los niños se volvieran contra un padrastro, sobre todo a esta edad. No era nada del otro mundo, pero resultaba muy difícil vivir así.

Maxine llegó media hora tarde a la consulta, y siguió retrasada todo el día. No tuvo tiempo de volver a llamar a Charles. Estaba demasiado ocupada visitando pacientes y anulando todas las citas que podía del viernes. Le llamó en cuanto llegó a casa, pero se le cayó el alma a los pies al ver que seguía enfadado. Intentó tranquilizarlo, y le pidió que fuera a cenar. La sorprendió diciendo que ya se verían a su regreso. La castigaba por el viaje que Blake había organizado, y no quería verla antes de irse.

—Me gustaría mucho verte antes de marcharme —insistió ella con cariño.

Pero Charles no estaba dispuesto a ceder. Maxine no quería marcharse sabiendo que él estaba enfadado, pero Charles se mostró inflexible. A Max le pareció una actitud infantil, pero decidió dejar que se tranquilizara mientras estaba fuera. No tenía alternativa. Cuando le llamó más tarde descubrió que había apagado el teléfono. Estaba furioso y se lo hacía pagar a ella.

Aquella noche tuvieron una cena agradable con los niños. El jueves, tras otro día de locos en la consulta, Maxine volvió a llamar a Charles por la noche, antes de marcharse. Esta vez cogió el teléfono.

—Solo quería despedirme —dijo con toda la tranquilidad que pudo—. Me voy al aeropuerto.

Despegarían de Newark, donde Blake aterrizaba siempre.

—Cuídate —dijo Charles de mal humor.

—Te he mandado los números del móvil y de la Black-Berry de Blake, pero también puedes probar con el mío. Creo que funcionará —dijo, intentando aplacarle.

—No pienso llamarte a su teléfono —dijo Charles, enfadado de nuevo.

Todavía le escocía que Maxine se marchara. Pasaría un fin de semana horrible. Maxine entendía el motivo y se sentía mal, pero le habría gustado que lo superara y fuera más comprensivo. Estaba ilusionada con el viaje y con lo que le esperaba. Aquellas situaciones siempre le provocaban una descarga adicional de adrenalina, aunque también le destrozaran el corazón. Colaborar en la ayuda humanitaria cuando había catástrofes hacía que sintiera que su vida tenía más sentido. Maxine sabía que también le haría bien a Blake. Para él era la primera vez, y en parte esa era la razón de que Maxine fuera. No quería fallarle y deseaba reforzar el giro que parecía haber tomado su vida. Era imposible que Charles lo comprendiera. Daphne tenía razón. Odiaba a Blake y había estado celoso de él desde el principio.

—Intentaré llamarte —dijo Maxine para tranquilizarlo—. Le he dejado tus teléfonos a Zellie por si acaso.

Dio por hecho que se quedaría en la ciudad, ya que ella no estaba.

—La verdad es que pensaba irme a Vermont —contestó Charles.

Estaba precioso en junio. A Maxine le habría gustado que Charles tuviera una relación con sus hijos que le permitiera verlos sin ella; iba a ser su padrastro dentro de dos meses. Pero no la tenía. También sabía, que en su ausencia, sus hijos tampoco querrían verle a él. Era una lástima. Faltaba mucho trecho antes de que ambos bandos estuvieran cómodos el uno con el otro. La necesitaban a ella para hacer de puente.

—Sé prudente. Los escenarios de una catástrofe pueden ser peligrosos. Y se trata del norte de África, no de Ohio —la advirtió, antes de colgar.

—Lo haré, no te preocupes. —Sonrió—. Te quiero Charles. Estaré de vuelta el lunes.

Al colgar estaba triste. Aquello había abierto una brecha entre ellos. Esperaba que no fuera más que eso, y lamentaba no haberle visto antes de marcharse. Su negativa le parecía infantil y mezquina. Cuando fue a dar un beso de despedida a sus hijos pensó para sí misma que al final, por muy adultos que fingieran ser, todos los hombres eran unos niños.

17

El avión de Blake despegó del aeropuerto de Newark el jueves poco después de las ocho. Maxine se acomodó en uno de los confortables asientos, aunque pensaba usar uno de los dos dormitorios para aprovechar la noche y dormir. Las habitaciones tenían camas dobles, sábanas preciosas y edredones y mantas blandas además de mullidas almohadas. Uno de los dos ayudantes de vuelo le llevó un piscolabis y poco después una cena ligera compuesta de salmón ahumado y una tortilla. El sobrecargo le informó de la ruta de vuelo, que duraría siete horas y media. Llegarían a las siete de la mañana, hora local, y un coche con chófer la estaría esperando para llevarla al pueblo donde Blake y otros miembros de los equipos de rescate habían montado el campamento. La Cruz Roja también estaba instalada allí.

Maxine dio las gracias al sobrecargo por la información, tomó la cena y se fue a la cama a las nueve. Sabía que necesitaría acumular todo el descanso que pudiera antes de llegar, y eso era fácil en el lujoso avión de Blake. Estaba elegantemente decorado con telas y pieles beis y gris. Había mantas de cachemira en todos los asientos, sofás con fundas de moer y gruesas alfombras de lana gris en todo el avión. El dormitorio que escogió estaba decorado en suaves tonos amarillo claro y Maxine se quedó dormida en cuanto apoyó la cabeza en la almohada. Durmió como un bebé durante seis horas, y cuando se despertó, se quedó en la cama pensando en Charles. Todavía le preocupaba que estuviera tan enfadado con ella, aunque sabía que ir a Marruecos había sido la decisión correcta.

Se cepilló el pelo, se lavó los dientes, y se calzó unas botas gruesas. Hacía tiempo que no se las ponía, así que las había sacado del fondo del armario donde guardaba la ropa para situaciones como esta. Se había llevado el equipo de campaña porque sospechaba que dormiría con lo puesto los siguientes días. Estaba bastante ilusionada con la expectativa del trabajo y esperaba ser útil y poder echar una mano a Blake.

Cuando salió del dormitorio, sintiéndose fresca y descansada, el ayudante de vuelo le sirvió el desayuno. Había cruasanes y brioches recién hechos, yogur y una cesta de fruta. Después de comer leyó un poco, e iniciaron el descenso. Maxine se había puesto una insignia en la solapa que la identificaría como médico en el lugar del desastre. En cuanto aterrizara estaba dispuesta a entrar en acción, con los cabellos recogidos en una trenza y una vieja camisa caqui bajo un jersey grueso. También llevaba camisetas y un anorak. Jack había consultado el parte meteorológico en línea mientras hacía las maletas. Una cantimplora, que llenó con Evian antes de bajar del avión, unos guantes de trabajo sujetos al cinturón, y mascarillas y guantes de goma en los bolsillos completaban su equipo. Estaba preparada.

Tal y como había prometido Blake, un jeep y un conductor la esperaban cuando el avión aterrizó. Maxine llevaba encima una bolsa en bandolera con ropa interior de recambio, por si había alguna ducha donde asearse, y medicinas por si se encontraba mal. Llevaba mascarillas por si el hedor de los cadáveres era insoportable o si se detectaban enfermedades infecciosas. También había cogido toallitas impregnadas de alcohol. Había intentado pensar en todo antes de marcharse. Las situaciones como esa siempre parecían una operación militar, incluso cuando el caos era absoluto. No llevaba ninguna joya, solo un reloj. El anillo de compromiso lo había dejado en Nueva York. Al subir al jeep que la esperaba era la viva imagen de la profesionalidad. El francés de Maxine era rudimentario, pero pudo comunicarse con el chófer por el camino. Este la informó de que había muerto mucha gente, miles de personas, y que había muchos heridos. Le habló de cadáveres en la calle, esperando a ser enterrados, lo que para Maxine significaba enfermedades y epidemias en un futuro inmediato. No era necesario ser médico para imaginarlo, y su chófer también lo sabía.

Desde Marrakech, el trayecto hasta Imlil era de tres horas. Primero, dos horas hasta una ciudad llamada Asni, en las montañas del Atlas, y casi otra hora hasta Imlil por carreteras en mal estado. Cerca de Imlil hacía más frío que en Marrakech, y el paisaje era más verde. Se veían pueblecitos con casas de adobe, cabras, ovejas y gallinas en los caminos, hombres montados en mulas, y mujeres y niños cargando leña sobre la cabeza. Algunas cabañas estaban dañadas y había señales del terremoto entre Asni e Imlil. La mayoría de los caminos entre los pueblos estaban destruidos. Camiones con las cajas al descubierto transportaban personas de un pueblo a otro.

En cuanto se acercaron a Imlil, Maxine pudo ver casas de adobe derrumbadas por todas partes, y hombres que excavaban entre los escombros buscando a sus seres queridos y a algún superviviente, a veces con las manos, por falta de herramientas con las que hacerlo; algunos de ellos lloraban. Maxine sintió que le escocían los ojos. Era difícil no identificarse con ellos. Sabía que buscaban a sus esposas, hijos, hermanos o padres. Le anticipaba lo que descubriría cuando por fin se encontrara con Blake.

En las afueras de Imlil, vio a empleados de la Cruz Roja y de la Media Luna Roja marroquí atendiendo a personas cerca de las casas de adobe derribadas. Parecía que no quedaban estructuras en pie, y cientos de personas deambulaban por la carretera. Algunas mulas interrumpían el tráfico en la carretera. Los últimos kilómetros avanzaron muy lentamente. También se veían bomberos y soldados. El gobierno marroquí y los de otros países habían desplegado todos los equipos de rescate disponibles. Los helicópteros zumbaban por encima de su cabeza. Era un espectáculo que Maxine había visto en otros escenarios de catástrofes.

En el mejor de los casos, no había ni electricidad ni agua corriente en la mayoría de los pueblos, pero las condiciones empeoraban en los pueblos de montaña, más allá de Imlil. El chófer le dio detalles de la región mientras sorteaban campesinos, refugiados y ganado en la carretera. Le contó que los habitantes de Ikkiss, Tacheddirt y Seti Chambarouch, en la montaña, habían bajado a Imlil para ayudar. Imlil era la puerta de entrada al alto Atlas central, y el valle de Tizane, dominado por Jebel Toubkal, la cima más alta del norte de África, a más de cuatro mil metros. Maxine podía ver las montañas delante de ellos, espolvoreadas de nieve. La población de la zona era musulmana y bereber, así que hablaban dialectos árabes y bereberes. Maxine sabía que solo unos pocos hablarían francés. Blake le había dicho por teléfono que se comunicaba con la gente del pueblo en francés y a través de intérpretes. Por ahora no había encontrado a nadie, aparte de los empleados de la Cruz Roja, que hablara inglés. Pero, tras tantos años de viajes, se desenvolvía bien en francés.

El chófer también le explicó que por encima de Imlil estaba la kasba de Toubkal, un antiguo palacio de verano del gobernador. Se encontraba a veinte minutos andando de Imlil. No había otro modo de llegar, excepto montado en mula. También le dijo que transportaban a los heridos de los pueblos del mismo modo.

Los hombres que veían llevaban chilabas, las largas túnicas con capucha que vestían los bereberes. Todos parecían exhaustos y cubiertos de polvo, tras los desplazamientos en mula, las horas de caminata, o los esfuerzos por sacar a personas de entre los escombros. A medida que se acercaban a Imlil, Maxine observó que incluso los edificios de ladrillo habían sido destruidos por el terremoto. No quedaba nada en pie y empezaban a verse las tiendas que la Cruz Roja había plantado como hospitales de campo y refugios para las innumerables víctimas. Las típicas cabañas de adobe estaban completamente derruidas. Aunque los edificios de hormigón no habían resistido mucho mejor que las casas de adobe y arcilla. Había flores silvestres junto a la carretera, cuya belleza contrastaba enormemente con la destrucción que Maxine veía por todas partes.

El chófer le explicó que la sede de Naciones Unidas en Ginebra había mandado un equipo especializado para evaluar el desastre y asesorar a la Cruz Roja y a los muchos equipos de rescate internacional que se ofrecían a ayudar. Maxine había colaborado con Naciones Unidas en diversas ocasiones, y creía que si tuviera que trabajar con una agencia internacional durante un período largo, probablemente lo haría con ellos. Una de sus mayores preocupaciones en aquel momento era que los mosquitos extendieran la malaria en los pueblos destruidos, como solía suceder en la región; el cólera y el tifus también eran peligros reales, por la contaminación. Los cadáveres se enterraban rápidamente, conforme a la tradición de aquella zona, pero muchos no se habían recuperado todavía, así que la propagación de la enfermedad era un problema real.

Resultaba desalentador, incluso para Maxine, ver la magnitud del trabajo, sabiendo el poco tiempo de que disponía para asesorar a Blake. Tenía exactamente dos días y medio para hacer lo que pudiera. De repente, Maxine lamentó no poder quedarse unas semanas en lugar de unos días, pero era imposible. Tenía obligaciones, responsabilidades, sus hijos la esperaban en Nueva York y no quería tensar la situación con Charles más de lo que ya estaba. Pero Maxine sabía que los equipos de rescate y las organizaciones internacionales permanecerían meses allí. Se preguntaba si Blake también se quedaría.

Una vez en Imlil, vieron más cabañas derribadas, camiones volcados, grietas en el suelo y personas que lloraban a sus muertos. La escena empeoraba a medida que se adentraban en el pueblo donde Blake había dicho que la esperaría. Estaba trabajando en una de las tiendas de la Cruz Roja. Al acercarse a las tiendas de rescate, Maxine percibió el hedor repulsivo y fuerte de la muerte que ya conocía y que nunca olvidaría. Sacó una de las máscaras de la bolsa y se la puso. Era tan dramático como había temido, y no podía por menos que admirar a Blake por estar allí. Sabía que la experiencia tenía que ser impactante para él.

El jeep la dejó en el centro de Imlil, donde las casas estaban derrumbadas, había escombros y cristales rotos por todas partes, cadáveres en el suelo, algunos tapados con lonas y otros no, y personas que deambulaban todavía conmocionadas. Había niños que lloraban, cargados con niños más pequeños o bebés, y vio dos camiones de la Cruz Roja con voluntarios que servían comida y té. También vio una tienda médica con una enorme Cruz Roja y otras más pequeñas formando un campamento. El chófer le señaló una de ellas y la acompañó a pie por el terreno lleno de obstáculos. Los niños la miraron con sus caras sucias y los cabellos enmarañados. La mayoría de ellos iban descalzos; algunos ni siquiera llevaban ropa, porque habían huido en plena noche. No hacía frío, por suerte, así que Maxine se quitó el jersey y se lo anudó a la cintura. El olor a muerte, orina y heces lo impregnaba todo. Maxine entró en la tienda, buscando a Blake. Allí solo conocía a una persona y la encontró a los pocos minutos, hablando con una niña en francés. Blake había aprendido el francés en clubes de Saint Tropez y ligando con mujeres, pero lograba hacerse entender. Maxine sonrió en cuanto le vio y se acercó a él. Cuando él levantó la cabeza, Max descubrió lágrimas en sus ojos. Terminó lo que estaba diciendo a la niña, le señaló un grupo de personas a cargo de un voluntario de la Cruz Roja, y abrazó a Maxine. Ella casi no pudo oír lo que le decía a causa del ruido de los bulldozer. Blake los había hecho traer de Alemania para que los equipos de rescate pudieran seguir buscando supervivientes.

—Gracias por venir —dijo, conmocionado—. Es terrible. Por ahora, hay más de cuatro mil niños que parecen haber quedado huérfanos. Todavía no estamos seguros, pero creemos que habrá muchos más.

Habían muerto más de siete mil niños. Y más del doble de adultos. Todas las familias habían quedado diezmadas o habían sufrido alguna pérdida. Blake dijo que la situación en el siguiente pueblo, en la montaña, era peor. Había estado allí los últimos cinco días. Prácticamente no había supervivientes y casi todos habían bajado a la llanura. Estaban mandando a los ancianos y a los heridos graves a hospitales de Marrakech.

—A primera vista, es terrible —confirmó ella.

Él asintió, tomándole la mano. La llevó a dar una vuelta por el campamento. Había niños llorando por todas partes y casi todos los voluntarios sostenían a uno en brazos.

—¿Qué va a ser de ellos? —preguntó Maxine—. ¿Se ha organizado algo oficialmente?

Sabía que era necesario esperar la confirmación de que los padres habían muerto y no se había localizado a ningún pariente. Hasta entonces reinaría la confusión.

—El gobierno, la Cruz Roja y la Media Luna Roja marroquí están trabajando en ello, pero todavía es todo muy caótico. Nos basamos en lo que la gente nos dice. No participo en nada más. Me he concentrado en los niños.

De nuevo, a Max le pareció extraño, ya que había pasado muy poco tiempo con sus hijos; sin embargo, sus intenciones eran buenas y actuaba de corazón.

Maxine pasó las dos horas siguientes explorando el campamento con él, hablando con la gente en el francés rudimentario que sabía. Ofreció sus servicios en la tienda médica, por si los necesitaban, y se identificó ante el jefe de cirugía como psiquiatra, especializada en traumas. Él la presentó a unas mujeres y a un anciano. Una mujer que estaba embarazada de gemelos los había perdido con el impacto cuando la casa se había derrumbado; su marido había muerto, enterrado bajo los escombros. Él le había salvado la vida y había perdido la suya, le explicó. Tenía tres hijos más, pero no había podido encontrarlos. Había docenas de casos como el de ella. Vio a una preciosa niña que había perdido ambos brazos. Lloraba desconsoladamente llamando a su madre. Maxine se quedó con ella acariciándole la cabeza mientras Blake se volvía para esconder sus lágrimas.

Ya casi atardecía cuando Maxine y Blake se tomaron un respiro en el camión de la Cruz Roja para tomar una taza de té con menta. Escucharon la llamada a la plegaria que partía de la mezquita principal y se extendía por todo el pueblo. Era un sonido inolvidable. Maxine había prometido volver a la tienda médica por la noche y esbozar un plan para tratar a las víctimas traumatizadas, aunque debía incluir entre estas a los equipos de rescate. Habían presenciado tragedias horribles. Maxine había hablado con voluntarios de la Cruz Roja. En aquella situación la gente necesitaba cuidados tan básicos que no merecía la pena plantearse intervenciones más complejas. Lo mejor que podía hacer era hablar con las personas una por una. Ella y Blake hacía horas que no se sentaban. Mientras tomaban el té, Maxine se acordó de Arabella y le preguntó si todavía seguía en su vida. Él asintió sonriendo.

—Tenía un encargo y esta vez no ha podido venir. Me alegro de que no esté. Es muy aprensiva. Se desmaya si alguien se corta con un papel. Esto no es para ella. Está en casa, en Londres.

Arabella se había mudado con él oficialmente hacía unos meses, lo que para él también era una novedad. Normalmente las mujeres pasaban con él una temporada y desaparecían de su vida. Siete meses después, Arabella seguía allí. Maxine no se lo podía creer.

—¿Va en serio? —preguntó sonriendo y mientras terminaba su té.

—Podría ser —contestó él, tímidamente—. Aunque no sé muy bien qué significa eso. No soy tan valiente como tú, Max. No necesito casarme. —Le parecía un acto de gran valor, pero se alegraba por Maxine, si era lo que ella deseaba—. Por cierto, quería regalaros a ti y a Charles la fiesta de antes de la boda en Southampton. Me parece que al menos te lo debo.

—No me debes nada —replicó ella amablemente, con la máscara colgando del cuello.

El olor seguía siendo insoportable, pero no podía beber con ella puesta. Le había dado una a Blake y unos guantes de látex. No quería que enfermara, lo cual no era difícil en un lugar como aquel. Los soldados habían estado enterrando cadáveres todo el día, mientras los familiares lloraban. Era un sonido fantasmal y doloroso, que por suerte los bulldozer prácticamente lograban sofocar.

—Quiero hacerlo por ti. Será divertido. ¿Los niños han entrado en razón?

—No —dijo Maxine, apenada—, pero lo harán. Charles es un buen hombre, aunque no esté acostumbrado a los niños.

Le contó su primera cita y Blake se echó a reír.

—Yo habría huido como de la peste —confesó Blake—, y son mis hijos.

—Me sorprende que él no lo hiciera.

Maxine también sonreía. No le contó lo furioso que estaba Charles porque ella se hubiera ido a Marruecos. Blake no tenía por qué saberlo; podría ofenderse o, como Daphne, concluir que Charles era un imbécil. Maxine sentía la necesidad de proteger a ambos. En su opinión, los dos eran buenas personas.

Volvió un rato a la tienda médica, para colaborar en la elaboración de un plan, y habló con algunos enfermeros sobre cómo detectar los signos de que había algún trauma; aunque en aquel momento era como intentar excavar una montaña con una cuchara. Era poco eficaz y muy rudimentario.

Estuvo casi toda la noche despierta con Blake, aunque al final acabaron durmiendo los dos en el jeep que la había llevado a ella, apoyados el uno en el otro, como cachorros. Maxine no pensó en cómo habría reaccionado Charles si los hubiera visto. No tenía ninguna importancia, así que le daba igual. Cuando volviera dedicaría el tiempo que fuera necesario para convencerlo. Ahora tenía cosas más importantes que hacer.

Pasaron casi todo el sábado con los niños. Maxine habló con cuantos pudo; a veces solo los abrazaba, sobre todo cuando eran muy pequeños. Muchos empezaban a ponerse enfermos, y ella sabía que algunos morirían. Mandó al menos una docena a la tienda médica con los voluntarios. Era de noche cuando ella y Blake pararon para descansar.

—¿Qué puedo hacer? —Blake parecía sentirse impotente.

Maxine estaba más acostumbrada a estas situaciones, aunque también la afectaban. ¡Era tal la necesidad y tan escasos los remedios a su alcance!

—¿Sinceramente? No mucho. Ya haces todo lo que puedes.

Sabía que estaba donando dinero y comprando maquinaria para los equipos de rescate. Pero a esas alturas solo localizaban cadáveres, no supervivientes.

Entonces él la sorprendió.

—Quiero llevarme algunos niños a casa —dijo en voz baja.

Era una reacción normal. Otras personas en circunstancias similares habían reaccionado igual. Pero Maxine sabía que en aquellos casos adoptar huérfanos no era tan sencillo como Blake suponía.

—Como todos nosotros —contestó—. Pero no puedes llevártelos a todos.

El gobierno montaría orfanatos provisionales para ellos y gradualmente los integraría en su sistema; a algunos los adoptarían en el extranjero, pero serían muy pocos. Normalmente, aquellos niños permanecían en su país y en su cultura.

—La peor parte de este trabajo es tener que irse. En algún

momento, cuando ya has hecho todo lo que podías dentro de tus posibilidades, debes marcharte. Ellos se quedan.

Sonaba duro, pero Maxine sabía que en la mayoría de los casos ocurría así.

—A eso me refiero —insistió él tristemente—. No puedo. Siento que les debo algo. No puedo construir una casa fabulosa y aparecer con un puñado de gente guapa de vez en cuando. Siento que les debo algo más, como ser humano.

Era todo un descubrimiento para Blake, aunque había tardado toda una vida en llegar a él.

—¿Por qué no les ayudas aquí, en lugar de intentar llevártelos? Te arriesgas a perderte en una burocracia interminable.

Él la miró de una forma extraña, como si se le estuviera ocurriendo algo que a la larga podría tener más sentido.

—¿Y si convierto mi casa en un orfanato? Podría mantenerlos y también educarlos. En la casa de Marrakech habría espacio para unos cien niños si la reformo. Ahora mismo lo que menos necesito es otra casa. No sé por qué no se me había ocurrido antes.

Sonreía feliz y Maxine tenía lágrimas en los ojos.

—¿Lo dices en serio?

Max estaba atónita, pero el plan de Blake podía funcionar. Nunca había hecho nada parecido. Era un proyecto totalmente altruista, y maravilloso. Además, él tenía los medios, si quería hacerlo. Maxine sabía que podía convertir el palacio en orfanato, contratar empleados, financiarlo y cambiar la vida de cientos de niños huérfanos. Sería un milagro para cualquiera de ellos, y tenía mucho más sentido que adoptar a unos pocos. Cediendo su casa, acondicionándola y financiando el proyecto podía ayudar a muchos más.

—Sí, en serio —insistió Blake, con una mirada penetrante.

Maxine se asombró de lo que vio en sus ojos. Blake había crecido. Por fin era un adulto. No había rastro del Peter Pan o del truhan.

—Es una idea fantástica —dijo con admiración.

Él también parecía entusiasmado. Maxine vio una luz en sus ojos que no había visto nunca. Estaba muy orgullosa de él.

—¿Me asesorarías para tratarlos como víctimas de un trauma? Una versión en pequeño de uno de tus estudios. Quiero ayudarlos tanto como pueda. Psiquiatras, médicos, educación.

—Claro —aceptó Maxine encantada.

Era un proyecto fabuloso. Estaba demasiado conmovida para decirle lo impresionada que estaba. Necesitaría tiempo y varias visitas para evaluar la situación con calma.

Aquella noche durmieron otra vez en el jeep, y al día siguiente Maxine hizo la ronda con él. Los niños que vieron eran adorables y estaban tan necesitados que la idea de convertir la casa de Blake en un orfanato parecía aún más admirable. En los siguientes meses, habría mucho trabajo que hacer. Blake ya había llamado a su arquitecto y estaba organizando reuniones con organismos del gobierno para llevar a cabo su plan.

Maxine pasó la última hora de su estancia en el campamento en la tienda médica. Tenía la sensación de haber hecho muy poco, pero siempre le ocurría en aquellas situaciones. Blake la acompañó al jeep al acabar el día. Estaba exhausto. Tenía demasiadas cosas en la cabeza.

—¿Cuándo volverás a casa? —preguntó Maxine con expresión preocupada.

—No lo sé. Cuando ya no me necesiten. Unas semanas, un mes. Tengo que organizar muchas cosas ahora mismo.

Necesitarían su ayuda durante bastante tiempo, pero un día lo peor de la crisis habría pasado y él regresaría a Londres, donde Arabella le esperaba pacientemente. Estaba tan ocupado que apenas había tenido tiempo de llamarla, pero cuando lo hacía ella se mostraba encantadora y adorable. Le decía que era maravilloso, que le parecía un héroe y le admiraba mucho. Como Maxine. Su trabajo y sus planes de fundar un orfanato en su palacio de Marrakech la habían impresionado enormemente.

—No olvides que tienes el barco dos semanas en julio —le recordó Blake.

Les parecía raro hablar de aquello allí. Unas vacaciones en un yate lujoso estaban totalmente fuera de lugar en aquel contexto. Le dio las gracias otra vez. En esta ocasión Charles les acompañaría, aunque fuera de mala gana, pero Maxine había hecho incapié en que era una tradición de la familia y que los niños se disgustarían si no lo hacían. Ahora Charles formaba parte de la familia. Maxine había insistido en que todavía no quería cambiar nada en la vida de los chicos. Era demasiado pronto; además, no había suficiente espacio para todos en la casa de Vermont.

—No olvides la fiesta. Le diré a mi secretaria que te llame. Quiero montar algo fabuloso para ti y para Charles.

A Maxine le conmovió que hubiera pensado en ello, sobre todo en aquel momento. Tenía ganas de conocer a la famosa Arabella. Maxine estaba segura de que era mucho más simpática de lo que Daphne estaba dispuesta a admitir.

Antes de marcharse, Maxine abrazó a Blake y le dio las gracias por el privilegio de haber podido participar.

—¿Bromeas? Gracias a ti por venir tres días a ayudarme.

—Estás haciendo un trabajo increíble, Blake —insistió Maxine—. Estoy muy orgullosa de ti, y los niños también lo estarán. Me muero de ganas de contarles lo que haces.

—No se lo digas todavía. Primero quiero planificarlo todo, y aún falta mucho para que se haga realidad.

Sería un trabajo ingente coordinar la construcción del orfanato y encontrar a las personas que pudieran dirigirlo. Una tarea ardua.

—Cuídate mucho y no te pongas enfermo —le recordó Maxine—. Sé prudente.

Pronto empezaría a haber epidemias de malaria, cólera y tifus.

—Lo haré. Te quiero, Max. Cuídate y dales un beso a los niños.

—De tu parte. Yo también te quiero —contestó ella.

Le abrazó por última vez y él se quedó saludando con la mano mientras el jeep se alejaba.

Era de noche cuando Maxine llegó al avión. La tripulación la estaba esperando, con una comida exquisita preparada. Después de lo que había visto, Maxine no fue capaz de tocarla. Se quedó un buen rato contemplando la noche. Una luna brillante asomaba por la punta del ala, y el cielo estaba repleto de estrellas. Todo lo que había visto y hecho durante aquellos tres días le parecía irreal. Reflexionó sobre ello, y sobre Blake y lo que estaba haciendo, mientras el avión volaba a Nueva York. Por fin se durmió en el asiento y no se despertó hasta que aterrizaron en Newark a las cinco. Los días que había pasado en Marruecos le parecían más que nunca un sueño.

18

Maxine llegó a casa a las siete. Los niños todavía dormían y Zelda estaba en su habitación. Maxine se duchó y se fue a la consulta. Como había dormido bien en el avión se sentía descansada, aunque tenía mucho en lo que pensar y que digerir acerca del viaje. Era una mañana preciosa de junio, así que decidió ir andando a la consulta; llegó poco después de las ocho. Tenía una hora antes de que llegara el primer paciente, por lo que aprovechó para llamar a Charles y decirle que había llegado sana y salva. Él respondió al segundo tono.

—Hola, soy yo —dijo Maxine con afecto, esperando que estuviera más calmado.

—¿Y quién es yo? —respondió él de mal humor.

Maxine le había llamado tres veces desde Marruecos, pero no había podido comunicarse con él, así que había dejado mensajes en el contestador de su casa. No le importó demasiado no hablar con él, ya que no quería pelearse a larga distancia. En Vermont tampoco había respondido, y allí no había contestador para dejar un mensaje. Tenía la esperanza de que se hubiera ablandado en los cuatro días que había estado fuera.

—La futura señora West —bromeó Maxine—. O al menos eso espero.

—¿Cómo ha ido?

Parecía más tranquilo. Lo sabría cuando le viera y pudiera interpretar la expresión de su mirada.

—Asombroso, terrible, angustioso. Como son siempre estas cosas. Los niños están sufriendo mucho, pero los adultos también. —Prefirió no contarle el plan de Blake de abrir un orfanato, así sin más. Le pareció que sería excederse. Habló de los daños del terremoto en términos más generales—. Como siempre, la Cruz Roja está haciendo un gran trabajo.

Lo mismo que Blake, pero no lo dijo. Quería ser cauta y no irritar a Charles inútilmente.

—¿Estás agotada? —preguntó, comprensivo.

Debía de estarlo. Había recorrido medio mundo en tres días, y estaba seguro de que las condiciones de vida habían sido miserables y la visita penosa. Seguía enfadado por el motivo y el origen de su marcha, pero estaba orgulloso de ella por lo que había hecho, aunque no tenía intención de reconocerlo.

—La verdad es que no. He dormido en el avión.

Entonces él recordó con una punzada de irritación que Maxine había viajado en el avión privado de Blake.

—¿Quieres que salgamos a cenar esta noche, o tendrás jet lag?

—Me encantaría —dijo ella sin pensárselo.

Estaba claro que era una oferta de paz y a ella le apetecía mucho verle.

—¿En nuestra guarida?

Se refería a La Grenouille, por supuesto.

—¿Qué te parece el Café Boulud? No es tan formal y está más cerca de casa.

Sabía que más tarde estaría cansada, después de un día en la consulta y del largo viaje. Y estaba deseando ver a sus hijos.

—Te recogeré a las ocho —dijo Charles rápidamente, y añadió—: Te he echado de menos, Max. Me alegro de que estés en casa. Estaba preocupado por ti.

Había pensado en ella todo el fin de semana en Vermont.

—He estado muy bien.

Con un suspiro, Charles añadió:

—¿Cómo está Blake?

—Se está esforzando mucho por ser útil, y no es fácil. Nunca lo es en estas situaciones. Me alegro de haber ido.

—Ya me lo contarás esta noche —respondió él bruscamente.

Colgaron y Maxine repasó los mensajes que tenía sobre la mesa antes de que llegara el primer paciente. Por lo visto no había ocurrido nada importante durante el fin de semana. Thelma le había mandado un breve informe por fax. Ninguno de los pacientes de Maxine había tenido problemas, ni había sido ingresado. Fue un alivio. Ellos también la preocupaban.

El resto del día transcurrió agradablemente, y logró llegar a casa a las seis para poder ver a los niños. Zelda había salido; al volver, llevaba tacones y traje, lo que no era habitual en ella.

—¿Dónde has estado? —preguntó Maxine, sonriéndole—. Parece que vengas de una cita romántica.

Zelda hacía años que no salía con ningún hombre.

—He ido a ver al abogado por un asunto. Nada importante.

—¿Va todo bien? —preguntó Maxine con inquietud.

Pero Zelda le aseguró que no pasaba nada.

Maxine explicó a los niños el trabajo que estaba haciendo su padre en Marruecos, y ellos quedaron encantados. Maxine les dijo que estaba orgullosa de él. Les contó todo menos lo del orfanato. Le había prometido a Blake que esperaría a que pudiera contárselo él mismo, y mantuvo su promesa.

Logró cambiarse antes de que se presentara Charles a las ocho. Él saludó a los niños, que le devolvieron el saludo murmurando y desaparecieron en su habitación. Eran mucho menos simpáticos desde que estaban enterados de los planes de boda. De la noche a la mañana se había convertido en su enemigo.

Maxine no les hizo caso. Charles y ella fueron caminando

al restaurante de la calle Setenta y seis Este. La noche era cálida y agradable, y Maxine llevaba un vestido de lino azul y sandalias plateadas, muy distinto del atuendo casi militar y las gruesas botas que había llevado hasta hacía veinticuatro horas, en aquel otro mundo con Blake. Aquella tarde él la había llamado para darle las gracias de nuevo. Le dijo que ya había empezado a establecer contactos para hacer avanzar su proyecto. Se estaba embarcando en él con la misma determinación, energía y concentración que le habían reportado tanto éxito en los negocios.

Estaban a mitad de la cena cuando Maxine informó a Charles de la fiesta que Blake quería regalarles la noche anterior a la boda. Charles se quedó petrificado mirándola con el tenedor a medio camino de la boca.

—¿Qué acabas de decir?

Estaba empezando a relajarse y a ser afectuoso con ella otra vez, cuando le dejó caer la bomba.

—He dicho que quiere regalarnos la fiesta, la noche antes de la boda.

—Supongo que la habrían pagado mis padres si estuvieran vivos —dijo Charles, lamentándose. Dejó el tenedor y se echó un poco atrás en la silla—. ¿Quieres que me ocupe yo?

Parecía un poco descorazonado por aquella idea.

—No —dijo Maxine, sonriendo—. Creo que en segundas nupcias cualquiera puede hacerlo. Además Blake es como de la familia. A los niños les encantará que lo haga.

—Pues a mí no —dijo Charles sin disimular y apartando el plato—. ¿Algún día nos desharemos de él o lo tendremos pegado a nosotros toda la vida? Me dijiste que teníais una buena relación, pero esto es absurdo. Me da la sensación de que también me caso con él.

—Pues no. Pero es el padre de mis hijos. Créeme, Charles. Es mejor así.

—¿Para quién?

—Para los niños, claro.

Pero para ella también. No le habría gustado nada tener un ex marido con el que no pudiera hablar, o con el que discutiera constantemente por los hijos.

Charles la miraba enfadado. Maxine no había visto nunca a nadie tan celoso, y no tenía claro si era por quién era Blake y lo que había conseguido o porque ella había estado casada con él. Era difícil de decir.

—Supongo que si no acepto la fiesta, tus hijos pensarán que soy un capullo. —La respuesta era sí, pero Maxine no se atrevía de decirlo—. En esta situación tengo todas las de perder.

—No es verdad. Si le dejas que lo haga, los niños lo pasarán en grande planificándolo con él, y nos darán una gran fiesta.

Mientras hablaba, Charles parecía cada vez más enfadado. A Maxine nunca se le hubiera ocurrido que pudiera molestarse tanto por aquello. Blake era de la familia y esperaba que Charles lo entendiera.

—Tal vez yo debería invitar a mi ex esposa.

—Me parece bien —dijo Maxine tranquilamente, mientras Charles pagaba la cuenta.

Él no estaba de humor para tomar postre y a Maxine no le importó. Empezaba a afectarla el desfase horario y no quería pelearse con Charles, ni por Blake ni por nada.

La acompañó a su casa en silencio y se despidió en la puerta. Dijo que se verían al día siguiente y paró un taxi. Se marchó sin decir una palabra más. Estaba claro que la situación estaba tensa entre ellos, y Maxine esperaba que los planes de boda no enrarecieran más aún el ambiente. Aquel fin de semana debían verse con el restaurador en Southampton. Charles ya le había dicho que creía que la carpa y la tarta de boda eran demasiado caras, lo cual era bastante irritante teniendo en cuenta que las pagaba ella. Charles era un poco tacaño con estas cosas. De todos modos, Maxine quería que todo fuera precioso el día de su boda.

Mientras subía en el ascensor, Maxine pensó en decirle a Blake que no les regalara la fiesta, pero sabía que para él sería una decepción. Los niños también se enfadarían si se enteraban. Solo podía esperar que Charles se acostumbrara a la idea y que con el tiempo, se tranquilizara respecto a Blake. Si alguien podía ablandar a Charles, era Blake. Era muy simpático, y nadie era capaz de resistirse a su encanto y sentido del humor. Si Charles lo conseguía, sería el primero.

A pesar de lo enfadado que se había marchado la noche anterior, al día siguiente Maxine tuvo que pedirle que fuera a su casa por la noche para repasar la lista de invitados y otros detalles de la boda. El restaurador había llamado pidiendo más información; quería saber algunas cosas antes de reunirse con ellos el sábado. Charles fue de mala gana después de cenar, todavía malhumorado. Estaba furioso con lo de la fiesta, y todavía no había digerido del todo el viaje de Maxine a Marruecos. Últimamente Blake Williams aparecía demasiado en su vida, incluso en su boda. Era excesivo para Charles.

Se sentó a la mesa de la cocina con los niños, que estaban tomando el postre. Zelda había preparado tarta de manzana con helado de vainilla. Él aceptó un pedazo y alabó a la cocinera.

Cuando estaban a punto de levantarse de la mesa, Zellie se aclaró la garganta. Era evidente que estaba a punto de decir algo, pero ninguno de ellos tenía ni idea de qué.

—Esto... siento decírselo ahora. Con la boda y todo el lío...

Miró a Maxine con expresión de disculpa, y ella tuvo la convicción de que Zelda iba a despedirse. Lo que le faltaba. Con la boda en agosto, y Charles mudándose a su casa, necesitaba toda la estabilidad y continuidad posibles. No era un buen momento para grandes cambios, o para que alguien importante desapareciera de su vida. Maxine dependía de ella desde hacía muchos años, y Zelda era como de la familia. Maxine la miró presa del pánico. Los niños la observaban sin saber qué esperar. Y Charles parecía perplejo mientras terminaba su tarta. Lo que fuera a decir Zelda no tenía nada que ver con él, o eso creía. A quien empleara Maxine era cosa suya. No era su problema. Zelda le parecía estupenda y una gran cocinera. Pero, para él, era prescindible, como todo el mundo. Sin embargo, no era así como lo sentían Maxine y los niños.

—He... he estado pensando mucho... —dijo Zelda, retorciendo un trapo de cocina—. Vosotros os estáis haciendo mayores —añadió, mirando a los niños—, y usted va a casarse —dijo mirando a Maxine— y yo necesito algo más. Ya no soy joven y no creo que mi vida vaya a cambiar mucho. —Esbozó una sonrisa triste—. Supongo que el príncipe azul ha perdido mi dirección... así que he decidido... que quiero un hijo... Si no están de acuerdo, lo comprenderé y me marcharé. Pero mi decisión está tomada.

Se la quedaron mirando un buen rato, atónitos. Maxine se planteó un instante si habría ido a un banco de esperma y estaría embarazada. Le parecía muy posible.

—¿Estás embarazada? —preguntó Maxine con voz ahogada.

Los niños no dijeron nada. Charles tampoco.

—No. Ojalá lo estuviera —contestó Zelda con tristeza—. Sería maravilloso. Lo pensé, pero la última vez que hablé con usted, le dije que siempre he querido a los hijos de los demás. No es un problema para mí. Así que ¿para qué pasar por las náuseas matinales y engordar? Además, así puedo seguir trabajando. Debo hacerlo. Los hijos no salen baratos —dijo, y les sonrió—. Fui a ver a un abogado de adopciones. Le he visto cuatro veces. Vino una asistenta social a inspeccionar la casa. Me han hecho un examen físico y he aprobado.

Y en todo ese tiempo no le había dicho una sola palabra a Maxine.

—¿Cuándo tienes pensado hacerlo? —preguntó Maxine, conteniendo la respiración.

En ese momento, no se veía con ánimos de que hubiera un bebé en la casa. Tal vez nunca. Sobre todo ahora que Charles se mudaría con ellos.

—Podría tardar dos años —dijo Zelda, y Maxine volvió a respirar—, si quiero el bebé ideal.

—¿El bebé ideal? —preguntó Maxine, confusa.

Seguía siendo la única que hablaba. Los demás se habían quedado mudos.

—Blanco, con ojos azules, sano, con padres licenciados en Harvard que hayan decidido que un bebé no encaja en su estilo de vida. Nada de alcohol ni drogas, y de clase media alta. Pero eso puede tardar mucho. Generalmente, hoy en día, ese tipo de chicas no se quedan embarazadas; o abortan o se quedan con sus hijos. Los bebés como el que yo quiero escasean. Conseguirlo en dos años es ser optimista, sobre todo para una mujer de mediana edad, soltera y de clase trabajadora. Los bebés ideales van a las personas como ustedes.

Miró a Maxine y a Charles. Max vio que este se estremecía y meneaba la cabeza.

—No, gracias —dijo con una sonrisa—. Para mí no. Ni para nosotros.

Sonrió a Maxine. No le importaba en absoluto que Zelda hubiera decidido adoptar un bebé al cabo de dos años, tanto si era el ideal como si no. No era su problema. Se sentía aliviado.

—¿Así que calculas que tendrás un bebé dentro de dos años, Zellie? —preguntó Maxine esperanzada.

Para entonces, Sam tendría ocho años y Jack y Daphne estarían en el instituto con catorce y quince años; ya buscaría una solución cuando llegara el momento.

—No. No creo que tenga ninguna posibilidad con un bebé así. Pensé en la adopción internacional, y lo he investigado, pero hay demasiados imponderables y es demasiado caro para mí. También podría irme a Rusia o a China tres meses, a esperar que me dieran un niño de tres años de un orfanato, que podría tener todo tipo de dolencias que solo se descubrirían más tarde. Ni siquiera te dejan elegirlo, lo eligen ellos, y la mayoría tienen tres o cuatro años. Yo quiero un bebé, un recién nacido si es posible, que nadie haya echado a perder.

—Excepto en la matriz —la advirtió Maxine—. Debes ser prudente, Zellie, y asegurarte de que la madre no consumió drogas o alcohol durante el embarazo.

Zelda apartó la mirada un momento.

—Ahí es donde quería ir a parar —dijo Zelda, mirándola otra vez—. Mi única posibilidad es con un bebé de riesgo. No hablo de uno con necesidades especiales, como una espina bífida o síndrome de Down. No me veo capacitada para eso. Pero sí con un bebé relativamente normal de una chica que habría tomado algunas drogas o algunas cervezas durante el embarazo.

No parecía asustada ante esa perspectiva, pero su jefa sí lo estaba. Y mucho.

—Creo que es un gran error —dijo Maxine con firmeza—. No tienes ni idea de los problemas con los que podrías encontrarte, sobre todo si la madre tomó drogas. Veo las consecuencias de ello en mi consulta cada día. Muchos de los niños que visito fueron adoptados y tenían padres biológicos adictos. Esas cosas son genéticas y tienen efectos que pueden ser terribles más adelante.

—Estoy dispuesta a aceptarlo —dijo Zelda, mirándola a los ojos—. De hecho —respiró hondo—, ya está hecho.

—¿A qué te refieres?

Maxine frunció el ceño y Zelda siguió hablando. Ahora Charles también prestaba atención, al igual que los niños. Se podría oír caer un alfiler sobre la mesa.

—Voy a tener un bebé. La madre tiene quince años y vivió en la calle parte del embarazo. Tomó drogas durante el primer trimestre, pero ahora ya no. El padre está en la cárcel por tráfico de drogas y por robar coches. Tiene diecinueve años y no le interesan ni el bebé ni la chica, así que está dispuesto a firmar la renuncia. En realidad, ya lo ha hecho. Los padres de ella no quieren que su hija se quede con el bebé, no tienen dinero. Es una buena chica. La conocí ayer. —Maxine se acordó entonces del traje y de los zapatos de tacón que llevaba Zelda el día anterior—. Está dispuesta a darme su bebé. Solo pide que le mande fotografías una vez al año. No quiere verle, lo cual es estupendo, así no irá detrás de mí ni confundirá al bebé. Tres parejas ya lo han rechazado, de modo que es mío si lo quiero. Es un niño —dijo con lágrimas en los ojos y una sonrisa que a Maxine le partió el corazón.

No se imaginaba a sí misma deseando tanto un bebé, aceptando tanto riesgo y quedándose el hijo de otra mujer que podría estar marcado para toda la vida. Se levantó y abrazó a Zelda.

—Oh, Zellie... me parece maravilloso que quieras hacerlo. Pero no puedes quedarte con un bebé así. No tienes ni idea de lo que te espera. No puedes hacerlo.

—Sí puedo y lo haré —respondió ella con terquedad.

Maxine se dio cuenta de que estaba convencida.

—¿Cuándo? —preguntó Charles.

Se estaba imaginando la respuesta y le parecía una perspectiva desastrosa.

Zellie respiró hondo.

—El bebé nacerá este fin de semana.

—¿Qué dices? —Maxine casi chilló y los niños también se quedaron estupefactos—. ¿Ya? ¿Dentro de unos días? ¿Qué vas a hacer?

—Voy a quererle el resto de mi vida. Le llamaré James. Jimmy. —De repente Maxine se desesperó. No podía ser. Pero así era—. No espero que me apoyen en esto. Y lamento comunicarlo con tan poca antelación. Creí que tardaría mucho más, tal vez un año o dos. Pero me llamaron ayer para informarme de la posibilidad de quedarme este bebé y hoy he dicho que sí. Así que tenía que decírselo.

—Le hablaron del bebé ayer porque no lo quería nadie más —dijo Charles fríamente—. Es una locura.

—A mí me parece que es el destino —dijo Zellie con melancolia.

Maxine tenía ganas de llorar. Le parecía un gran error, pero ¿quién era ella para decidir sobre las vidas de los demás? Ella no lo habría hecho, pero tenía tres hijos sanos, y ¿quién sabe qué haría en la situación de Zellie? También era un gran acto de amor, aunque un poco alocado, y muy arriesgado. Era una mujer valiente.

—Si quieren que me vaya ahora, lo haré —dijo Zelda con calma—. No tengo otra opción. No puedo obligarlos a dejarme tener el bebé aquí. Si me lo permiten, y quieren que me quede, me quedaré y ya veremos cómo nos organizamos. Pero si prefieren que me vaya, me las arreglaré y me marcharé dentro de unos días. Tendré que encontrar rápidamente un lugar donde vivir, ya que el bebé podría nacer este fin de semana.

—Dios mío —exclamó Charles, y se levantó de la mesa mirando intencionadamente a Maxine.

—Zellie —dijo Maxine con calma—, encontraremos una solución.

En cuanto terminó de decirlo los tres niños se levantaron de un salto, gritando, y corrieron a abrazar a Zellie.

—¡Vamos a tener un bebé! —gritó Sam, encantado de la vida—. ¡Es un niño!

Abrazó la cintura de Zelda y ella se echó a llorar.

—Gracias —susurró mirando a Maxine.

—Veremos cómo nos organizamos —dijo Maxine débilmente. La respuesta de los niños había sido inmediata, pero faltaba ver cómo reaccionaría Charles—. Lo único que podemos hacer es intentarlo, y esperar que funcione. Si no es así, ya hablaremos. ¿Cuánto trabajo puede dar un bebé?

Zelda la abrazó con tanta fuerza que Maxine no podía respirar.

—Gracias, gracias —dijo, sin parar de llorar—. Es lo que siempre había querido. Un bebé.

—¿Estás segura? —insistió Maxine, con seriedad—. Todavía podrías esperar a tener un bebé con menos riesgo.

—No quiero esperar —contestó ella en tono decidido—. Le quiero.

—Podría ser un error.

—No lo será.

Había tomado una decisión y Maxine vio que no conseguiría disuadirla.

—Mañana compraré una cuna y algunas otras cosas.

Maxine había regalado la cuna de Sam hacía años, así que no podía ofrecérsela. Era asombroso pensar que tendrían un bebé en casa en unos pocos días. Maxine miró alrededor y vio que Charles se había ido. Le encontró en el salón, echando humo, y cuando miró a Maxine, sus ojos la fulminaron.

—¿Estás loca? —gritó—. ¿Has perdido la cabeza? ¿Vas a meter a un bebé drogodependiente en tu casa? Porque sabes perfectamente que eso es lo que es. Nadie en su sano juicio querría a un bebé con esos antecedentes, pero esta pobre mujer está tan desesperada que se quedaría con lo que fuera. ¡Y ahora vivirá con vosotros! ¡Conmigo! —añadió—. ¿Cómo te atreves a tomar una decisión así sin consultármelo?

Temblaba de rabia, aunque Maxine no podía culparlo. Ella tampoco estaba feliz, pero quería a Zellie; en cambio Charles, no. Apenas la conocía. No entendía lo que representaba para ellos. Para él, solo era una niñera. Para Max y los niños era de la familia.

—Siento no habértelo consultado, Charles. Lo juro, se me ha escapado. Estaba tan conmovida por lo que ha dicho, me daba tanta pena... No puedo pedirle que se vaya a toda prisa, después de doce años, y mis hijos se disgustarían mucho. Lo mismo que yo.

—Entonces debería haberte contado lo que estaba haciendo. ¡Esto es indignante! Deberías despedirla —espetó él fríamente.

—La queremos —dijo Maxine suavemente—. Mis hijos han crecido con ella. Y ella también les quiere. Si no nos las arreglamos, siempre podemos decirle que se vaya. Pero nuestra boda, tu presencia en esta casa van a ser muchos cambios para los niños... Charles, no quiero que se vaya.

Maxine tenía lágrimas en los ojos; los de Charles estaban gélidos y duros como una piedra.

—¿Y qué se supone que debo hacer? ¿Vivir con un bebé drogodependiente? ¿Cambiar pañales? Esto no es justo.

Tampoco lo era para ella. Pero debía pensar en lo mejor para sus hijos. Necesitaban demasiado a Zellie para perderla ahora, con bebé o sin él.

—Lo más probable es que apenas le veas —lo tranquilizó Maxine—. La habitación de Zellie está en la otra punta del piso. El bebé permanecerá en su habitación casi siempre durante los primeros meses.

—¿Y luego qué? ¿Dormirá con nosotros, como Sam? —Era la primera vez que hacía un comentario despreciativo de sus hijos, y no le gustó, pero Charles estaba enfadado—. Cada día hay un maldito drama en tu vida, ¿verdad? Un día te vas corriendo a África con tu ex marido, al siguiente nos regala la fiesta y ahora permites a la niñera que traiga a su bebé adoptado y drogodependiente a casa. ¿Y esperas que yo cargue con todo eso? Debo de estar loco —dijo, y la miró fuera de sí—. No, tú estás loca.

Furioso, la señaló con un dedo y salió dando un portazo.

—¿Era Charles? —preguntó Zelda, nerviosa, cuando Maxine entró en la cocina con expresión apesadumbrada.

Todos habían oído el portazo. Maxine asintió a modo de respuesta, sin hacer comentarios.

—No tiene por qué hacerlo, Max —dijo Zelda—. Puedo marcharme.

—No, no puedes —sentenció Maxine, pasándole un brazo por los hombros—. Te queremos. Intentaremos arreglárnoslas. Solo espero que tu bebé esté bien y sano —dijo sinceramente—. Es lo único que importa. Charles se acostumbrará. Todos nos acostumbraremos. Ahora mismo todo es muy nuevo para él —concluyó.

Se echó a reír. ¿Qué más podía pasar?

19

Charles y Maxine fueron a Southampton aquel fin de semana, como tenían previsto. Se reunieron con el restaurador que habían contratado para la boda, pasearon por la playa cogidos de la mano, hicieron el amor varias veces y, al final, Charles acabó recuperando la calma. Maxine le había prometido que si el bebé de Zelda era demasiado para ellos, le pediría que se fuera. Cuando volvieron a casa todo parecía ir bien entre ellos. Charles necesitaba pasar un tiempo a solas con ella y tener toda su atención. Después del fin de semana con Maxine, había renacido como una flor bajo la lluvia.

—Cuando tenemos tiempo para estar juntos, como ahora —dijo él, conduciendo—, todo parece normal otra vez. Pero cuando me veo atrapado en el manicomio de tu casa y tu vida de culebrón, me vuelvo loco.

Maxine se ofendió.

—Mi casa no es un manicomio, Charles. Y nuestra vida no es un culebrón. Soy una madre trabajadora, sola y con tres hijos, y suceden cosas. A todo el mundo le suceden cosas —dijo.

Él la miró como si hubiera perdido la cabeza.

—¿Cuántas personas conoces cuyas niñeras lleven un bebé drogodependiente a casa, avisando con tres días de antelación? Lo siento, pero a mí no me parece normal.

—Lo reconozco —dijo ella sonriendo—, es un poco exagerado. Pero estas cosas pasan. Zelda es importante para nosotros, sobre todo ahora.

—No digas tonterías —replicó él—. Estaríamos perfectamente sin ella.

—Lo dudo; al menos yo no lo estaría. Dependo de ella más de lo que puedas imaginar. No puedo hacerlo todo sola.

—Ahora me tienes a mí —dijo él, seguro de sí mismo.

Maxine se echó a reír.

—Claro, seguro que pones lavadoras, planchas, tienes la cena preparada en la mesa cada noche, organizas las actividades de los niños, ideas juegos para sus amigos, los llevas a la escuela, preparas meriendas, almuerzos, supervisas fiestas y les cuidas cuando están enfermos.

Captó el mensaje, pero no estaba de acuerdo con Maxine ni lo estaría nunca.

—Estoy seguro de que podrían ser mucho más independientes si les dejaras. No sé por qué no pueden hacer muchas de esas cosas por sí mismos.

Tenía gracia viniendo de un hombre que no había tenido hijos y apenas había tenido relación con niños hasta entonces. Los había evitado toda la vida. Tenía las ideas pretenciosas y poco realistas de las personas que no han tenido hijos y ya no se acuerdan de cuando eran niños.

—Además, ya sabes cuál es mi solución a todo esto —le recordó—. Un internado. No tendrías ninguno de esos problemas, ni a una mujer con un bebé problemático viviendo en casa.

—No estoy de acuerdo contigo, Charles —dijo Maxine con contundencia—. No mandaré nunca a mis hijos a un internado hasta que vayan a la universidad. —Deseaba dejar claro este punto—. Y Zellie no adopta a un «bebé drogodependiente». No lo sabes seguro. Que sea un bebé «de riesgo» no significa que tenga que ser adicto.

—Podría serlo —insistió él.

Pero le había quedado claro el punto de vista de Maxine

sobre el internado para los niños. Maxine no dejaría que sus hijos se marcharan, ni los mandaría a ninguna parte. Si no la amara tanto, habría insistido. Y si ella no le amara a él, no habría tolerado que dijera esas cosas. Se lo tomaba como una de sus rarezas. Charles había disfrutado con su fin de semana tranquilo y sin niños. Maxine, en cambio, había disfrutado pero había echado de menos a sus hijos. Sabía que, al no tener hijos propios, era algo que Charles no entendería nunca, pero no le dio importancia.

El domingo por la noche estaban cenando comida china con los niños en la cocina, cuando llegó Zellie corriendo.

—¡Ay, Dios, ya viene, ya viene!

Por un momento, se habían olvidado del asunto. Zelda parecía una gallina sin cabeza corriendo por la cocina.

—Ya viene ¿qué? —preguntó Maxine sin comprender.

No tenía ni idea de qué hablaba.

—¡El bebé! ¡La madre está de parto! ¡Tengo que ir al hospital Roosevelt ahora mismo!

—Dios mío —exclamó Maxine.

Todos se levantaron, tan nerviosos como si fuera a tenerlo Zelda. Charles se quedó sentado, siguió comiendo y sacudiendo la cabeza.

Zelda estaba vestida y a punto cinco minutos después. Los demás hablaron un rato y después se retiraron a sus habitaciones. Maxine se sentó a la mesa y miró a Charles.

—Gracias por ser tan comprensivo —dijo, solícita—. Sé que esto no es agradable para ti.

A ella tampoco le hacía gracia, pero intentaba tomárselo bien. No había más remedio. No se planteaba no recibir al bebé de Zelda con los brazos abiertos.

—Para ti tampoco lo será cuando ese bebé se pase el día berreando por toda la casa. Si nace con la adicción, será una pesadilla para todos vosotros. Me alegro de no mudarme hasta dentro de dos meses.

Ella también se alegraba.

Para gran desesperación de Maxine, Charles no se equivocaba. La madre había tomado más drogas de las que había admitido, y el bebé nació adicto a la cocaína. Pasó una semana en el hospital para que lo desintoxicaran, y Zelda le hizo compañía y lo acunó. Cuando llegó a casa, lloraba de día y de noche. Zellie se quedó con él en su habitación. Apenas comía, dormía poco y no había forma de calmarlo. Lo único que hacía era berrear. El pobre había llegado al mundo de la peor forma, pero al menos estaba en manos de una madre adoptiva que lo adoraba.

—¿Cómo va? —preguntó Maxine una mañana.

Zelda tenía un aspecto lamentable tras otra noche sin dormir. Pasaba las noches en vela acunando en brazos al bebé.

—El médico dice que tardará en eliminar las drogas de su cuerpo. Creo que está un poco mejor —dijo Zellie, mirando a su hijo embobada.

Había creado un vínculo muy fuerte con Jimmy, casi como si hubiera dado a luz y fuera su propio hijo. Las asistentes sociales habían pasado varias veces para supervisar su estado, y ninguna había encontrado un solo fallo en la dedicación de Zellie. De todos modos, la situación era difícil para todos los demás. Maxine se alegraba de que se fueran de vacaciones dentro de poco. Con suerte, cuando regresaran, Jimmy estaría más calmado. Por el momento era lo máximo que podía esperar. Zellie era una madre maravillosa, y tan paciente y afectuosa como había sido con Jack y Sam cuando nacieron, aunque el pequeño Jimmy era mucho más difícil que ellos.

Mientras tanto, los preparativos para la boda seguían adelante. Maxine todavía no había encontrado un vestido, y también necesitaba uno para Daphne. La niña no quería ni oír hablar de ello y amenazaba con no asistir a la boda, lo que suponía una angustia suplementaria para Maxine. No le dijo nada a Charles. Sabía que se sentiría muy ofendido. Así que fue de compras sola, con la esperanza de encontrar algo para las dos. Ya tenía trajes para los chicos, y también el de Charles. Al menos, eso estaba hecho.

Blake había llamado desde Marruecos y le había contado lo que había conseguido desde que ella se había ido. La nueva obra para transformar el palacio en un orfanato para un centenar de niños ya estaba en marcha. Había delegado la contratación del personal y la dirección del futuro orfanato a un grupo de personas muy competentes, así que él ya había hecho todo lo posible por el momento. Pensaba volver una vez al mes para comprobar que se cumplían los plazos previstos. Por ahora, regresaba a Londres. Le dijo a Maxine que el barco estaba preparado para ellos. Ella y los niños estaban impacientes. Eran las mejores vacaciones que pasaban juntos cada año. Charles no estaba tan seguro.

Blake le había contado a Arabella sus planes para el orfanato y a ella le había parecido maravilloso.

Decidió darle una sorpresa regresando a Londres sin avisar. Volvería una semana antes de lo previsto. Había hecho todo lo que podía, y tenía trabajo pendiente en Londres: debía liberar los fondos destinados al funcionamiento de la institución.

Llegó a Heathrow a medianoche, y cuarenta minutos después entraba en su casa. El piso estaba a oscuras y, como Arabella le había explicado que estaba trabajando mucho, supuso que estaría durmiendo. Le había dicho que apenas salía, porque sin él no era divertido, y que esperaba su regreso con impaciencia.

Blake se sentía agotado por el vuelo y por todo lo que había hecho en las últimas semanas. Tenía la cara y los brazos muy bronceados, pero bajo la camiseta su piel estaba blanca. Lo único que deseaba era tener a Arabella entre sus brazos y acostarse con ella. Estaba sediento de ella. Entró de puntillas en el dormitorio, por si estaba dormida. Distinguió su forma bajo las sábanas, se sentó a su lado y se inclinó para besarla. Entonces descubrió que había dos cuerpos, no uno solo, y que estaban entrelazados y medio dormidos. Se despejó de golpe y encendió la luz para ver mejor. No podía creer lo que descubrió, aunque al principio pensó que era un error. Pero se equivocó. Un hombre de piel oscura e increíblemente guapo se incorporó en la cama al lado de Arabella, con expresión de pánico. Blake imaginó que era uno de los hindúes importantes que ella conocía, o quizá alguno nuevo. No importaba quién fuera. Estaba en la cama de Blake con ella.

—Lo siento mucho —dijo el hombre educadamente. Se envolvió rápidamente con la sábana, que estaba tirada de cualquier manera después de una frenética actividad, y salió de la habitación a toda prisa.

Arabella miró horrorizada a Blake y se echó a llorar.

—No sé cómo ha podido ocurrir —dijo sin convicción.

Era una mentira evidente, porque en ese momento el hombre estaba llenando dos maletas de piel de cocodrilo en el vestidor de Blake. Todo indicaba que hacía tiempo que estaba instalado en la casa. Apareció de nuevo cinco minutos después, con un traje espléndidamente cortado. Era un hombre muy atractivo.

—Gracias y lo siento —dijo a Blake—. Adiós —añadió mirando a Arabella.

Bajó la escalera a toda prisa con las dos maletas. Poco después, oyeron que se cerraba la puerta con fuerza. Había estado viviendo con ella en casa de Blake, sin ningún reparo.

—Sal de mi cama —dijo Blake sin más.

Arabella temblaba e intentó tocarle.

—Lo siento mucho... no pretendía... no volverá a suceder.

—Levántate y vete —dijo Blake secamente—. Al menos podrías habértelo llevado a tu casa. Así no me habría enterado. Es un poco fuerte, ¿no te parece?

Arabella se había levantado y estaba desnuda delante de él. Era una chica preciosa, con sus tatuajes y todo. Lo único que llevaba era el bindi color rubí entre los ojos. Pero a Blake ya no le parecía tan exótico.

—Tienes cinco minutos —añadió bruscamente—. Te mandaré lo que hayas olvidado.

Cogió el teléfono y llamó a un taxi. Ella entró en el baño y salió con unos vaqueros y una camiseta de hombre. Llevaba unas sandalias doradas de tacón y estaba impresionante. Pero él ya no la deseaba. Era una mercancía usada. Una mentirosa. Una gran mentirosa.

Arabella le miró con lágrimas en los ojos, pero él se volvió. Era una situación desagradable. Ninguna de las mujeres con las que había salido había sido tan tonta como para llevar a otros hombres a su cama. Él había salido con Arabella más tiempo que con ninguna otra. Eran siete meses y dolía. Confiaba en ella, y era de la única amante que se había enamorado. Tuvo que hacer un gran esfuerzo para no insultarla mientras bajaba la escalera. Fue al bar y se sirvió una copa. No quería volver a verla. Aquella noche ella intentó llamarle, y siguió intentándolo durante varios días, pero él no respondió a sus llamadas. Arabella había pasado a la historia. Se había desvanecido en humo, con su bindi, sus tatuajes y todo lo demás.

20

A principios de julio, Maxine seguía buscando desesperadamente el traje de boda perfecto. Estaba haciendo algunas compras para el viaje cuando tropezó con el vestido por casualidad. Era exactamente lo que quería, de Óscar de la Renta, con una falda inmensa en organdí color champán, un cinturón de satén lavanda y un bustier beis con perlas minúsculas incrustadas. La caída de la falda insinuaba una pequeña cola, pero no quedaba exagerado. Encontró unas sandalias a juego e inmediatamente decidió llevar también unas orquídeas beis. Afortunadamente, al día siguiente encontró un vestido para Daphne de seda lavanda con la espalda al aire. Ya estaban todos equipados. Se sentía contenta y feliz con su traje de boda, y con el vestido de Daphne, pero decidió esperar a enseñárselo cuando regresaran del viaje. Daphne seguía amenazando con no asistir a la boda, pero Maxine esperaba que Blake la convenciera. Era el único capaz de conseguirlo.

Cuando el día antes de partir de viaje llamó Blake, Maxine se lo comentó y él prometió intentar convencer a Daphne. La llamaba para decirle que el barco estaba listo y esperándolos en Mónaco, en su amarre. Cuando él llamó, el bebé de Zellie berreaba. Seguía pasándolo mal, lo mismo que Zellie.

—¿Qué es ese ruido? —preguntó Blake, asombrado.

Maxine rió algo triste. Últimamente no era agradable estar en casa. Era como tener una alarma sonando a todas horas del día.

—Es Jimmy —explicó Maxine—. El hijo de Zellie.

—¿Zellie ha tenido un hijo? —Parecía sorprendido—. ¿Cuándo ha sido eso?

—Hace tres semanas.

Bajó la voz para que no pudiera oírla nadie. Detestaba reconocer que Charles tenía razón, pero esperaba que los berridos no duraran para siempre. Por suerte, la habitación de Zellie estaba al otro extremo del piso. Pero el bebé tenía los pulmones de Louis Armstrong.

—Ha adoptado un bebé que nació adicto a la cocaína. Me comunicó sus planes cuatro días antes del nacimiento del bebé. Se ofreció a marcharse, pero no podía dejar que se fuera. La queremos demasiado. Seríamos muy desgraciados sin ella.

—Sí, por supuesto —dijo Blake, todavía asombrado—. ¿Cómo lo lleva Charles?

—No le hace ninguna gracia. Todavía nos estamos haciendo a la idea.

Tampoco le dijo que Charles creía que mandar a los niños a un internado era una gran idea. Blake no tenía por qué saberlo.

—No es fácil adaptarse.

—Creo que a mí tampoco me haría mucha gracia —admitió Blake sinceramente.

Después le contó que todo iba viento en popa en Marruecos. Era un proyecto grandioso, pero todo marchaba según lo previsto.

—¿Cuándo vendrás? —preguntó Maxine.

—No te preocupes, estaré para la boda. Los planes para la fiesta también están en marcha. —Había alquilado un club precioso para la ocasión—. Llegaré unos días antes.

—¿Arabella vendrá contigo?

—Bueno... —Vaciló y a Maxine le pareció raro—. La verdad es que no.

—Qué lástima. Esperaba poder conocerla. ¿Está haciendo algún retrato?

—No lo sé. Y si te soy sincero, tampoco me importa. La encontré en mi cama con un hindú guapísimo la noche que regresé a casa. Estaba viviendo con ella. La eché aquella misma noche y no he vuelto a verla.

—Caramba, lo siento, Blake.

Él no le daba importancia, pero Maxine sabía que le había dolido. Arabella había durado más que ninguna de las otras. Mucho más. De todos modos, parecía que no se lo estaba tomando del todo mal.

—Sí, yo también. Pero lo pasamos bien juntos. Así que vuelvo a ser libre como el viento, excepto por cien pequeños huérfanos que están en Marruecos. —Soltó una carcajada.

—Daphne estará encantada, con lo de Arabella, quiero decir.

—Estoy seguro de que sí. ¿Cómo se porta con Charles? —preguntó.

—Más o menos como siempre. Espero que el viaje en barco la apacigüe. Tendrán tiempo para conocerse mejor. Es un buen hombre, pero está acostumbrado a tratar solo con adultos.

—El bebé de Zellie hará que eso cambie, ¿no?

Ambos se rieron.

—En fin, pasadlo bien en el barco, Max. El gran día se acerca. ¿Estás asustada? ¿No tienes dudas?

Sentía curiosidad, aunque le deseaba lo mejor.

—No tengo dudas. Sé que hago lo correcto. Creo que es bueno para mí. Solo desearía que el período de adaptación fuera más fácil, para todos.

Intentar unir a los dos bandos era agotador para ella. Blake no le envidiaba la tarea.

—No creo que pudiera volver a casarme —dijo Blake con sinceridad—. Arabella me ha inmunizado.

—Espero que no. Estoy segura de que encontrarás a la mujer que te conviene.

En los últimos dos meses Blake había cambiado mucho. Tal vez ya estaba preparado para tener una relación con una mujer madura y no con una muñeca. Podría suceder. Lo esperaba de corazón, por su bien. Sería estupendo ver cómo sentaba la cabeza y dedicaba más tiempo a sus hijos.

—Te llamaré al barco —prometió, y colgó.

Aquella noche, Charles y ella fueron a cenar a casa de sus padres. Charles había comprado todo tipo de medicamentos para el mareo, pero todavía le molestaba verse obligado a pasar las vacaciones en el barco de Blake. Lo hacía por Maxine, y aquella noche reconoció delante de sus padres que no le apetecía mucho.

—Creo que disfrutarás —dijo el padre de Maxine alegremente mientras los dos hombres charlaban de temas médicos y de golf—. Es un barco increíble. La verdad es que Blake es muy simpático. ¿Ya le conoces?

Arthur Connors preguntaba a su futuro yerno por el yerno anterior.

—No, todavía no —contestó Charles, tenso. Estaba harto de oír hablar de Blake; a los niños, a Maxine y ahora a su padre—. No tengo muchas ganas de conocerle. Pero no me queda más remedio. Vendrá a nuestra boda y nos regala la fiesta.

—Así es él —dijo Arthur riendo—. Es como un niño grande en un cuerpo de hombre. No era lo que le convenía a Maxine y era un padre desastroso, pero no es mala persona. Solo es un irresponsable que ganó demasiado dinero cuando era muy joven. Eso lo echó a perder. No ha trabajado un solo día desde entonces; se limita a pasearse por el mundo con una mujer distinta cada vez y a comprar casas. Yo solía llamarlo «truhan».

—No es el tipo de hombre con quien querrías que se casara tu hija —comentó Charles severamente, sintiéndose inseguro de nuevo.

¿Por qué a todos les caía tan bien Blake? No era justo, si era tan irresponsable. Ser divertido no era suficiente.

—No, no lo es —aceptó Arthur de buena gana—. Así lo creía cuando Maxine se casó con él. Ya entonces era muy original y sus ideas eran estrambóticas. Pero es muy divertido. —Miró a Charles y sonrió—. Me alegro de que por fin se case con un médico. Opino que hacéis una pareja perfecta.

Charles se animó al oír esas palabras.

—¿Cómo te va con los niños?

—Nos está costando adaptarnos. Yo no he tenido hijos.

—Seguro que lo pasarás bien —dijo Arthur feliz, pensando en sus encantadores nietos—. Son unos niños maravillosos.

Charles le dio la razón educadamente y, unos minutos después, cenaron. Fue una velada muy agradable y Charles estaba relajado y contento cuando se marcharon. Le gustaban los padres de Maxine, y ella se alegraba. Al menos esta parte de la familia no daba problemas. Charles todavía no había hecho buenas migas con los niños, y seguía estando celoso de Blake. Pero quería a Maxine, como le repetía a menudo. Ambos sabían que el resto se iría ajustando poco a poco, sobre todo cuando el bebé de Zellie dejara de berrear. Con un poco de suerte, cuando regresaran del crucero.

21

Charles, Maxine y sus tres hijos volaron de Nueva York directamente a Niza. Cuando salieron de la casa, Jimmy seguía berreando.

Fue un vuelo agradable. Tres miembros de la tripulación de Blake y el capitán les esperaban en el aeropuerto de Niza y los llevaron al barco en dos coches. Charles no esperaba nada en concreto, pero le sorprendieron un poco los uniformes almidonados y la profesionalidad de la tripulación. Evidentemente no se trataba de un barco cualquiera. Blake Williams no era un hombre cualquiera. El barco se llamaba *Dulces sueños*. Maxine no se lo contó a Charles, pero Blake había hecho construir el barco para ella. Realmente ella era un sueño muy dulce. Se trataba de un velero de sesenta metros de eslora; Charles no había visto ninguno así en su vida. La tripulación estaba formada por dieciocho personas, y los camarotes eran más bonitos que las habitaciones de la mayoría de las casas u hoteles. Una fortuna en obras de arte colgaba de las paredes de madera bruñida. Los niños lo pasaban siempre en grande en el velero. Corrían por todas partes como si fuera su segunda casa, y en cierto modo lo era.

Saludaron encantados a todos los miembros de la tripulación, que también se alegraron de volver a verlos. Esas personas se dedicaban exclusivamente a satisfacer todas las necesidades imaginables y a mimarlos de todas las formas posibles. Ninguna petición se desatendía por pequeña o insignificante que pudiera parecer. Era la única época del año en que Maxine se sentía colmada de atenciones y podía relajarse por completo. La tripulación cuidaba de los niños y planificaba los entretenimientos cada vez que se detenían. Había fuerabordas, veleros en miniatura, lanchas y balsas e incluso un helipuerto para las visitas de Blake. Además, disponían de un cine de verdad para distraerse por la noche, de un gimnasio totalmente equipado y de un masajista.

Cuando el enorme velero soltó amarras, Charles se sentó en cubierta, atónito. Una azafata le ofreció una copa y otra un masaje. Rechazó las dos cosas y contempló cómo Mónaco se alejaba y ponían rumbo a Italia. Maxine y los niños estaban abajo deshaciendo las maletas y poniéndose cómodos. Por suerte, ninguno de ellos se mareaba en el mar, y el barco era tan grande que Charles supuso que él tampoco. Estaba observando la costa con los prismáticos cuando Maxine subió a buscarlo. Llevaba una camiseta rosa y unos pantalones cortos. A Charles ya le habían pedido educadamente que no se paseara por la cubierta de teca con zapatos de calle. Cuando apareció Maxine estaba tomando un Bloody Mary. Él le sonrió y ella se sentó a su lado y le besó en el cuello.

—¿Estás bien?

Parecía feliz, relajada y más guapa que nunca.

Él asintió y sonrió un poco avergonzado.

—Siento haberme puesto tan pesado con lo del barco. Ahora entiendo por qué os gusta tanto. Es evidente. Pero me disgustaba que fuera de Blake. Es como vivir su vida. Pone el listón demasiado alto. ¿Cómo voy a poder impresionarte si has tenido todo esto?

Su sinceridad y humildad conmovieron a Maxine. Era agradable ir de vacaciones con él, aunque fuera en el velero de Blake. Estaba con Charles, no con Blake. Era lo que ella quería y con quien quería estar.

—No tienes que impresionarme con nada. Tú me impresionas. No olvides que me alejé de todo esto porque quise.

—La gente debió de pensar que estabas loca. Yo lo pienso.

—No lo estaba. No nos conveníamos. Él nunca paraba en casa. Era un marido nefasto. No se trata de tener cosas, Charles. Y le quiero, pero es un desastre. No era el hombre que me convenía, o al menos no lo era al final.

—¿Estás segura? —Charles parecía dudar—. ¿Cómo se puede ser un desastre y ganar tanto dinero como para tener todo esto?

En parte tenía razón.

—Está dotado para los negocios. Y está dispuesto a arriesgarlo todo para ganar. Es un buen jugador, pero eso no lo convierte en un buen marido o en un buen padre. Al final jugó conmigo y me perdió. Pensó que podía ausentarse cuando quisiera, hacer lo que le diera la gana, aparecer sin más, y no perderme. Al cabo de un tiempo, para mí ya no merecía la pena. Quería un marido, no solo un apellido. Pero eso era lo único que tenía.

—No es un mal apellido —comentó Charles terminando su copa.

—Preferiría tener el tuyo —susurró ella.

Él se inclinó para besarla.

—Soy un hombre muy afortunado.

Lo dijo con el rostro resplandeciente de felicidad.

—¿Aunque tenga tres hijos que te lo hacen pasar mal, una consulta que me ocupa todo el tiempo, un ex marido loco y una niñera que ha adoptado un bebé drogadicto avisando con cuatro días de antelación? —preguntó mirándolo a los ojos.

A veces Maxine se preocupaba por la capacidad de Charles para encajar en su vida. Era mucho más desordenada que la que él estaba acostumbrado a llevar. No tan disparatada como la de Blake, pero mucho más animada que lo que él había conocido hasta entonces. Al mismo tiempo, estar con

Maxine era emocionante y, a pesar de sus quejas, Charles estaba loco por ella. Maxine lo sabía.

—Déjame que lo piense un momento —dijo él en respuesta a la lista que había enumerado Maxine—. No, a pesar de todo, te quiero, Max. Pero necesito más tiempo para acostumbrarme. Sobre todo a los chicos. Todavía no me siento cómodo con ellos. —Era honesto por su parte—. Nunca pensé que me enamoraría de una mujer con tres hijos. De todos modos, dentro de unos años se marcharán.

—No será pronto —le recordó ella—. Sam solo tiene seis años. Y los otros dos aún no han empezado el instituto.

—A lo mejor se saltarán algún curso —dijo él bromeando.

A Maxine no le gustó que estuviera ansioso por ver crecer y marcharse a sus hijos. Era lo que más le inquietaba de él, porque era importante para ella. Hasta ahora, Maxine había vivido con sus hijos y no pensaba cambiar este estado de cosas por nadie, ni siquiera por Charles.

Entonces le habló del orfanato de Blake en Marruecos, y le pidió que no se lo comentara a los niños. Su padre quería que fuera una sorpresa.

—¿Qué va a hacer con cien huérfanos?

Charles parecía asombrado. ¿Quién querría hacer algo así? Incluso con el dinero de Blake, le parecía una locura.

—Alojarlos, educarlos, cuidarlos. Mandarlos a la universidad algún día. Está creando una fundación para el orfanato. Es una buena obra. Una oportunidad para esos niños. Puede permitírselo; para él no supone un gran dispendio.

Eso sí podía creerlo; solo hacía falta ver el velero y todo lo que se había escrito acerca de Blake. Tenía una de las mayores fortunas del mundo. A Charles todavía le sorprendía que Maxine no se hubiera quedado nada de él, y estaba contento de que tuviera una vida más sencilla. Pocas mujeres habrían resistido la tentación de quedarse con parte de su dinero. Sospechaba que esta era una de las razones de que Blake y ella siguieran siendo amigos: él sabía que Maxine era una gran persona. Charles también era consciente de ello.

Se quedaron un rato en cubierta; luego, los niños subieron para almorzar. Aquella noche tenían pensado echar el ancla cerca de Portofino. El velero era demasiado grande para entrar en el puerto, y los niños no tenían mucho interés en desembarcar. Desde allí irían a Córcega a pasar unos días y, a la vuelta, pasarían por Cerdeña, Capri y Elba. Habían planificado un bonito viaje, y pasarían casi todo el tiempo en el velero, echando el ancla donde quisieran.

Para sorpresa de Maxine, aquella noche Charles jugó a las cartas con los niños. Nunca le había visto tan relajado. Sam ya no llevaba el yeso y las costillas se estaban soldando, así que podía moverse por el barco sin problemas. Al día siguiente Charles lo llevó a practicar esquí acuático. Él mismo disfrutó como un niño. Después hizo una inmersión con algunos miembros de la tripulación, aprovechando que tenía la titulación pertinente. Y después de almorzar estuvo nadando con Maxine. Fueron hasta una playa y se tumbaron en la arena. Jack y Daphne los observaban con los prismáticos, pero la niña los apartó asqueada cuando vio que se besaban. Todavía le hacía la vida imposible a Charles, pero en el barco le resultaba difícil evitarlo. Por fin se relajó, sobre todo cuando él le enseñó algunos trucos de esquí acuático que la ablandaron un poco. Se le daba bien.

Maxine estaba encantada de ver que Charles empezaba a pasarlo bien con los niños. Había costado, y ellos no se lo habían puesto fácil, excepto Sam, que se llevaba bien con cualquiera y le encontraba simpático. Opinaba que Daphne estaba siendo mala con Charles y así se lo dijo.

—Eso crees, ¿eh? —contestó Charles, riendo.

Estaba de muy buen humor desde que habían embarcado. A pesar de su reticencia inicial, reconoció que eran las mejores vacaciones de su vida. Maxine no le había visto nunca tan relajado.

Blake les llamó el segundo día de travesía. Solo quería asegurarse de que todo iba bien; después le dijo a Maxine que saludara de su parte a Charles. Ella le transmitió el mensaje, pero los ojos de Charles se nublaron de nuevo.

—¿Por qué no te lo tomas con más calma? —insinuó.

Charles asintió y no dijo nada. Por mucho que ella intentara tranquilizarlo, seguía sintiendo unos celos terribles de Blake. Maxine lo entendía, pero le parecía una tontería. Estaba enamorada de Charles, no de Blake.

Hablaron de la boda, y Maxine recibió algunos correos electrónicos del restaurador y de la persona encargada de la organización. Todo iba según lo previsto.

Se bañaron en hermosas cuevas en Córcega y se tumbaron en playas de arena blanca. Después fueron a Cerdeña, que era más animada, y había otros grandes yates anclados. Maxine y Charles bajaron a cenar a tierra, y al día siguiente se marcharon a Capri. Allí los niños siempre lo pasaban bien. Pasearon en un carruaje de caballos y fueron de compras. Charles le regaló a Maxine un brazalete de turquesas precioso que a ella le encantó. De vuelta en el barco le repitió lo mucho que estaba disfrutando de aquel viaje. Ambos parecían felices y relajados. Blake les había hecho un gran regalo prestándoles el barco. Los niños empezaban por fin a estar a gusto con Charles y ya no se quejaban tanto de él, aunque Daphne todavía lo consideraba un estirado. En comparación con su padre, todo el mundo lo era. Charles era un hombre maduro de pies a cabeza. Aun así lo pasaba bien, contaba chistes y una noche bailó en cubierta con Maxine, al son de una música maravillosa que puso la tripulación.

—¿No te molesta estar en el velero de Blake con otro hombre? —preguntó Charles.

—En absoluto —respondió ella—. Él ha estado a bordo con la mitad de las mujeres del planeta. Lo mío con Blake se acabó hace mucho tiempo. No me casaría contigo de no ser así.

Charles lo creía, pero tenía la sensación de que dondequiera que fuera, Blake miraba por encima de su hombro. Había fotografías de él por todas partes, algunas de Maxine, y muchas de los niños. Todas ellas en preciosos marcos de plata.

Las semanas pasaron volando; de repente, era la última noche. Habían echado el ancla en Saint-Jean-Cap-Ferrat y al día siguiente irían a Montecarlo, donde tomarían un avión de regreso a casa. Era una noche magnífica, con un luminoso claro de luna. Los niños estaban viendo una película, y ella y Charles estaban en cubierta, hablando en voz baja.

—Qué pena volver a casa —lamentó Maxine—. Marcharse del velero es siempre como ser expulsado del Jardín del Edén. El regreso a la realidad es como una ducha de agua fría. —Se echó a reír, y él estuvo de acuerdo—. Las próximas semanas serán una locura, hasta la boda —comentó ella.

Pero Charles no parecía preocupado ni inquieto.

—Me lo imagino. Pero si se pone feo, iré a esconderme a alguna parte.

Maxine había pensado trabajar un par de semanas, ya que tenía mucho que hacer en la consulta y muchos pacientes a los que visitar antes de tomarse parte del mes de agosto libre, para la boda y la luna de miel. Thelma la sustituiría en la consulta, como siempre.

Cuando llegaran a casa faltarían cuatro semanas para el gran día. Lo estaba deseando. Maxine y los niños se instalarían en la casa de Southampton el primero de agosto, y Charles también. Lo mismo que Zellie y su bebé. Maxine esperaba que no fuera problemático. Para Charles sería una fuerte dosis de realidad, pero él le dijo que se sentía preparado. Estaban los dos muy animados con la perspectiva de la boda. Los padres de Maxine también pasarían con ellos el fin de semana, así Charles tendría a alguien con quien hablar y Maxine podría ocuparse de los últimos detalles. De todos modos, la última noche, antes de la ceremonia y después de la fiesta, Charles no la pasaría con ellos. Maxine había pedido que reservara una habitación en un hotel, para no verle durante la mañana de la boda. Era supersticiosa con esto, aunque él dijera que era una tontería. Pero estaba dispuesto a darle ese gusto por una noche.

—Puede que sea la única noche que logre dormir como es debido, con tanta gente en la casa.

Era un grito de añoranza de su casa de Vermont. Maxine nunca quería ir porque no podían llevarse a los niños. En cambio en la antigua y laberíntica casa de los Hamptons cabían todos y aún quedaba sitio para invitados.

A la mañana siguiente, temprano, el capitán entró el velero en el puerto de Montecarlo. Ya habían amarrado cuando se despertaron. Desayunaron por última vez a bordo, antes de que la tripulación los acompañara al aeropuerto en coche. Antes de marcharse, Maxine se quedó un momento contemplando el hermoso velero desde el puerto.

—Te encanta, ¿verdad? —preguntó Charles.

—Sí —dijo Maxine, con voz queda—. Me da siempre mucha pena marcharme. —Le miró—. Lo he pasado muy bien contigo, Charles.

Se inclinó para besarlo, y él le devolvió el beso.

—Yo también —dijo él.

Le rodeó la cintura con un brazo y juntos se alejaron del *Dulces sueños* y subieron al coche. Al final habían sido unas vacaciones perfectas.

22

Los siguientes diez días en la consulta fueron una locura para Maxine. Cuando se marchara en agosto, estaría fuera casi un mes, pero la mayoría de sus pacientes estarían ausentes también. Muchos de ellos se iban de vacaciones de verano con sus padres. De todos modos, algunos de ellos tenían cuadros más agudos y debía verlos antes de derivarlos a Thelma; Maxine quería ponerla al día.

Las dos mujeres almorzaron juntas inmediatamente después de que Maxine volviera del crucero, y Thelma le preguntó por Charles. Le había visto un par de veces, pero no le conocía demasiado y le parecía muy reservado. También había conocido a Blake y opinaba que ambos eran totalmente diferentes.

—Está claro que no te sientes atraída por un solo tipo de hombre —comentó Thelma en broma—, y no sé cuál de los dos pesa más.

—Probablemente Charles. Somos más parecidos. Blake fue un error de juventud —dijo Maxine, sin pensar. Después lo consideró mejor—. No, no es verdad, no es justo. Cuando éramos jóvenes nos llevábamos bien. Yo maduré y él no, y a partir de entonces todo se fue al traste.

—No todo. Tenéis tres hijos maravillosos.

Thelma tenía dos y eran un encanto. Su marido era chino,

de Hong Kong, y los niños tenían una preciosa piel de color caramelo y unos grandes ojos ligeramente asiáticos. Tenían lo mejor de cada uno de sus progenitores. La hija era una modelo adolescente, y Thelma siempre decía que su hijo era un rompecorazones en la escuela. Siguiendo los pasos de su madre, iría a Harvard en otoño y después a la facultad de medicina. Su marido también era médico, cardiólogo y jefe del departamento en la Universidad de Nueva York, y su matrimonio iba bien. Maxine estaba deseando que un día salieran a cenar los cuatro, pero no había forma de coincidir. Estaban todos demasiado ocupados.

—Charles me parece muy serio —comentó Thelma.

Maxine estaba de acuerdo.

—Lo es, pero también tiene una faceta tierna. Se porta de maravilla con Sam.

—¿Y con los demás?

—Lo intenta. —Maxine sonrió—. Daphne es difícil.

—Dios nos libre de las adolescentes —bromeó Thelma con cara de exasperación—. Esta semana Jenna me odia. De hecho, hace dos años que me odia. A veces creo que siempre me odiará. Normalmente no sé ni qué he hecho, pero, en su opinión, en cuanto me levanto de la cama ya he metido la pata.

Maxine se rió. Tenía los mismos problemas con Daphne, aunque ella era dos años más joven y no estaba tan rebelde todavía. Le faltaba poco, sin embargo. Todo llegaría.

—¿Cómo le va a tu niñera con su hijo?

—Sigue berreando. Zellie dice que el pediatra cree que evoluciona bien. Pero nos está costando mucho. Le he comprado tapones para los oídos a Charles para cuando vayamos a Southampton. Yo también me los pondré. Es lo único que funciona. Zellie acabará perdiendo el oído de tanto tenerlo en brazos si ese bebé no para de llorar —dijo Maxine sonriendo con cariño.

—Qué divertido —comentó Thelma, y las dos se rieron.

Era agradable tomarse un rato libre y relajarse con un almuerzo. Maxine no lo hacía a menudo, y tenía tanto trabajo en la consulta que se sentía un poco culpable, pero Thelma era una buena amiga. Era una de las pocas psiquiatras en las que Maxine confiaba lo suficiente como para dejarle a sus pacientes.

Tal como habían quedado, Maxine le traspasó sus pacientes el primero de agosto, y todos se fueron a Southampton formando una caravana de coches: el de Maxine, el de Charles y Zellie, que conducía un coche familiar alquilado. Los niños iban con la niñera, porque el coche de Maxine estaba hasta los topes de cosas para la boda. Charles iba solo en un BMW impecable. No lo dijo, pero Maxine sabía que no quería que los niños subieran en él. Ellos estaban encantados de ir con Zellie, porque el único lugar donde Jimmy dormía y dejaba de llorar era en el coche. Era un alivio. En más de una ocasión, cuando el bebé aullaba a pleno pulmón en el piso, Maxine había aconsejado a Zellie que sacara el coche y lo llevara a dar vueltas a la manzana. Lo había hecho varias veces y funcionaba. Maxine solo lamentaba que no pudiera hacerlo toda la noche. Era un pequeñajo encantador y con una cara adorable, pero resultaba difícil crear un vínculo con él porque lloraba demasiado; sin embargo, en la última semana había empezado a mejorar. Había esperanza. Con un poco de suerte, habría acabado cuando Charles se mudara después de la luna de miel. Hasta entonces no tenía intención de trasladar sus cosas.

Charles dejó su equipaje en la habitación de Maxine en cuanto llegaron a la casa de Southampton. Ella le cedió un armario y llenó el suyo con las cosas que había traído de la ciudad. Escondió cuidadosamente el traje de boda en un armario de una de las habitaciones de invitados, junto con el vestido lavanda claro de Daphne, que todavía no se había probado. De momento seguía negándose y afirmaba que no asistiría a la boda y se quedaría en su cuarto. Charles le caía mejor después del crucero, pero no tanto como para aceptar que se casaran. Seguía diciéndole a su madre que cometía un error y que era demasiado aburrido y estirado.

—No es aburrido, Daffy —intentaba convencerla Maxine con calma—. Es responsable y de fiar.

—No lo es —insistía su hija—. Es aburrido y lo sabes.

Pero Maxine nunca se aburría con él. Siempre se interesaba por su trabajo y hablaban mucho de medicina. Ella y Thelma nunca hablaban de estos temas. Pero era con lo que disfrutaban más ella y Charles.

Durante la primera semana, Maxine tuvo mil detalles de los que ocuparse, aparte de las reuniones con el restaurador y la persona encargada de organizar la boda. Hablaba con el florista casi cada día. Pondrían flores blancas por todas partes, y setos y árboles recortados salpicados de orquídeas. Sería sencillo, elegante y relativamente formal. Exactamente lo que Maxine quería. A Charles no le interesaban los detalles de la boda, así que confiaba en ella.

De noche, ella y Charles salían a cenar o llevaban a los niños al cine. De día, los chicos iban con sus amigos a la playa. Todo iba de maravilla hasta que Blake llegó durante la segunda semana que pasaban allí. Charles se convirtió en un bloque de hielo en cuanto le vio.

Blake fue a la casa a verlos y Maxine le presentó a Charles. Nunca le había visto tan tieso y tan antipático. Se crispaba cada vez que Blake hablaba, aunque este se lo tomara con calma y fuera tan cautivador como siempre. Blake le invitó a jugar al tenis en el club, pero Charles declinó gélidamente la invitación, con gran disgusto de Maxine. Blake siguió hablando con él con la misma jovialidad y no se mostró ofendido en ningún momento. Charles no soportaba estar cerca de él y aquella noche se peleó con Maxine sin ningún motivo. Blake había alquilado una casa cerca de allí, para una semana; estaba cerca de la playa y tenía piscina, lo cual le pareció indignante a Charles. Se sentía invadido y así se lo dijo a Maxine.

—No sé por qué te enfadas tanto —comentó Maxine—. Ha sido muy amable contigo.

Creía que Charles estaba siendo irracional. Al fin y al cabo él era el ganador; él era el novio.

—Te comportas como si siguieras casada con él —se quejó Charles.

—No es verdad. —Se quedó estupefacta—. ¡Qué tontería!

—Te colgaste de su cuello y le abrazaste. Y él no te quita las manos de encima.

Charles estaba furioso y ella también. Sus acusaciones no eran justas. Ella y Blake eran cariñosos, pero no había nada más entre ellos, y no lo había desde hacía años.

—¿Cómo te atreves a decir algo así? —Estaba fuera de sí—. Me trata como a una hermana. Y se ha esforzado mucho por hablar contigo, cuando tú apenas le dirigías la palabra. Nos regala la fiesta, así que al menos podrías ser educado y hacer un esfuerzo. Y te recuerdo que acabamos de pasar dos semanas en su barco.

—¡No fue idea mía! —gritó Charles—. Me obligaste. Y ya sabes lo que pienso de la fiesta. Tampoco la quería.

—Lo pasaste de maravilla en el barco —le recordó Maxine.

—Es verdad —concedió él—, pero ¿no se te ha ocurrido pensar que no es agradable hacer el amor con tu prometida en la cama en la que dormía con su marido? Tu vida es demasiado caótica para mí, Maxine.

—Por el amor de Dios, no seas tan estirado. Solo es una cama. No duerme en ella con nosotros.

—¡Para el caso es lo mismo! —soltó Charles y salió de la habitación hecho una furia.

Aquella noche hizo las maletas y se fue a Vermont. Dijo que volvería a tiempo para la boda. Era un comienzo magnífico. Estuvo dos días sin contestar al móvil, lo que hirió los sentimientos de Maxine. Cuando por fin hablaron, no se disculpó por su abrupta escapada. Su tono era cortante y frío. A Maxine no le habían gustado sus acusaciones y a Charles no le gustaba tener cerca a Blake, entrando y saliendo constantemente de la casa. Charles dijo que Blake se comportaba como si fuera suya. Esto también indignó a Maxine y le dijo que no era cierto.

—¿Dónde está el novio? —preguntó Blake, cuando pasó por la casa al día siguiente.

—Se ha marchado a Vermont —respondió ella apretando los dientes.

—Ay, ay, ay. ¿Huelo a nervios prenupciales? —bromeó. Maxine gimió.

—No, lo que hueles es que estoy cabreada porque se comporta como un imbécil.

Con Blake no disimulaba nunca. Podía ser sincera con él, aunque tuviera que poner buena cara delante de los niños. Cuando les había dicho que Charles necesitaba tranquilidad y paz antes de la boda, Daphne puso los ojos en blanco. Estaba encantada de que se hubiera ido.

—¿Por qué estás tan cabreada, Max? Parece un buen hombre.

—No sé por qué lo dices. Ayer apenas te dirigió la palabra. Me pareció grosero y se lo dije. Lo menos que podía hacer era hablar contigo. Y te contestó de mala manera cuando lo invitaste a jugar al tenis.

—Seguramente se siente incómodo al tener a tu ex marido dando vueltas por aquí. No todo el mundo es tan liberal como nosotros —dijo riendo—, o está tan chalado.

—Es lo que dice él. —Sonrió a Blake—. Cree que estamos locos. Y el bebé de Zellie lo saca de quicio.

Quería añadir «y nuestros hijos», pero se contuvo. No quería que Blake se preocupara por esto. Todavía estaba convencida de que Charles y los niños acabarían llevándose bien, incluso que se apreciarían.

—Debo reconocer que el bebé de Zellie es muy gritón. —Le sonrió—. ¿Crees que algún día encontrará el botón del volumen de ese crío? Su madre debió de excederse tomando drogas.

—No quiero que digas eso. El crío está mejorando, pero lleva tiempo.

—En eso no culpo a Charles —dijo Blake sinceramente—. ¿Qué me dices de ti? ¿Tú tienes dudas?

Le tomaba el pelo y ella le dio un empujón, como si fueran dos niños.

—¡Cállate! Estoy cabreada. No tengo dudas.

—¡Deberías! —gritó Daphne al pasar.

—¡Tú no te metas! —gritó Maxine—. Mocosa insolente. ¿Les has contado tus planes para el orfanato? —preguntó a Blake.

—Pensaba hacerlo esta noche. Espero que se emocionen y no se pongan nerviosos. Últimamente parecen tener opiniones propias. Jack me ha dicho que mis pantalones son demasiado cortos, mis cabellos demasiado largos y que no estoy en forma. A lo mejor tiene razón, pero duele oírlo.

Sonreía. Sam le echó un vistazo de arriba abajo.

—Yo te veo bien, papá —dijo con entusiasmo.

—Gracias, Sam.

Blake lo abrazó y Sam sonrió encantado.

—¿Quieres venir a comer pizza con nosotros esta noche? —preguntó Maxine.

—Claro. Con mucho gusto.

Maxine no tenía nada más que hacer. Le gustaba que la gente entrara y saliera de la casa de Southampton y también que Blake pasara por allí. Era una lástima que Charles no pudiera relajarse un poco y disfrutar. Pero al marcharse ya había dicho que había demasiada confusión para su gusto. Lo llamaba un circo de tres pistas, y no lo decía como un cumplido. A veces, como ahora, Maxine tenía ganas de estrangularlo; sin embargo, estaban a punto de casarse. La emoción y los preparativos de la boda estaban sacando lo peor de ellos. Maxine no tenía tanta paciencia como de costumbre, y creía que Charles se había comportado mal, huyendo a Vermont en un arrebato ante la llegada de Blake. Al fin y al cabo, él no había hecho nada para provocarlo. Para Maxine era obvio que Charles tenía complejo de inferioridad con él. Esperaba que lo superara pronto.

Blake fue a recogerlos para salir a cenar y, tal como había dicho, les contó los planes para el orfanato de Marruecos mientras comían. Se quedaron un momento asombrados, pero enseguida se dieron cuenta de que era algo maravilloso. Todos le dijeron que estaban encantados. Maxine se alegró de que los niños supieran apreciar lo que hacía su padre.

—¿Podremos ir a verlo, papá? —preguntó Sam con interés.

—Por supuesto. Un día iremos todos juntos a Marruecos. La obra no está terminada, pero cuando lo esté os llevaré a los tres conmigo.

Creía que los niños debían verlo. Estaba muy alejado de su mundo seguro y feliz, y opinaba que sería beneficioso para ellos.

Blake les dijo lo maravillosa que había estado su madre durante su estancia en Marruecos y lo mucho que lo había ayudado. Les explicó lo que habían hecho y lo que habían visto, y los niños escucharon con interés. De repente, sin más, Daphne le preguntó qué había sido de Arabella.

—La despedí —dijo él simplemente.

No necesitaban saber más.

—¿Así, sin más? —preguntó Jack.

Blake asintió y chasqueó los dedos.

—Así, sin más. Le dije: «¡Vete, bruja!», y se fue. Fue como hacer magia. Desapareció.

Lo dijo en tono misterioso y todos rieron, incluido Blake. Maxine vio que estaba mejor; se había recuperado rápidamente. Como siempre. Sus sentimientos hacia las mujeres nunca eran demasiado profundos, aunque Maxine era consciente de que Arabella había sido más importante que las otras. Pero habían tenido un mal final, teniendo en cuenta la escena que le había descrito. Sabía que no se lo contaría a los niños, y ella tampoco lo haría. Le parecía bien la manera como lo había enfocado.

—Me alegro —dijo Daphne con convicción.

—Me lo imagino —dijo su padre—. Te portaste como un monstruo con ella en Aspen.

—No es verdad —se defendió Daphne acaloradamente.

—Sí es verdad —dijeron Sam, Jack y Blake al unísono.

Todos rieron, incluida Daphne.

—Quizá sí, pero no me caía bien.

—No sé por qué —comentó Blake—. Ella era simpática contigo.

—Era una simpatía falsa. Como cuando Charles es simpático con nosotros. No es sincero.

Maxine la miró, estupefacta.

—¿Cómo puedes decir algo así, Daffy? Charles no es falso, es reservado —protestó.

—Es falso. Nos detesta. Solo quiere estar contigo.

—Bueno, es normal —intervino Blake—. Está enamorado de tu madre. Es comprensible que no le apetezca estar siempre con niños.

—No quiere estar nunca con nosotros —dijo Daphne con aire triste—. Se nota.

Maxine no pudo evitar pensar en los comentarios elogiosos de Charles sobre los internados. Era asombroso el instinto que tenían los niños.

—Arabella tampoco nos quería cerca. No sé por qué nos os casáis otra vez tú y mamá. Sois mejores que cualquiera de las personas con las que salís. Vuestras parejas siempre son horribles.

—Gracias, Daphne —respondió Blake por ambos, con una sonrisa—. Personalmente, salgo con gente muy simpática.

—No es verdad. Son guapas y tontas —afirmó Daphne, y todos rieron—. Y mamá sale con hombres aburridos, estirados y tensos.

—Es para contrarrestarme —declaró Blake alegremente—. Cree que no soy lo bastante maduro, así que sale con hombres muy serios que no tienen nada que ver conmigo. ¿Verdad que sí, Max? —Ella parecía avergonzada y no hizo ningún comentario—. Además, a vuestra madre y a mí nos gusta esta situación tal como está. Ahora somos buenos amigos. No nos peleamos. Podemos reunirnos todos para cenar. Yo tengo a mis rubias y ella a sus hombres serios. ¿Qué más podríamos querer?

—Que volvierais a casaros —insistió Daphne.

—Eso no pasará —dijo su madre con calma—. La semana que viene me caso con Charles.

—Y yo organizo la fiesta previa al enlace —añadió Blake para cambiar de tema. La conversación se estaba poniendo tensa, aunque Maxine sabía que era normal que los hijos quisieran ver juntos a sus padres. Que se casara con otro ponía fin a sus esperanzas para siempre—. La fiesta será muy divertida —siguió Blake, para tapar el silencio incómodo y la reacción de Maxine—. Tengo una sorpresa preparada para esa noche.

—¿Vas a salir desnudo de un pastel? —preguntó Sam con cara de felicidad.

Todos se animaron inmediatamente y se rieron, lo que distendió el ambiente.

—¡A Charles le encantaría! —exclamó Maxine, riendo con ganas.

—No es mala idea. No se me había ocurrido —dijo Blake con una sonrisa.

Después propuso que fueran a su casa alquilada y se bañaran en la piscina. A todos les pareció una buena idea. Cogieron los bañadores en casa de Maxine y fueron a bañarse. Disfrutaron mucho, y los niños decidieron pasar la noche con él. Blake también invitó a Maxine a quedarse.

—Me gustaría —dijo Maxine sinceramente—, pero si Charles se enterara, me mataría. Más vale que vuelva a casa.

Dejó a los niños con Blake y se fue. Había sido una velada fantástica, y la noticia del orfanato había puesto a todos de buen humor. Maxine estaba deseando conocer a los niños y evaluar los efectos del trauma que habían sufrido.

Blake fue continuamente de su casa a la de Maxine el resto de la semana. Y Maxine se dio cuenta de que todo era más fácil sin Charles. Apenas la llamó durante la semana que estuvo en Vermont, y ella tampoco lo hizo. Decidió que sería mejor dejar que se calmara. Ya aparecería un día u otro. Faltaban pocos días para la boda.

Charles regresó el día de la fiesta. Entró como si fuese a por pan a la tienda. Besó a Maxine, se dirigió al dormitorio y dejó sus cosas. Cuando vio a Blake en casa por la tarde, se comportó civilizadamente, para gran sorpresa y alivio de Maxine. Charles estaba mucho más relajado que antes de marcharse. Como dijo Daphne a su padre al oído, parecía como si Charles se hubiera deshecho de la escoba que se había tragado. Blake la miró sorprendido y le pidió que no le dijera eso a su madre. Blake rió para sus adentros y regresó al club para revisar los detalles de la fiesta de la noche. Lo que había dicho Daphne era cierto. Charles estaba mucho más simpático. Blake quería que Maxine fuera feliz con él. Le deseaba lo mejor.

23

Maxine se había comprado un vestido nuevo para la fiesta, y cuando Charles la vio con él, silbó de admiración. Era un vestido de noche dorado, de un tejido muy fino y que se ajustaba a su cuerpo perfectamente. Se parecía a Grace Kelly. Lo llevaba con unas sandalias de tacón también doradas. Blake había decidido que la fiesta fuera de gala.

Charles estaba muy apuesto con su esmoquin negro. Cuando llegaron vieron que Blake llevaba un esmoquin blanco cruzado, con pantalones negros, un lazo también negro y mocasines de piel. Maxine se fijó inmediatamente en que Blake no llevaba calcetines. Le conocía bien, así que no se sorprendió mucho. En Southampton había muchos hombres que no los llevaban. Era una nueva moda que no gustaba en absoluto a Charles. Él sí llevaba calcetines. Blake estaba guapísimo con su cabello oscuro y su piel morena, pero Charles tampoco se quedaba atrás. Los dos eran guapos. Maxine parecía un ángel con su largo cabello rubio y el vestido dorado. Blake dijo que solo le faltaban las alas.

Blake había invitado a cien personas de la lista de Max, y a una docena más por su cuenta. Había una orquesta de diez músicos tocando diferentes estilos, desde Motown a big band o swing. Todos estaban muy animados. El champán corría como si fuera agua, y Maxine vio que Daphne tomaba una copa. Le indicó con gestos que «solo una» y la niña asintió. De todos modos Maxine no la perdería de vista.

Fue divertido ver a todos los amigos y presentar a Charles a los que todavía no le conocían. Los padres de Maxine también estaban allí; su madre con un vestido de noche azul claro con una chaqueta y su padre con un esmoquin blanco como el de Blake. Todos muy elegantes.

El padre de Maxine habló un rato con Charles antes de la cena, y aprovechó para preguntarle cómo había ido el crucero. No se habían visto desde entonces.

—Es un velero impresionante, ¿verdad? —dijo con jovialidad.

Charles estuvo de acuerdo con él y dijo que habían disfrutado muchísimo. Habría sido difícil no pasarlo bien.

Charles inauguró la velada bailando con Maxine; a ambos se les veía felices y relajados. Formaban una pareja muy atractiva. La fiesta estaba siendo muy divertida. Blake había hecho decorar el club con miles de rosas blancas y delicados farolillos de papel dorado.

Antes de cenar Blake pronunció un discurso y contó algunas anécdotas divertidas sobre Maxine que hicieron que todos se partieran de risa, incluida ella. Charles parecía un poco incómodo, pero intentó disimular. No le gustaba darse cuenta de que Blake la conocía mejor que él y recordar que tenía una historia con ella. Blake les deseó lo mejor a los dos, y dijo que esperaba que Charles tuviera más éxito que él haciéndola feliz. Fue un momento conmovedor y a Maxine se le saltaron las lágrimas. A continuación, Charles se levantó, brindó por su generoso anfitrión y prometió velar por la felicidad de Maxine para siempre. Todos se emocionaron.

Blake sacó a Maxine a bailar, en un descanso entre platos, y giraron por la pista como Fred Astaire y Ginger Rogers. Siempre habían bailado bien juntos.

—Lo que has dicho ha sido muy bonito, pero sí me hiciste feliz —le corrigió Maxine—. Siempre fui feliz contigo, Blake.

El problema era que no te veía y nunca sabía dónde estabas. Me superaste después de ganar todo ese dinero.

—No te superé, Max —dijo él tiernamente—. No te había alcanzado nunca. Jamás te llegué ni a la suela de los zapatos. Creo que ya lo sabía, pero me asustaba. Eras mucho más lista que yo, y mucho más sabia en muchas cosas. Siempre supiste lo que realmente importaba, como nuestros hijos.

—Tú también —dijo ella generosamente—. Pero queríamos cosas distintas. Yo quería trabajar y tú divertirte.

—Creo que existe una fábula francesa sobre esto. Ya ves adónde me ha llevado. Según Daphne, estoy rodeado de rubias tontas.

Los dos se estaban riendo cuando Charles los interrumpió y se llevó a Maxine por la pista.

—¿De qué os reíais? —preguntó con desconfianza—. Parecía que lo estuvierais pasando en grande.

—Algo que le dijo Daphne, sobre sus rubias tontas.

—Vaya cosas de decirle a su padre —dijo él con evidente desaprobación.

—Pero es verdad —dijo Maxine, riéndose.

Terminó la pieza y volvieron a la mesa. Maxine tenía la sensación de que Charles no había deseado realmente bailar con ella, solo había querido separarla de su ex marido.

Blake había organizado una cena perfecta. Todos sus amigos estaban en la mesa con ella y Charles, y los amigos de Blake en la suya. No llevaba acompañante aquella noche, y había sentado a la madre de Maxine a su lado, a su derecha, como mandaba la tradición. Charles también se había fijado. Se percataba de todo y estuvo toda la noche observándolos. No apartó la mirada de Maxine y de Blake. Parecía preocupado. Solo se relajaba cuando Maxine bailaba con Jack o con Sam.

El baile siguió hasta medianoche, después de la cena, y cuando dieron las doce, los fuegos artificiales estallaron en el cielo. Blake los había encargado para ellos, y Maxine aplaudió como una niña. Le encantaban los fuegos y Blake lo sabía. Fue una velada perfecta y los últimos invitados se marcharon alrededor de la una. Charles pasaría la noche en el hotel, por deseo de Maxine. Al final, los padres de ella habían decidido alojarse también allí en lugar de en la casa. Maxine bailó una última pieza con Blake y le dio las gracias por los fuegos artificiales. Le habían gustado muchísimo. Le preguntó si podía acompañar a los niños y a Zellie a casa. Ella dejaría a Charles en el hotel, para que no se vieran hasta la boda. Blake le prometió que estarían todos en casa en menos de media hora.

Cuando terminó el baile, Max fue a buscar a Charles y se marcharon.

La boda se celebraría a mediodía del día siguiente. Pero todos estaban de acuerdo en que sería difícil superar la fiesta. Ella y Charles hablaron de ello camino del hotel, mientras él se quejaba. Le parecía una tradición estúpida. Habría preferido quedarse en la casa, pero Maxine había insistido en ello. Le dio un beso de despedida y esto le recordó por qué se casaba con él. Le quería, a pesar de que fuera lo que Daphne llamaba un «estirado». La noche siguiente se irían a París, desde donde harían un viaje en coche por el valle del Loira. Para ella era una luna de miel perfecta.

—Te echaré de menos esta noche —dijo él con voz ronca.

Maxine le besó otra vez.

—Yo también —susurró ella con una risita.

Había bebido bastante champán en la fiesta, pero no estaba ebria.

—La próxima vez que te vea, me convertiré en la señora West —dijo, resplandeciente de felicidad.

Había sido una noche maravillosa.

—Lo estoy deseando —dijo él.

La besó por última vez y de mala gana bajó del coche; luego la saludó con la mano y entró en el hotel. Maxine se alejó.

Ya en casa, entró en el salón y se sirvió otra copa de champán. Unos minutos después, oyó que llegaba el coche de Blake con Zellie y los niños. Zellie había dejado al bebé en casa con una canguro, que se fue en cuanto llegaron. Zelda acostó a los niños inmediatamente. Estaban agotados y se marcharon farfullando las buenas noches a sus padres, que estaban en el sofá, charlando.

Blake estaba de buen humor y Maxine parecía un poco achispada por la bebida, más que en la fiesta. Allí estaba sobria, pero ahora ya no lo parecía tanto, después de dos copas más de champán. Él también se sirvió una. Pasaron un buen rato comentando la velada. Blake había bebido bastante, pero se mantenía sobrio. Más que nunca parecía una estrella de cine con el esmoquin blanco. Ambos lo parecían, mientras brindaban con champán.

—Ha sido fantástico —dijo Maxine, girando con su vestido dorado. Cayó en brazos de Blake—. Eres el rey de las fiestas. Ha sido muy glamuroso, ¿no te parece?

—Me parece que deberías sentarte o te caerás, borrachina —bromeó él.

—No estoy borracha —insistió Maxine, lo que delataba que sí lo estaba.

A Blake siempre le había gustado cuando Maxine estaba algo achispada. Se ponía divertida y sexy, y sucedía tan raramente que lo hacía muy especial.

—¿Crees que seré feliz con Charles? —preguntó con expresión seria.

De repente, le costaba más de lo normal concentrarse en él.

—Espero que sí, Max —dijo Blake con sinceridad.

Podría haber dicho que no, pero no lo hizo.

—Es muy serio, ¿verdad? Un poco como mi padre —comentó Maxine, mirando a Blake con los ojos entornados.

Estaba más guapa que nunca y Blake tuvo que hacer un esfuerzo para no aprovecharse de ella. No habría sido justo. Nunca haría nada que le hiciera daño y menos esa noche. Había perdido el tren y lo sabía. Cambió el champán por vodka, para servirle a ella la última copa de champán que quedaba en la casa.

—Sí, es un poco como tu padre —contestó Blake—. Los dos son médicos.

Empezaba a sentirse agradablemente ebrio, y no le importaba lo más mínimo. Si tenía que emborracharse, esta era la noche perfecta.

—Yo también soy médico —informó ella con un hipo sonoro—. Psiquiatra, trabajo con traumas. ¿No nos conocimos hace poco en Marruecos?

Se rió como una niña de su pregunta, y él también.

—Estás muy diferente con botas de montaña. Creo que me gustas más con tacones.

Maxine estiró una pierna bien torneada y se miró las delicadas sandalias doradas. Asintió.

—A mí también. Con las botas me salen ampollas.

—La próxima vez ponte tacones —aconsejó él, tomando un sorbo de su vodka.

—Lo haré. Lo prometo. ¿Sabes qué? —dijo, sorbiendo el champán—. Tenemos unos hijos maravillosos. Los quiero muchísimo.

—Yo también.

—Creo que a Charles no le gustan —dijo, frunciendo el ceño.

—El sentimiento es mutuo —confirmó Blake.

Los dos rieron como unos críos. Maxine lo miró con los ojos entornados, como si estuviera muy lejos.

—¿Por qué nos divorciamos? ¿Tú te acuerdas? Yo no. ¿Me hiciste alguna mala pasada?

Ya estaba totalmente borracha, y Blake también.

—Se me olvidaba volver a casa. —Sonrió tristemente.

—Ah, es verdad. Ahora me acuerdo. Qué lástima. Me gustabas mucho... De hecho, aún te quiero —dijo, sonriendo con ternura.

Le dio hipo otra vez.

—Yo también te quiero —dijo Blake cariñosamente. Entonces le entró mala conciencia—. Deberías irte a la cama, Max. Mañana tendrás una resaca espantosa para la boda.

El champán era terrible al día siguiente.

—¿Me estás pidiendo que vaya a la cama contigo? —preguntó Maxine, un poco asustada.

—No. Si lo hiciera, Charles estaría muy cabreado mañana y tú te sentirías muy culpable. De todos modos, creo que deberías acostarte.

Maxine terminó su champán mientras él hablaba, y entonces Blake vio que no se tenía en pie. La última copa había sido definitiva. Él también estaba bastante ebrio. El vodka le había afectado después de una larga noche y mucha bebida, o tal vez había sido verla así, con ese vestido dorado. Estaba embriagadora. Siempre lo había sido para él. Se acordó de repente y no entendió cómo podía haberlo olvidado.

—¿Por qué tengo que acostarme tan temprano? —preguntó Maxine, haciendo pucheros.

—Porque, Cenicienta —dijo Blake amablemente levantándola en brazos del sofá—, te convertirás en calabaza si no lo haces. Mañana vas a casarte con el príncipe azul.

Se encaminó hacia el dormitorio de ella.

—No. Me caso con Charles. De eso me acuerdo. No es el príncipe azul. Lo eres tú. ¿Por qué me caso con él?

De repente parecía molesta y Blake se rió, tropezó y casi la dejó caer. La cogió más fuerte. Era ligera como una pluma.

—Creo que te casas con él porque le quieres —dijo.

Entraron en el dormitorio y la dejó sobre la cama. Después la miró, tambaleándose ligeramente. Los dos habían bebido más de la cuenta.

—Eso está bien —dijo Maxine alegremente—. Le quiero. Y debería casarme con él. Es médico. —Miró a Blake—. Creo que estás demasiado borracho para volver a casa. Y yo para acompañarte. —Era una evaluación precisa de la situación—. Más vale que te quedes.

Mientras lo decía, la habitación les daba vueltas a los dos.

—Me echaré un momento hasta que se me pase. Si no te molesta. Luego me marcharé. No te importa, ¿verdad? —preguntó, tumbándose al lado de Maxine con el esmoquin y los zapatos puestos.

—No me importa en absoluto —dijo Maxine, volviéndose hacia él y apoyando la cabeza en su hombro. Todavía llevaba el vestido y las sandalias doradas—. Dulces sueños —susurró.

Cerró los ojos y se abandonó al sueño.

—Así se llama nuestro barco —dijo Blake con los ojos cerrados, y se quedó dormido.

24

Al día siguiente el teléfono sonó insistentemente en casa de Maxine. Eran las diez, y sonaba y sonaba sin que nadie lo descolgara. Todos dormían. Por fin Sam lo oyó y saltó de la cama para cogerlo. No se oía ni un solo ruido en la casa.

—¿Diga? —contestó Sam, bostezando y todavía en pijama.

Todos se habían acostado tarde, y el niño aún estaba cansado. No sabía dónde estaban los demás, solo que Daphne había bebido demasiado champán la noche anterior, pero había prometido no decírselo a nadie cuando la vio vomitar al llegar a casa.

—Hola, Sam. —Era Charles y parecía muy despierto—. ¿Puedo hablar con tu madre, por favor? Solo quiero saludarla. Sé que estará muy ocupada. —Le había dicho que iría alguien a peinarla y a maquillarla y estaba convencido de que la casa debía de ser un caos—. ¿Puedes avisarla? Solo será un minuto.

Sam dejó el teléfono y fue descalzo a la habitación de su madre. Miró desde la puerta y vio a sus padres durmiendo profundamente con la ropa puesta. Su padre roncaba. No quería despertarlos, así que volvió al teléfono.

—Todavía duermen —dijo.

—¿Duermen?

Charles sabía que no podía ser Sam porque estaba hablando con él. ¿Con quién estaba durmiendo a aquellas horas el día de su boda? No tenía ni pies ni cabeza.

—Mi padre también está durmiendo. Y ronca —explicó Sam—. Le diré que has llamado cuando se despierte.

La línea se cortó antes de que Sam pudiera colgar. Volvió a subir a su habitación, pero en vista de que no se había levantado nadie, no vio la necesidad de vestirse. Encendió el televisor y, por una vez, no se oía al bebé de Zellie. Era como si estuvieran todos muertos.

La peluquera y la maquilladora llegaron puntualmente a las diez y media. Zelda les abrió la puerta, se dio cuenta de la hora que era y fue a despertar a Maxine. Se sorprendió al ver a Blake durmiendo a su lado, pero se imaginó lo que había pasado. Los dos estaban vestidos; habrían bebido demasiado la noche anterior. Sacudió a Max suavemente y, doce intentos después, por fin esta se movió. Miró a Zelda y gimió. Cerró los ojos al instante y se cogió la cabeza con ambas manos. Blake seguía durmiendo profundamente a su lado, y roncaba como un bulldog.

—Madre mía —dijo Maxine, con los ojos cerrados con fuerza para protegerse de la luz—. ¡Madre mía! No sé si tengo un tumor cerebral o me estoy muriendo.

—Creo que ha sido el champán —dijo Zelda con suavidad, intentando no reírse.

—¡No grites! —exclamó Maxine, con los ojos aún cerrados.

—Tiene muy mal aspecto —opinó Zelda—. Han llegado la peluquera y la maquilladora. ¿Qué quiere que les diga?

—No necesito una peluquera —dijo Maxine, intentando incorporarse—. Necesito un cirujano del cerebro... por Dios. ¿Qué hace este aquí? —exclamó al ver a Blake.

Entonces se acordó. Miró a Zelda estupefacta.

—Creo que no ha pasado nada. Ambos están vestidos.

Maxine dio un empujón a Blake y lo despertó. Él se movió y gimió, lo mismo que había hecho ella.

—Debe de haber una epidemia de tumores cerebrales —bromeó Zelda.

Blake abrió los ojos y las miró a las dos con una sonrisa.

—Me han secuestrado. Hola, Zellie. ¿Cómo es posible que tu bebé no esté berreando?

—Creo que ha agotado todas sus reservas. ¿Qué quieren que les traiga?

—Un médico —dijo Maxine—. No, mierda, ni hablar. Si Charles nos ve, me mata.

—No tiene por qué saberlo —dijo Zelda con firmeza—. No es asunto suyo. Todavía no es su esposa.

—Ni lo seré nunca, si se entera de esto —gimió Maxine.

Blake empezaba a pensar que no sería tan mala idea. Se puso de pie, probando si las piernas le sostenían, se enderezó la corbata y fue tambaleándose a la puerta.

—Me voy a casa —dijo, como si se tratara de una idea revolucionaria.

—Beba mucho café cuando llegue —propuso Zelda. A ella le parecía que todavía estaban borrachos, o que tenían una resaca monumental—. ¿Cuántas copas bebió anoche? —preguntó a Maxine, mientras oían que se cerraba la puerta principal.

—Muchas. El champán me mata —dijo Maxine saliendo a rastras de la cama.

Sam entró a buscarla.

—¿Dónde está papá? —preguntó, mirando a su madre.

Maxine tenía peor cara que Daphne, que también sufría los efectos de la resaca.

—Se ha ido a casa.

Maxine atravesó la habitación de puntillas con fuegos artificiales en la cabeza. Era una repetición de la representación de la noche anterior, pero no tan agradable.

—Te ha llamado Charles —anunció Sam.

Su madre se paró de golpe y le miró como si le hubieran pegado un tiro.

—¿Qué le has dicho? —preguntó con voz ronca.

—Le he dicho que dormías. —Maxine cerró los ojos aliviada. No se atrevía a preguntar si había mencionado a su padre—. Ha dicho que quería saludarte y que os veríais en la boda o algo así.

—No puedo llamarle. Estoy fatal. Se dará cuenta de que bebí demasiado y se pondrá nervioso.

—Ya le verá en la boda —dijo Zelda—. Está hecha un desastre. Tenemos que ponernos en marcha. Dúchese mientras preparo un café.

—Bien... sí... muy buena idea.

Se metió en la ducha y sintió como si le atravesaran la piel con cuchillas.

Mientras Maxine se duchaba, Zelda corrió a despertar a los niños. Daphne parecía estar casi tan mal como su madre, así que Zelda le echó una bronca, aunque prometió no decir nada. Jack saltó de la cama y bajó a desayunar. Estaba perfectamente. Solo había tomado una copa de champán y refrescos el resto de la noche, lo que lo había salvado del lamentable estado de su hermana.

Zelda llenó una taza con café para Maxine y le puso delante unos huevos revueltos en contra de su voluntad. Le dio dos aspirinas para tomar con el café y la peluquera empezó a peinarla en la cocina mismo. Le dolió incluso cuando le pusieron el maquillaje, así que la peluquería fue peor. Pero no tenía más remedio. No podía casarse con una cola y sin maquillaje.

Media hora después, Maxine estaba maquillada y tenía mejor aspecto que nunca. Se encontraba fatal, pero no se notaba. La maquilladora había obrado milagros y la cara de Maxine resplandecía. La peluquera le había hecho un sencillo recogido francés y le había puesto una tira de perlas pequeñas. Maxine casi no se podía mover, y sentía cuchillas en los globos oculares cada vez que le daba el sol.

—Te lo juro, Zellie, me muero —se lamentó, cerrando los ojos un momento.

—Todo se arreglará —dijo Zelda con calma.

Daphne bajó, pálida, con los cabellos pulcramente peinados y brillo en los labios, que era lo único que le permitía su madre. Maxine se encontraba demasiado mal para darse cuenta de que Daphne también tenía resaca. Sam no dijo nada, y Zellie tampoco.

A las doce menos veinte, todos los niños, incluida Daphne, estaban vestidos. Zelda había obligado a Daphne a ponerse el vestido lavanda, con la amenaza de que si no lo hacía contaría que se había emborrachado. Funcionó. Después, Zelda fue a buscar el vestido y los zapatos de Maxine, mientras ella esperaba en la cocina como si fueran a llevarla al matadero, con los ojos cerrados.

Maxine se calzó los zapatos y dejó que Zelda la ayudara a ponerse el vestido. Lo abrochó y le anudó el cinturón. Los niños se quedaron pasmados. Parecía una princesa de cuento.

—Estás guapísima, mamá —dijo Daphne de corazón.

—Gracias. Pero me encuentro fatal. Creo que tengo la gripe.

—Tú y papá os emborrachasteis anoche —dijo Sam, con una risita.

Su madre le fulminó con la mirada.

—No se lo digas a nadie. Y mucho menos a Charles.

—Lo prometo.

Ya no se acordaba de que le había dicho a Charles que su padre estaba roncando.

Los coches esperaban fuera, y un minuto después Zelda volvió vestida con un traje rojo de seda, zapatos de piel y el bebé en brazos, que gimoteaba, pero todavía no lloraba. Maxine sabía que si berreaba le estallaría la cabeza, así que rezó en silencio para que no lo hiciera. Habían quedado en la iglesia con sus padres y con Blake. Charles la esperaría en el altar. De repente, probablemente a consecuencia de la terrible resaca, o eso creía, solo de pensar en un servicio religioso y una boda le entraban ganas de vomitar.

Había un coche para Zellie y los niños y otro para ella. Apoyó la cabeza en el asiento y cerró los ojos todo el camino, hasta la iglesia. Era la peor resaca que había tenido en su vida. Estaba convencida de que Dios la castigaba por haber dejado que Blake se quedara a pasar la noche. No estaba planeado, pero al menos no había pasado nada más.

La limusina que la llevaba se paró detrás de la iglesia a las doce menos cinco. La de los niños se detuvo detrás. Habían llegado a tiempo. Maxine fue a la rectoría, esforzándose por caminar erguida, donde la esperaban sus padres. Blake debía pasar a recoger a los niños antes de la ceremonia. Le vio entrar detrás de ella y tenía incluso peor aspecto que Maxine. Una pareja para la posteridad: dos borrachines arrepentidos el día después. Hizo un esfuerzo para sonreír; él se echó a reír y la besó en la frente.

—Estás espectacular, Max. Pero no se te ve bien.

—A ti tampoco.

Estaba contenta de verle.

—Siento lo de anoche —le susurró al oído—. No debería haberte dejado tomar la última copa de champán.

—No te preocupes, fue culpa mía. Creo que me apetecía emborracharme.

Los padres de Maxine escuchaban la conversación con interés. En aquel momento se abrió la puerta de la rectoría y entró Charles con expresión furibunda. Los miró a todos con ojos desquiciados, y por último a Maxine ataviada con el vestido de boda. No debía verla con él. Debía esperarla en el altar. Mientras la miraba furioso, la florista le dio el ramo e intentó prender la orquídea en la solapa de Charles. Él la apartó bruscamente.

—Estuviste con él anoche, ¿verdad? —gritó a Maxine, señalando a Blake.

Al oír los gritos, Maxine se agarró la cabeza.

—¡Por Dios, no grites!

Charles la miró a ella y después a Blake y se dio cuenta de

que Maxine tenía una resaca de campeonato. Nunca la había visto así.

—Bebí demasiado, y Blake se quedó dormido —explicó Maxine—. No ocurrió nada.

—¡No creo ni una palabra! —espetó él, mirándola iracundo—. Estáis todos locos. Seguís comportándoos como si estuvierais casados. Vuestros hijos son unos mocosos. Bebés adictos, yates, rubias estúpidas. Estáis chalados, todos. Y no me casaré contigo, Maxine. No me convencerías para que entrara en esta familia ni pagándome. Además, estoy seguro de que no has dejado de acostarte con él.

Maxine se echó a llorar y antes de que pudiera decir nada, Blake dio un paso, agarró a Charles por las solapas del traje y lo levantó del suelo.

—Estás hablando de mi esposa, hijo de puta estirado. ¡Y esos que llamas mocosos son mis hijos! Voy a decirte algo, capullo. No se casaría contigo ni de broma. No sirves ni para limpiarle los zapatos.

Dio un empujón a Charles hacia la puerta. Él se volvió y se marchó corriendo. Maxine miró a Blake anonadada.

—Mierda, ¿qué voy a hacer ahora?

—¿Querías casarte con él? —preguntó Blake con expresión preocupada.

Maxine negó con la cabeza, aunque le dolía terriblemente.

—No. Me di cuenta ayer.

—No fue demasiado tarde —exclamó Blake.

Los niños soltaron exclamaciones de alegría. Era la primera vez que veían a su padre en acción y les había encantado que echara a Charles a patadas. En su opinión, ya era hora.

—Vaya, parece que no hemos empezado muy bien el día —dijo Arthur Connors, mirando a su ex yerno—. ¿Qué proponéis que hagamos? —No parecía triste, solo preocupado.

—Alguien tiene que comunicar a los invitados —dijo Maxine, sentándose en una silla— que no se celebrará la boda.

Los niños vitorearon de nuevo y Zelda sonrió. El bebé no

había dicho ni pío y dormía tranquilamente. Quizá a él tampoco le caía bien Charles.

—Es una pena desperdiciar un vestido tan bonito —dijo Blake, mirándola—. Y las flores de la iglesia son preciosas. ¿Qué te parecería aprovecharlas? —La miró muy seriamente y bajó la voz, para que no pudiera oírlo nadie más que ella—. Prometo que esta vez estaré en casa. No soy tan estúpido como antes. Se acabaron las rubias tontas, Max.

—Bien —dijo ella bajito, mirándolo a los ojos.

Sabía que le decía la verdad, y que esta vez estaría en casa. Seguía siendo un truhan, y le gustaba eso de él, pero había madurado. Ambos habían madurado. Ella ya no esperaba que Blake fuera otra persona. Había descubierto que le gustaba cómo era ella cuando estaba con él. Juntos, ambos sacaban lo mejor de sí mismos.

—¿Max?

Temblaba ligeramente al hacerle la pregunta. Eran las doce y media y los invitados llevaban media hora esperando y escuchando música.

—Sí.

Lo dijo con un suspiro, y él la besó. Era lo que habían deseado hacer la noche anterior. Habían necesitado que apareciera Charles para volver a encontrarse. Charles era todo lo que Maxine debería desear, pero lo que quería, y lo que siempre había querido, era Blake.

—¡Vamos! —dijo Blake, pasando a la acción. Había olvidado la resaca y Maxine también se encontraba mejor—. Jack, acompaña a la abuela al primer banco. Sam, tú ve con Zellie. Daffy, tú ven conmigo. Papá —miró a su suegro, y los dos sonrieron—, ¿te parece bien?

No es que tuviera demasiada importancia, pero no quería que el hombre se sintiera al margen.

—Se habría muerto de aburrimiento con ese hombre —dijo Arthur, sonriendo a Blake—, y yo también.

Maxine rió.

—Dentro de cinco minutos entráis.

El reverendo llevaba media hora en el altar, sin saber qué ocurría.

Salieron a toda prisa, y los invitados los vieron recorriendo el pasillo. Todos reconocieron a Blake, así que se extrañaron un poco al ver que él y Daphne se situaban en el altar, al igual que Sam y Jack un momento después. Sin duda era una boda muy moderna y liberal si el ex marido era quien entregaba a la novia. Los invitados estaban sorprendidos y ligeramente desconcertados. Zellie y la abuela estaban sentadas, y Blake y los niños esperaban en el altar a Maxine y a su abuelo, que se acercaban por el pasillo. De repente la música cambió y Maxine se acercó a Blake. Solo tenía ojos para él. Se miraron como en los años que habían estado juntos, los buenos y los malos, fundidos en un solo momento resplandeciente.

El reverendo los miró y comprendió. Blake se inclinó para hablar con él y le susurró al oído que no tenían los documentos necesarios.

—Hoy celebraremos una boda provisional —dijo el reverendo—. Consigan la licencia el lunes y lo repetiremos en privado. ¿Le parece bien?

—Perfecto. Gracias —dijo Blake respetuosamente, y se volvió para mirar a la novia de nuevo.

Por fin había llegado al altar. Él y Arthur se estrecharon la mano y el suegro le dio una palmadita en el brazo.

—Bienvenido de nuevo —susurró.

Blake dedicó toda su atención a Maxine y se situó a su lado, bajo la atenta mirada de sus hijos. Veían que su madre tenía los ojos húmedos, y su padre también.

El reverendo se dirigió a los reunidos con aire solemne.

—Hoy estamos aquí reunidos —comenzó— para unir a este hombre y a esta mujer en matrimonio y que según tengo entendido o por lo que puedo adivinar, ya estuvieron unidos antes —miró a los niños con una sonrisa—, con resultados muy satisfactorios. Quiero que todos sepan que cuando yo celebro una boda, suele durar. Así que no tendrán que volver para repetirla.

Miró con elocuencia a Maxine y a Blake, que sonreían felices.

—Muy bien, empecemos. Nos hemos reunido hoy aquí para unir a este hombre y a esta mujer...

Maxine solo veía a Blake, y él solo la veía a ella, y lo único que ambos oían era el zumbido de la resaca hasta que los dos dijeron «sí, quiero», se besaron y recorrieron el pasillo. Esta vez, no solo los niños y el reverendo, sino todos los asistentes los vitorearon.

No era la boda a la que habían ido ni la que esperaban, y tampoco lo era para Maxine y para Blake, pero sí la boda que tenía que ser, la que estaba escrita en su destino. El matrimonio de dos personas que siempre se habían amado y que, cada una por su lado, habían madurado por fin. Era la unión perfecta entre un truhan adorable y encantador y su radiante novia.

El padre de Maxine les guiñó un ojo cuando pasaron a su lado por el pasillo. Blake le devolvió el guiño y Maxine se rió.

Primer capítulo del próximo libro de

DANIELLE STEEL
UNA GRAN MUJER

que Plaza & Janés publicará en septiembre de 2011

1

La mañana del 14 de abril de 1912, Annabelle Worthington leía tranquilamente en la biblioteca de la casa familiar con vistas al extenso jardín tapiado. Empezaban a aparecer los primeros signos primaverales, los jardineros habían plantado muchas flores y todo estaría precioso cuando sus padres regresaran al cabo de unos días. El hogar que compartía con ellos y su hermano mayor, Robert, era una mansión imponente al norte de la Quinta Avenida de Nueva York. Los Worthington y la familia de su madre, los Sinclair, eran parientes directos de los Vanderbilt y los Astor y, de una forma más indirecta, también estaban emparentados con todas las sagas más influyentes de Nueva York. Su padre, Arthur, era propietario y director del banco más prestigioso de la ciudad. Su familia llevaba varias generaciones en el negocio bancario, igual que ocurría con la familia materna en Boston. Su hermano Robert, de veinticuatro años, ya llevaba tres trabajando para su padre. Y por supuesto, cuando llegara el día de la jubilación de Arthur, Robert pasaría a dirigir el banco. Su futuro, del mismo modo que su historia, era predecible, desahogado y seguro. Annabelle agradecía haberse criado bajo la protección de ese entorno.

Sus padres se querían mucho, y Robert y ella siempre se habían llevado bien y mantenían una buena relación. Nunca había ocurrido nada lo suficientemente grave como para disgustarlos o entristecerlos. Los problemas menores que surgían entre ellos eran resueltos con facilidad. Annabelle había crecido en un mundo perfecto y dorado, había sido una niña feliz, rodeada de personas amables y cariñosas. Los últimos meses le habían resultado muy emocionantes, aunque habían quedado algo empañados por un pequeño contratiempo. En diciembre, justo antes de Navidad, la habían presentado en sociedad en un baile espectacular que sus padres habían dado en su honor. Era su puesta de largo, y todo el mundo insistía en que era la debutante más elegante y carismática que Nueva York había visto en años. A su madre le encantaba celebrar fiestas por todo lo alto. Había mandado cubrir el jardín con una carpa y ponerle calefacción. Decoraron la sala de baile de la mansión con un gusto exquisito. La orquesta que habían contratado era la más cotizada de la ciudad. Asistieron cuatrocientas personas, y el vestido que lució Annabelle la convirtió en una princesa de cuento.

Annabelle era una joven menuda, delgada, delicada, más incluso que su madre. Parecía una muñequita, rubia con el pelo largo, sedoso y dorado, y con unos ojos azules enormes. Era guapa, tenía las manos y los pies pequeños, y unas facciones perfectas. Cuando era niña, su padre no se cansaba de repetirle que parecía una muñeca de porcelana. A los dieciocho años, tenía una encantadora figura esbelta y bien proporcionada, y una gracia gentil. Todo en ella reflejaba la aristocracia de la que provenía y en la que habían nacido tanto Annabelle como sus antepasados y su círculo de amigos.

La familia había disfrutado de unas Navidades entrañables a los pocos días de su presentación en sociedad y, después de todas las emociones, las fiestas y las salidas nocturnas con su hermano y sus padres, en las que lucía vestidos finos a pesar del frío invernal, la primera semana de enero Annabelle contrajo una severa gripe. Sus padres se preocuparon mucho cuando vieron que la gripe se convertía rápidamente en bronquitis y, luego, casi en neumonía. Por suerte, su juventud y salud general la ayudaron a recuperarse. Aun con todo, estuvo enferma con fiebre por las noches durante casi un mes. El médico opinaba que era poco sensato que viajara estando todavía tan débil. Sus padres y Robert llevaban varios meses preparando un viaje en el que querían visitar a algunos amigos en Europa, y Annabelle seguía convaleciente cuando se marcharon en el *Mauretania* a mediados de febrero. Habían viajado en ese mismo barco todos juntos varias veces, así que su madre se ofreció a quedarse en Nueva York con la muchacha, pero cuando llegó el momento de partir, Annabelle estaba lo bastante recuperada para quedarse sola en Nueva York. Había insistido en que su madre no se privara de ese viaje que había estado esperando durante tanto tiempo. A todos les dio pena dejarla sola, y Annabelle también se sintió muy decepcionada de no poder ir, pero incluso ella admitió que, aunque ya se sentía mucho mejor, seguía sin verse con fuerzas de embarcarse en un periplo que duraría dos meses. Le aseguró a su madre, Consuelo, que cuidaría de la casa mientras estuvieran fuera. Sus padres confiaban plenamente en ella.

Annabelle no era de esa clase de chicas por las que uno tuviera que preocuparse, ni de las que se aprovechaban de la ausencia paterna. Lo único que lamentaban tremendamente sus progenitores era que no pudiese acompañarlos, igual que le pasaba a la propia Annabelle. Mantuvo el tipo mientras se despedía de ellos en el muelle Cunard en febrero, pero cuando volvió a casa, se sintió abatida. Se entretenía leyendo y haciendo distintas tareas del hogar que satisfarían a su madre. Se le daban muy bien las labores, así que se pasaba horas remendando sábanas y manteles muy elegantes. Aún se sentía un poco débil para asistir a eventos sociales, pero su mejor amiga, Hortense, la visitaba con frecuencia. Hortense también había hecho su presentación en sociedad aquel año, y las dos amigas eran inseparables desde la infancia. Hortie ya tenía un pretendiente y Annabelle había hecho una apuesta con ella, convencida de que James le pediría la mano en Pascua. Annabelle ganó la apuesta, pues acababan de anunciar su compromiso hacía una semana. Annabelle se moría de ganas de contárselo a su madre, quien no tardaría en volver. Tenían que atracar en Nueva York el 17 de abril, tras haber partido de Southampton, en Inglaterra, cuatro días antes en un barco nuevo.

Los dos meses sin su familia se le habían hecho largos, pues Annabelle los había echado mucho de menos a todos. No obstante, le habían dado la oportunidad de recuperarse totalmente y de leer infinidad de cosas. Después de terminar sus tareas domésticas, se pasaba las tardes y las noches en la biblioteca de su padre, inmersa en sus libros. Sus favoritos eran los que hablaban de hombres importantes o de temas científicos. Nunca le habían interesado mucho las novelas románticas que leía su madre, y todavía menos los libros que le prestaba Hortense, ya que le parecían insulsos. Annabelle era una joven inteligente, que absorbía con gran facilidad los acontecimientos mundiales y la información actual. Eso le daba mucho tema de conversación con su hermano e incluso él reconocía en privado que la profundidad del conocimiento de la muchacha lo ponía a veces en ridículo. Aunque Robert tenía madera para los negocios y era increíblemente responsable, le encantaba ir a fiestas y salir con amigos, mientras que Annabelle solo era sociable en apariencia, pues tenía un talante serio y una inmensa pasión por aprender, por la ciencia y los libros. Su sala predilecta de la casa era la biblioteca paterna, donde pasaba buena parte del tiempo.

La noche del 14 de abril, Annabelle se quedó leyendo en la cama hasta la madrugada, así que se levantó a una hora tan tardía que resultaba extraño en ella. Se lavó los dientes y se peinó nada más salir de la cama, se puso una bata y bajó adormilada a desayunar. Mientras bajaba la escalera, le dio la impresión de que en la casa reinaba un silencio poco común, y no vio a ninguno de los sirvientes. Se asomó a la despensa y se encontró a varios de ellos arremolinados alrededor de un periódico, que doblaron al instante. Enseguida se dio cuenta de que su fiel ama de llaves, Blanche, había estado llorando. Era una mujer tan sensible que cualquier desgracia relacionada con un animal o con un niño en apuros conseguía que se deshiciera en un mar de lágrimas. Annabelle esperaba que le contaran una de esas historias cuando sonrió y les dio los buenos días, pero en cuanto lo hizo, William, el mayordomo, se echó a llorar y salió de la habitación.

—Dios mío, ¿qué ha pasado?

Annabelle miró a Blanche y a las otras dos sirvientas, muy sorprendida. Entonces se percató de que todas estaban llorando y, sin saber por qué, le dio un vuelco el corazón.

—Pero ¿qué pasa? —preguntó Annabelle, quien, de forma instintiva, alargó la mano hacia el periódico.

Blanche vaciló durante un instante largo y después se lo ofreció. Annabelle vio los gigantescos titulares en cuanto lo desdobló. El *Titanic* se había hundido aquella noche. Era el barco recién estrenado que sus padres y su hermano habían tomado para regresar de Inglaterra. Annabelle abrió los ojos como platos mientras leía los detalles a toda velocidad. Todavía se sabían pocos datos; apenas que el *Titanic* se había hundido, que los pasajeros habían subido a los botes salvavidas y que la embarcación *Carpathia*, de la White Star Line, se había apresurado a acudir al lugar del siniestro. La noticia no decía nada sobre las víctimas ni los supervivientes, pero comentaba que, tratándose de un barco de semejante tamaño y tan nuevo, era de esperar que todos los pasajeros hubieran sido desalojados a tiempo y rescatados sin problemas. El periódico informaba de que el enorme trasatlántico había chocado contra un iceberg, y aunque tenía fama de ser imposible de hundir, lo cierto era que el barco se había hundido en el mar al cabo de unas horas. Había ocurrido lo inimaginable.

Annabelle pasó a la acción al momento y mandó a Blanche que hiciera llamar al chófer de su padre para que la esperara con el coche. Ya estaba en la puerta de la despensa, dispuesta a subir a su dormitorio para vestirse, cuando dijo que tenía que ir a las oficinas de la White Star cuanto antes para preguntar por Robert y sus padres. No se le ocurrió que cientos de personas harían lo mismo.

Le temblaban las manos mientras se vestía, presa del aturdimiento, con un sencillo vestido de lana gris; se puso medias y zapatos, agarró el abrigo y el bolso, y corrió escaleras abajo, sin preocuparse siquiera de recogerse el pelo. Parecía una niña con la melena al viento cuando salió como un rayo por la puerta principal y la cerró de un portazo. La casa y todos sus moradores se quedaron congelados, como si empezaran a anticipar el duelo. Mientras Thomas, el chófer de su padre, la conducía a las oficinas de la White Star Line, que estaban al final de Broadway, Annabelle intentó contener una oleada de silencioso terror. Vio a un vendedor de periódicos en una esquina, gritando los titulares de las últimas noticias. Como tenía una edición más reciente del diario, le pidió al conductor que parase y compró uno.

El periódico decía que había varias víctimas, pero no precisaba más, y que el *Carpathia* estaba radiando informes con las listas de supervivientes. Annabelle notó cómo se le llenaban los ojos de lágrimas mientras leía. ¿Cómo podía haber ocurrido algo así? Era el barco más grande y más nuevo que surcaba los mares. Era el viaje inaugural. ¿Cómo podía hundirse una embarcación como el *Titanic*? Y ¿qué les habría ocurrido a sus padres, a su hermano y a tantos otros?

Cuando llegaron a la empresa de transportes, había cientos de personas gritando que les dejaran entrar, y Annabelle no se imaginaba cómo iba a conseguir abrirse paso entre la muchedumbre. El corpulento chófer de su padre la ayudó, pero aun así tardó una hora en entrar. Explicó que su hermano y sus padres viajaban en primera clase en el barco hundido. Un joven oficinista abrumado apuntó su nombre, mientras otros empleados iban a colgar listas de supervivientes en la puerta de las oficinas. La radio operadora del *Carpathia* seguía radiando los nombres, ayudada por el encargado de radio del *Titanic*, que se había salvado, y en la cabecera de la lista habían escrito con letras en negrita que estaba incompleta por el momento, cosa que daba esperanza a las personas que no veían los nombres tan esperados en ella.

Annabelle cogió una de las copias de la lista con manos temblorosas y apenas consiguió leer entre las lágrimas, pero entonces, casi al final de la enumeración, lo vio: un solo nombre. Consuelo Worthington, pasajera de primera clase. Su padre y su hermano no aparecían en la lista, así que, para calmar los nervios, se repitió que estaba incompleta. Le sorprendió la escasa cantidad de nombres que había enumerados.

—¿Cuándo se tendrán noticias sobre el resto? —preguntó Annabelle al empleado a la vez que le devolvía la lista.

—Esperemos que dentro de unas horas —contestó el joven mientras otras personas gritaban y preguntaban detrás de Annabelle. La gente gimoteaba, lloraba, discutía, y cada vez más personas se peleaban por entrar en la empresa. Era una escena de pánico y caos, terror y desesperación.

—¿Siguen rescatando supervivientes de los botes salvavidas? —preguntó Annabelle, obligándose a mantener la esperanza.

Por lo menos sabía que su madre estaba viva, aunque ignoraba en qué estado. Sin embargo, lo más seguro era que los demás también hubieran sobrevivido.

—Han recogido a los últimos esta mañana a las ocho y media —contestó el empleado con ojos sombríos.

Había oído relatos de cuerpos flotando en el agua, de gente que chillaba para que la rescataran antes de morir, pero él no era quien debía propagar esos rumores, y tampoco tenía valor para contarle a la masa de familiares que se habían perdido centenares de vidas, tal vez más. Por el momento, la lista de supervivientes apenas contenía seiscientos nombres, y el *Carpathia* había comunicado que habían recogido más de setecientos, pero todavía no podían proporcionar todos los nombres. Si esa información era verídica, significaba que más de mil pasajeros y miembros de la tripulación habían perecido. El propio empleado se negaba a creérselo.

—Deberíamos haber recopilado todos los nombres dentro de unas horas —dijo intentando mostrarse comprensivo cuando un hombre con la cara enrojecida amenazó con pegarle si no le pasaba la lista, cosa que hizo de inmediato.

Todos corrían histéricos, asustados y descontrolados por las oficinas, pues se desesperaban por obtener información y apoyo. Los empleados preparaban y repartían tantas listas como podían. Y al final, Annabelle y el chófer de su padre, Thomas, volvieron al coche para esperar allí a que hubiera más noticias. Él se ofreció a llevarla a casa, pero Annabelle insistió en que prefería quedarse y volver a repasar la lista cuando estuviera completa, al cabo de unas horas. No le apetecía estar en ningún otro sitio.

Permaneció sentada en el coche en silencio, parte del tiempo con los ojos cerrados, pensando en sus padres y en su hermano, deseando que ellos también hubieran sobrevivido, a la vez que daba gracias por haber visto por lo menos el nombre de su madre en la lista. No comió ni bebió nada en todo el día, y cada hora se acercaba a comprobar la lista. A las cinco en punto les dijeron que la lista de supervivientes estaba completa, a excepción de algunos niños pequeños que todavía no habían podido identificar con nombre y apellido. Salvo ellos, todas las demás personas recogidas por el *Carpathia* aparecían enumeradas.

—¿Hay algún otro barco que haya recogido supervivientes? —preguntó alguien.

El empleado negó con la cabeza sin decir nada. Aunque había otros barcos recogiendo cadáveres de las aguas congeladas, la tripulación del *Carpathia* era la única que había sido capaz de rescatar supervivientes, la mayoría subidos a los botes salvavidas y unos cuantos en el mar. Casi todas las personas que habían caído al helado Atlántico habían muerto antes de la llegada del *Carpathia*, a pesar de que los rescatadores habían acudido al lugar del desastre apenas dos horas después del hundimiento del *Titanic*. Había pasado demasiado tiempo para que alguien siguiera vivo a una temperatura tan baja dentro del océano.

Annabelle volvió a repasar la lista una vez más. Había 706 supervivientes. Leyó de nuevo el nombre de su madre, pero no había ningún otro Worthington en la lista, ni Arthur ni Robert, de modo que la única esperanza que le quedaba era confiar en que hubiera algún error. A lo mejor no los habían reconocido, o ambos estaban inconscientes y no podían decir cómo se llamaban a quienes elaboraban la lista. Era imposible proporcionar más información por el momento. Les dijeron que el *Carpathia* tenía prevista la llegada a Nueva York tres días más tarde, el día 18. La muchacha tendría que mantener la fe hasta entonces, y dar gracias porque su madre hubiera sobrevivido. Se negaba a creer que su padre y su hermano estuvieran muertos. Era imposible.

Una vez en casa, se pasó la noche en vela y siguió sin probar bocado. Hortense fue a verla y se quedó a dormir con ella. Apenas hablaron, se limitaron a darse la mano y llorar sin parar. Hortie intentó animarla, y la madre de su amiga le hizo una visita breve a Annabelle también con la intención de consolarla. No había palabras que pudieran mitigar lo que había ocurrido. Todo el mundo estaba sobrecogido por la noticia. Era una tragedia de proporciones épicas.

—Gracias a Dios que estabas enferma y no pudiste ir —le susurró Hortie una vez que se metieron juntas en la cama de Annabelle, cuando la madre de su amiga se había marchado ya. Había aconsejado a su hija que se quedara allí a dormir y, es más, que le hiciera compañía a Annabelle hasta que regresara su madre. No quería que la joven estuviera sola.

Annabelle se limitó a asentir ante el comentario de Hortie, pero se sentía culpable por no haber estado con ellos, pues se preguntaba si su presencia habría ayudado de algún modo. Tal vez hubiera podido salvar por lo menos a uno de los dos, o a otra persona.

Durante los tres días siguientes, Hortie y ella vagaron por la casa como fantasmas. Hortie era la única amiga a quien quería ver o con quien quería hablar en esos momentos de conmoción y duelo. Annabelle no comía casi nada, a pesar de que el ama de llaves insistía en que lo hiciera. Todos los sirvientes lloraban sin cesar y, al final, Annabelle y Hortie salieron a dar un paseo y tomar un poco el aire. James las acompañó y fue muy amable con Annabelle, pues le dijo lo mucho que lamentaba lo ocurrido. La ciudad y el mundo entero no podían pensar en otra cosa.

Las noticias que llegaban del *Carpathia* seguían siendo escasas. Lo único que habían confirmado era que el *Titanic* se había hundido, de eso no cabía duda, y que la lista de supervivientes ya era definitiva y completa. Los únicos que no aparecían en ella eran los bebés y los niños aún no identificados, que tendrían que ser reconocidos por los familiares que se acercaran al puerto, en caso de que fueran de Estados Unidos. Si nadie los reconocía, tendrían que devolverlos a Cherbourg y Southampton, a sus angustiadas familias, que los estarían esperando allí. En total, había media docena de niños no emparentados con ninguno de los supervivientes y que eran demasiado pequeños para decir cómo se llamaban. Otras personas los cuidaban mientras tanto a falta de sus padres, pues era imposible saber a qué familia pertenecían. No obstante, todos los demás, incluso los enfermos o heridos, aparecían en la lista, según aseguraba la compañía. Annabelle seguía sin poder creérselo mientras Thomas la conducía al muelle Cunard la tarde del día 18. Hortie había preferido no acompañarla, porque no quería interferir, de modo que Annabelle se dirigió al Embarcadero 54 a solas.

La multitud expectante vio cómo el *Carpathia* se acercaba lentamente a puerto, con unos remolcadores, pocos minutos después de las cinco. Annabelle notó que el corazón le latía desbocado mientras observaba la embarcación, que sorprendió a todo el mundo al dirigirse a los muelles de White Star, ubicados en los Embarcaderos 59 y 60. Y allí, a la vista de todos los observadores, la tripulación bajó lentamente los botes salvavidas del *Titanic* que habían recuperado, y que eran lo único que quedaba del barco recién estrenado, para devolverlos a la White Star Line antes de atracar el *Carpathia*. Los fotógrafos estaban hacinados en una flotilla de barcas pequeñas desde las que intentaban fotografiar los botes salvavidas, y los supervivientes del desastre se congregaron en la barandilla del barco. El ambiente que los rodeaba era medio funerario y medio circense, pues los familiares de los supervivientes esperaban en un silencio agónico para ver quién bajaba, mientras que los periodistas y fotógrafos se gritaban y se daban codazos para colocarse en los mejores puestos y obtener las mejores instantáneas.

Tras depositar los botes salvavidas, el *Carpathia* se desplazó lentamente hasta su embarcadero, el número 54, y los estibadores y otros empleados del Cunard se apresuraron a amarrar el barco. Y entonces, por fin, abrieron la compuerta y bajaron la plataforma. En silencio, y con una deferencia enternecedora, dejaron bajar primero a los supervivientes del *Titanic*. Los pasajeros del *Carpathia* abrazaron a algunos de ellos y les estrecharon la mano. Se derramaron muchas lágrimas y se dijeron pocas palabras, mientras uno por uno, todos los supervivientes desembarcaron, la mayor parte de ellos con lágrimas surcándoles la cara, algunos todavía en estado de shock por lo que habían visto y vivido aquella horrible noche. A ninguno le resultaría fácil olvidar los horripilantes gritos y gemidos desde el agua, las llamadas de auxilio en vano de personas que acabaron muriendo. Quienes se hallaban en los botes salvavidas temían recoger a más pasajeros, por miedo a que la embarcación pudiera volcarse por el peso y acabaran pereciendo todavía más personas de las que ya estaban entre las olas. Las estampas de cuerpos flotando en el agua que habían presenciado mientras esperaban a que llegaran los refuerzos para recogerlos habían sido espeluznantes.

Quienes bajaron del *Carpathia* eran en su mayoría mujeres con niños pequeños, algunas de ellas todavía vestidas de gala, con el atuendo que habían lucido la última noche pasada en el *Titanic*, y cubiertas con mantas. Al parecer, varias mujeres estaban tan conmocionadas que ni siquiera se habían cambiado de ropa en los tres últimos días, y se habían limitado a permanecer ovilladas en el espacio proporcionado dentro de los salones y comedores principales del *Carpathia*. Los pasajeros y los miembros de la tripulación habían hecho todo lo posible por ayudar a los supervivientes, pero ninguno de ellos había podido cambiar la voluntad del destino ni evitar la apabullante pérdida de vidas, en unas circunstancias que nadie habría predicho.

Annabelle contuvo la respiración hasta que distinguió a su madre en la plataforma. La joven observó cómo se acercaba a ella Consuelo desde la distancia, con prendas prestadas, la cara trágica y el mentón alto, con una dignidad surcada por la tragedia. Annabelle lo adivinó todo en su rostro. No había ninguna otra silueta familiar a su lado. Su padre y su hermano no se veían por ninguna parte. Annabelle miró por última vez detrás de su madre, pero Consuelo estaba totalmente sola en medio de un mar de supervivientes, en su mayoría mujeres, más unos cuantos hombres que parecían algo avergonzados cuando descendieron junto a sus esposas. Había una explosión continua de flashes, pues los periodistas querían captar tantos reencuentros como les fuera posible. Y entonces, de repente, su madre emergió delante de ella y Annabelle la abrazó con tanta fuerza que ninguna de las dos podía respirar. Consuelo sollozaba, y su hija también se echó a llorar mientras se aferraban la una a la otra y otros pasajeros y familiares deambulaban a su alrededor. Al cabo de un rato, Annabelle le pasó el brazo alrededor de los hombros a su madre y las dos se alejaron lentamente. Llovía, pero a nadie le importaba. Consuelo llevaba un grueso vestido de lana que no era de su talla y zapatos de fiesta, y todavía lucía el collar de diamantes con pendientes a juego que se había puesto la noche del naufragio. No tenía abrigo, así que Thomas se apresuró a darle a Annabelle la manta del coche para que se la pusiera sobre los hombros a su madre.

Apenas se habían alejado del embarcadero cuando Annabelle preguntó lo que tenía que preguntar. Podía imaginar la respuesta, pero era incapaz de seguir con la incertidumbre. Le susurró a su madre:

—¿Robert y papá...?

Su madre se limitó a sacudir la cabeza y lloró todavía más fuerte mientras Annabelle la acompañaba al vehículo. De repente, su madre parecía muy frágil y mucho más vieja. Era una viuda de cuarenta y tres años, pero parecía una anciana cuando Thomas la ayudó con delicadeza a entrar en el coche y la cubrió con mucho cuidado con la manta de pieles. Consuelo se lo quedó mirando y siguió llorando, hasta que, en voz muy baja, le dio las gracias. Annabelle y ella se abrazaron en silencio durante el trayecto de vuelta. La mujer no volvió a pronunciar ni una palabra hasta que hubo llegado a la mansión.

Todos los sirvientes la estaban esperando en el recibidor para abrazarla, tocarla, darle la mano, y cuando vieron que llegaba sola, para darle el pésame por lo ocurrido. Al cabo de una hora, ya habían colocado un crespón negro en la puerta de entrada. Aquella noche fueron muchos los que colgaron ese complemento en sus casas, una vez que se hubieron disipado las dudas sobre quién no había regresado y no lo haría jamás.

Annabelle ayudó a su madre a bañarse y a ponerse el camisón, y Blanche se desvivió por ella como si fuera una niña. Había cuidado de Consuelo desde que era jovencita, y había asistido tanto al parto de Annabelle como al de Robert. Y ahora, le había tocado esto. Mientras ahuecaba las almohadas de Consuelo, después de acompañarla hasta la cama, Blanche tuvo que limpiarse los ojos infinidad de veces a la par que emitía unos susurros reconfortantes. Le llevó una bandeja con té, copos de avena, tostadas, caldo y sus galletas favoritas, pero Consuelo no probó nada. Se limitó a quedarse mirando a su hija y al ama de llaves, incapaz de decir ni una palabra.

Annabelle se quedó a hacer compañía a su madre aquella noche, y por fin, bien entrada la madrugada, cuando Consuelo se estremeció de la cabeza a los pies y se desveló, le contó a su hija lo que había ocurrido. Ella se había montado en el salvavidas número 4, junto con su prima Madeleine Astor, cuyo marido tampoco había sobrevivido. Según dijo, el bote solo estaba medio lleno, pero su marido y Robert se habían negado a subir, pues querían quedarse en la retaguardia para ayudar a otras personas y dejar más espacio en los botes para las mujeres y los niños. Aun con todo, quedaba sitio de sobra para los dos.

—Ojalá se hubieran montado... —se lamentaba desesperada Consuelo.

Los Widener, los Thayer y Lucille Carter, todos ellos conocidos, también iban en el bote salvavidas. Pero Robert y Arthur habían seguido en sus trece y habían permanecido en el barco para ayudar a otras personas a montarse en los botes, aun a sabiendas de que iban a sacrificar su vida. Consuelo también le habló de un hombre llamado Thomas Andrews, que había sido uno de los héroes de la noche. Su madre insistió en que Annabelle supiera que su padre y su hermano habían sido muy valientes, aunque eso de poco les servía para reconfortarlos.

Hablaron durante horas, en las que Consuelo revivió los últimos momentos en el barco, y su hija la abrazó y lloró mientras la escuchaba. Al final, cuando el amanecer ya se colaba por la habitación, Consuelo concilió el sueño tras soltar un suspiro.